紅紫の館

郷士・日比谷健次郎の幕末

穂高健一

未知谷

紅紫の館　目次

主要登場人物

日比谷健次郎貞尚《さだなお》（一八三六〜八六）　武蔵国足立郡の郷士

日比谷晃《じゅん》（一八四〇〜一九〇〇）　健次郎の妻　加藤翠渓の長女

日比谷美津《みつ》（一七八八〜一八八四）　健次郎の祖母　薙刀師範代

村田寿美《としみ》　三河島の植木屋・村田家の妻　健次郎の伯母

加藤翠渓《すいけい》（一八一八〜九五）　武蔵国二郷半領戸ヶ崎村の加藤家当主

加藤謙光《かねみつ》（一八四五〜九〇）　翠渓の長男　後の加藤家当主

加藤治助《じすけ》（一八二七〜九九）　翠渓の弟、江戸・箱崎で樽製造販売

佐藤謙信《けんしん》（一八五〇〜一九一〇）　武蔵国八條領川崎村の佐藤家当主　加藤家から養子　晃の実弟

三浦乾也《けんや》（一八二一〜八九）　工芸家および造船家　乾也の妻栄と治助の妻てるが姉妹

石井貞太郎《さだたろう》（一八四八〜九七）　三浦乾也の養子　フランス語を学ぶ　後に画家（鼎湖《ていこう》）

松平太郎（一八三九〜一九〇九）　表祐筆、奥祐筆、陸軍奉行並、蝦夷共和国副総裁

輪王寺宮能久《りんのうじのみやよしひさ》（一八四七〜九五）　寛永寺の貫主　孝明天皇の義弟　東武天皇　後に北白川親王

紅紫《こうし》の館《やかた》

郷士・日比谷健次郎の幕末

第1章　桜田門外の変

春の雪が降りつづく。家紋の入った大名駕籠《かご》が、護衛つきで江戸城に向かってやってくる。安政七（一八六〇）年三月二十四日は上巳《じょうし》の節句である、在府《ざいふ》の大名、旗本たち全員の登城日である。五分に咲いた桜がいずこも雪化粧だ。江戸っ子たち庶民は例年どおり、大雪の日でも、華やかな大名行列の見物に押しかけていた。彼らは武鑑《ぶかん》（家紋・職務・石高等を記載した書物）を手にし、通過する駕籠の家紋から、どこの藩だ、どのお殿さまだと口々にいい当てている。人垣は幾重にもつらなり、背伸びするとか肩越しとか、子どもは雪に手をつき大人の股下《またした》からのぞき見ている。お祭りなみの人気だ。

彦根藩上屋敷から、井伊家の駕籠がおごそかに出発した。内堀通りを三町半（四百米弱）進む。家臣たち約六十人は、だれもが雪除けのため両刀には柄袋《つかぶくろ》をかけていた。左手のお濠は雪を吸収して青い。雪の踏《ふ》み跡が江戸城の桜田門へとつづく。

雪化粧の頑丈な桜田門へは、すでに御三家、御三卿の華やかな駕籠が入っていった。井伊《いい》掃部頭直弼《かもんのかみなおすけ》の駕籠が桜田門にちかづいてきた。

「お願いがあります。お受けとりください」

農民ふうの男が人垣から飛びだし、手に訴状《そじょう》をもっている。

だれもが駕籠訴《かごそ》だ、駕籠訴だと叫んでいた。

訴状をもった男が小走りに駕籠にちかづくと、懐《ふところ》から短筒《たんづつ》（ピストル）を取りだした。銃口が駕籠に向けられた。一発の銃声が響いた。それが合図で、人垣の中から大勢の浪人者たちが飛びだし、刀を抜いた。井伊家の大名駕籠に向かう。

先棒《さきぼう》と後棒《あとぼう》の四人の六尺が、おどろいてまず逃げだす。井伊家の駕籠が雪上に投げおかれた。彦根藩士らは寒さで手がかじかみ、腰の大小の柄袋が俊敏には外せなかった。一瞬の遅れだ。

襲撃する浪人たちは、一か所の駕籠に突撃《とつげき》し、むやみに突き刺す。

ここ二五〇年間の太平の世で、刀の斬《き》り合いなど、江戸市民が見る機会など皆無だった。

大名駕籠が浪人者に襲われるなど、前例がない。大勢の見物人はなにがおきたのか、屋外の芝居《しばい》を観るように呆然と見つめていた。

武士の乱闘《らんとう》から真赤な血が吹き飛ぶ。ほんものの殺戮《さつりく》だとわかった見物人らが、悲鳴をあげて雪上を逃げ惑《まど》う。井伊の家臣六十人らは気をとりもどし、浪士者に反撃する。

狼藉者《ろうぜきもの》が駕籠の引き扉を乱暴に開けた。正装の長裃《ながかみしも》をきた井伊大老が血に染まって雪上に引きずりだされる。転がりでた掃部頭は、銃弾をうけた腰と太腿をおさえている。

「これまでの怨《うら》みを知れ。キャアーッ」

奇声をあげて刀が上段から斜め首筋にふり落とされる。血しぶきが散り、井伊大老の丁髷《ちょんまげ》の頭部と、着衣の胴体とをふたつに切り離した。

「討《う》ち取ったぞ」

その刃先が頭部の首元から刺し込まれた。そして、首級《しゅきゅう》が高々と挙げられた。勝鬨《かちどき》をあげた。襲撃浪士らは大手門の方角に逃げるでなく、凱旋《がいせん》のように歩んでいく。

お濠沿いの樹木も、路面も、すべて真っ白だった。

追ってきた井伊家の剣豪が、首級を掲《かか》げる浪士の背後を一刀で斬った。この一撃から、その浪士は重傷を負って歩行困難に陥《おちい》った。それでもなお、井伊直弼の首を雪上で引きずっていた。

井伊の家臣たちが大勢やってきて、襲撃浪士たちと大乱闘になる。

「もはや、ここまでだ」

首級を挙げた浪士が、若年寄《わかどしより》の役邸《やくてい》の門前で自決した。この乱闘騒ぎを見ていた若年寄役邸の武士たちが、転がっている井伊大老の首をうばって邸内に入っていった。

井伊大老の襲撃から、ここまで莨《タバコ》を二服するくらい（十五分程）だったという証言が残っている。

井伊家の家臣は在府として桜田上屋敷、赤坂中屋敷、千駄ヶ谷別宅、八丁堀屋敷にあわせて約三千人がいる。

惨事《さんじ》に駆けつけてきた家臣たちが、血塗りの大名駕籠、死体、斬られた腕、指、耳などを集めていた。足軽や中間たちは、血に染まった雪を竹ほうきで掃《は》いて、お堀のなかに棄てている。

青い水面には溶けきれない血の雪が浮いている。

江戸町奉行の与力や同心らは権限の外で、武士団の抗争には手がだせなかった。遠巻きに傍観するばかりだ。

彦根藩の桜田上屋敷（二万坪近い）の中は、すでに騒然《そうぜん》としており、どの部屋でも議論が渦巻《うずま》いている。激怒でわめく者、落胆する者、間を入れず切腹しようとする家臣もいる。

「暗殺者は水戸藩だ、いますぐ小石川の水戸藩邸に討ち入るべきだ」

「主君の怨みだ、黙っておられるか」

満座《まんざ》の士が、無念《むねん》だ、と泣いて激怒している。

（お家存続をはかるべきだ）

その一念の岡本半介《はんすけ》（黄石《こうすけ》）は、彦根藩の江戸家老である。千石取りの上級藩士である。かつては『彦根藩の軍師』と呼ばれていた。

井伊直弼は、彦根城三の丸で、十七歳から三十二歳まで十五年間を三百俵の部屋住みとして過ごしてきた。みずから花が咲くことのない埋《う》もれ木にたとえて「埋木舎《うもれぎしゃ》」と名づけた屋敷で過ごした。それが、江戸に召喚されて藩主の後継者になったのだ。井伊家十四男だった直弼が藩主となったのが、三十六歳だった。熱心に茶道を学んだ人物である。

老中首座の阿部正弘公が亡くなった。そのあとは堀田正睦が引き継いでいたが、一昨年の六月、十三代将軍の家定の「大老は松平慶永《よしなが》（春嶽《しゅんがく》）よりも、家柄からも人物からも掃部《かもん》しかいない」という鶴の一声で直弼に決まった。その井伊大老、いきなりおおきな問題に突き当たった。

十四代将軍の継嗣《けいし》問題において、紀州藩主の十三歳の慶福《よしとみ》か、一ツ橋の慶喜《よしのぶ》かという国家を分断する問題が生じたのだ。安政五（一八五八）年六月二十四日だった。

水戸藩の徳川斉昭《なりあき》、徳川慶篤《よしあつ》、尾張藩の徳川慶勝《よしかつ》らが城内に押し入った。定例登城日の一橋慶喜も、井伊直弼を待ちうけていた。

定例の登城日でないのに、江戸城に押し入る行為は、家康のころから、理由のいかんを問わず、武《ぶ》家諸法度《けしょはっと》で『反乱』とみなされた厳格な規定だった。

「世継ぎ問題で、面談の強要《きょうよう》とはなにごとであるか。この顔ぶれは御三家、御三卿《ごさんきょう》の家門の方々ばかりだ。いずれも登城日でない登城は、祖法《そほう》から、将軍家にたいする反乱、挙兵《きょへい》とみなす」

譜代大名の井伊大老は、毅然《きぜん》としたつよい態度だった。

「井伊どの。五日前（六月十九日）の日米通商条約は、孝明天皇《こうめいてんのう》の勅許《ちょっきょ》を得ていない、これは朝廷を無視した違勅条約《いちょくじょうやく》でござる」

「だまれ。家康公からのお達しで、御三家と御三卿の幕政《ばくせい》への口出しはいっさい厳禁である。知らぬわけではあるまい。そもそも譜代《ふだい》大名による老中政治《ろうじゅうせいじ》があればこそ、二百五十年も太平の世が保たれてきたのでござる。親藩《しんぱん》である御三家と御三卿が、祖法を破り、幕政に関与すれば、わが幕府はこの先十年と保ちますまい。あなた方は、幕府をつぶすつもりか」

このあと、井伊直弼はかれらの不時登城《ふじとうじょう》と、親藩の幕政関与という罪に厳格な処分をくだした。

「徒党《ととう》を組んだ不時登城は反乱である」

水戸藩の徳川斉昭ら、大勢の親藩大名には蟄居《ちっきょ》、謹慎処分《きんしんしょぶん》という厳しい処罰が命じられたのである。

徳川政権が老中政治である以上、親藩は異議申し立てができなかった。

翌日、第十四代徳川家茂《いえもち》将軍が発表された。

安政の大獄が起きた。

このときの政権は、井伊大老と讃岐高松藩の松平頼胤《よりたね》による二人三脚であった。高松藩はもともと水戸藩が本藩の御連枝《ごれんし》（親藩大名）だが、頼胤は水戸家が嫌いで対立関係にあった。

江戸家老岡本半介は立場上、「思想弾圧が過ぎますと、後世の名に傷がつきます」と直弼に諫言《かんげん》した。なんども主君に諫言をつづけた岡本は、主君の直弼から疎《うと》んじられ、やがてことごとく無視されて冷や飯を食わされてきた。だが、桜田門外の変が起きた。主君が暗殺された。ここを仕切れるのは、藩の軍師として名高い岡本半介しかいない、と家臣のだれもが思っていた。

「抗戦など考えるな。井伊家をつぶしてはならぬ。お家断絶になれば、家臣とその妻子をふくめて万人が路頭に迷うであろう。国許まで加えると、十数万人にまでおよぶ。口惜しいが、いまは水戸藩に討ち入るな。まず主君の首を突き止めよ」

「それでは、あまりに酷《むご》い。井伊家の家臣として」

「お家第一じゃ。それ以外にはない」

岡本半介のもとに、新たな情報がとどいた。主君の首が若年寄の役邸にある、ほぼ確実、という報告である。智力の優れた家臣を使者にだし、主級の返還をもとめた。

「幕府の検視がすまないうちは、渡せない」と門前払いだったらしい。

武士社会は戦国の世から、『大物の首級は大手柄だ』という認識があった。若年寄としては、暗殺団から井伊大老の首級を奪ったのだ。幕府が手柄を認めるまで渡せない。

「このまま首級が井伊家に帰らないと、徳川四天王といわれようとも、領地没収のうえ家名断絶はまちがいない。井伊家がそのような改易《かいえき》を受ければ、すべての家臣や妻子が路頭に迷う」

岡本半介はみずから若年寄役邸に出むいた。若年寄は外出中不在と居留守である。

「なにがなんでも、殿は返してもらわぬと困る」

門前の応対者には、岡本の意志がまったく通じなかった。

しかも、江戸家老岡本には別にやるべきことがあった。江戸城への登城である。上巳《じょうし》の節句の儀式に、井伊掃部頭直弼の名代として登城する必要があったのだ。つまり、いま現在は主君が生きていると擬装《ぎそう》することだった。

咳と高熱のある風邪は将軍を慮《おもんぱか》って登城禁止、軽症にても遠慮すべし、という規則があった。

岡本半介は家老用の駕籠で、雪の江戸城に入り、下馬所に着くと、徒歩で本丸に向かった。侍が三人、草履取が一人、挟箱持《はさみばこもち》が一人ときめられている。

本丸の玄関から剃髪《ていはつ》した茶坊主に案内され、将軍拝謁《はいえつ》の順番待ちをする「溜詰《たまりづめ》」に入った。

格式のある部屋である。

火鉢一つない寒い部屋に入ると、会津藩の松平容保《かたもり》、讃岐高松藩の松平頼胤のふたりから視線がむけられた。これに井伊家が加わった三家が溜詰である。

「本日は、それがしが井伊掃部頭直弼公の名代として参りました。昨夜来の雪の寒さで、体調を崩されました。よしなにお願い申し上げます」

「大儀《たいぎ》である」

松平容保が作法にかなっているという風に軽くうなずいた。

「容態がかなり悪いのか」

松平頼胤が訊いた。

「昨晩から、ひどく咳き込んでおります。風邪は万病のもとと申します。上巳の節句は大勢の大名方が登城されます。まして、公方（将軍）様にまで、風邪を染《うつ》されては困りますと、それがしが殿をお引き止め申し上げました」

「掃部頭はきっともどかしい気持であろう」

「はい」

「本日の上巳の節句は特別な趣向だ。白書院には立派な古今雛《ひな》人形が飾られている。家茂将軍のお側で、掃部頭がみずからご説明あそばされる予定であった。お風邪とはいえ、お披露目の説明が代理人とは不都合じゃ」

高松藩の松平頼胤の顔がむずかしい表情をうかべた。

「願わくば、老中のお方に代理をお引き受けいただければ、幸いと存じます」

「突然、お披露目役がふられた老中の方々も、本日の五段飾りの雛人形には詳《くわ》しくなかろう。ご負担になる」

「高松藩の松平頼胤どのに、お願いはむずかしいでしょうか」

岡本は粘った。

「前例はないが、この溜詰からお世話役をだすとなれば、家格の順からして松平容保どのになる」

「余が、井伊大老の代理とは荷が重すぎる。昨日の午後に『献上の儀式』が行われておる」

絢爛豪華《けんらんごうか》な雛人形は、井伊掃部頭から公方様（家茂《いえもち》将軍）に寄贈された。そして、その場で将軍から正室の和宮《かずのみや》に贈与されている。まさに、最高官位皇女和宮様の雛人形である。将軍の威光と権威が一瞬に後光が射すように演出されている。

「拝謁の場で、余が『この雛人形は、皇女和宮様の雛人形でございまする。本日は特別拝観の栄誉を賜《たまわ》ったものでありまする』。わずか二言とはいえ、会津藩主の容保には、荷が重すぎます。ご辞退もうしあげます」

これでお家が改易か、絶望か、と岡本半介は戦慄すらおぼえた。

「参列者に、皇女和宮様の雛人形のお披露目は内示しておらぬゆえ、雛人形のお披露目は明年か、明後年の上巳の日に延期がのぞましかろう」

松平頼胤がそう判断した。

岡本は息を呑み、次のことばを待った。

「ここは彦根藩井伊家から、掃部頭の代理として、雛人形お披露目の順延を申し出るのが順当であろう」

「早々に、順延のご決裁をお願いしたく存じます」

「承知した。ならば、余がいまから老中、奥祐筆、お側用人《そばようにん》に図り、公方様に延期の了解をちょうだいいたそう。まずは白書院から黒書院《くろしょいん》に拝謁の場所を変えてもらう。それが先決だな」

これは『井伊掃部頭が生きている』と、将軍にとりなすものだ。松平頼胤が、思いもかけず窮地を救ってくれたのだ。

「ご配慮、かたじけなく存じます」

岡本半介は畳のうえに涙を落としそうになった。

「白書院に豪華に飾られた雛人形は、和宮様に贈与されたものだが、大奥に移してきらびやかに飾るのではなく、江戸城外に撤去が望ましい」

「よしなに、お願い申し上げます」

これは彦根藩家臣や家族をふくめた十数万人を路頭に迷わせない手はずの、肝心な第一歩である。ここが踏めなければ、井伊家は瓦解《がかい》するのだ。

半介は感動でこころが震えていた。

松平頼胤の素早いうごきで、拝謁の間は白書院から黒書院に変更になった。

徳川家茂将軍の拝謁が例年通りの形式で、執りおこなわれていく。まず徳川御三家の紀州藩、尾張藩、水戸藩からだった。

当座の安堵をおぼえた岡本半介の脳裏には、拝謁の待ち時間の間、いまから半年前の情景がよみがえっていた。

安政六（一八五九）年初秋、江戸城から下城してきた井伊直弼から、めずらしく岡本半介は上屋敷の殿の間に呼ばれた。

「上巳の日は江戸城に総登城だ。徳川将軍の威光と権威をしめすために、白書院に豪華な「五段雛」を飾りたい。その任を岡本に命ずる」

井伊大老から特命が下されたのだ。

「ご趣旨をもっとお聞かせくださいませぬか」

「家茂将軍は十四歳という若さだが、人柄がよく、知力も高く、将来が有望だ。けっして慶喜に負けぬ。しかし、一橋家の慶喜の人気は消えておらぬ。家茂将軍家の求心力を強めるために、なにを為すべきか。とりもなおさず将軍家の威光と威厳を示すことである。松平定信公の「寛政の改革」（一七八七年～九三年）の奢侈禁止令《しゃしきんしれい》で、雛人形の内裏雛《だいり》は八寸（約二十四センチ）以内と定められた。次の天保の改革（一八四一年～四三年）、さらに現在にひきつがれておる」

幕府は幕閣、御三家、御三卿、大名家、旗本といえども、八寸以内の雛人形にかぎると、率先して順守させてきたのだ。と同時に、幕府は全国の人形師らにも厳格な規制で、華美な雛人形をつくらせなかった。

「上巳の日、その前日の白書院で『献上の儀式』をおこなう。まず井伊家から将軍家に豪華な日本一の「五段の雛人形」を献上する。公方様がその場で、正室の皇女和宮に贈与される」

上巳の日には、江戸在勤の大名がことごとく登城してくる。白書院の上段の間に座す家茂将軍に拝謁する。かれらの視野のなかに、皇女和宮様の絢爛豪華な雛人形を飾っておく。

大奥の正室は老中すらも平伏し、顔があげられないほどの権威だ。そのうえ、皇女和宮は、征夷大将軍の徳川家茂よりも官位が上位にある。まさに、皇女の雛人形が光り輝くであろう。

「余の考えはどうだ」

「皇女様だけが作りうる華美な雛人形です。だれもが憧憬の念。公武合体で皇女和宮様を正室にされた家茂公の権威は高まります」

「岡本にすれば、めずらしく賛同だな。拝謁する一橋家の慶喜支持者らにも、家茂将軍が赴任から一年半にして、まぶしく輝いて見えるはずだ。かつて紀州藩から江戸城に入られた名将軍の吉宗公を重ね合わせるだろう」

「たしかに。皇女様の雛人形ですから。この上なく美しく輝きましょう」

「制作は、余の陶芸の師匠、お庭焼の師三浦乾也《けんや》に頼んでおいた。乾也は多才奇才の人物だ。他には真似られぬ日本一の多段雛人形を設営せよ、とあらかた話をつけておる」

三浦乾也ならば、芸術品への目が肥えているし、最上の雛人形を白書院に飾るだろう、と岡本も人選を疑わなかった。

「すべて承知いたしました」

岡本は、井伊大老と松平頼胤とふたりして考えた労策だろう、と思った。

将軍の正室はほとんどが京都の公家の娘である。大奥には、正室たちによる多段雛を飾る風習はいまのところないらしい。

「余の予想だと、毎年、上巳の節句がくれば、皇女和宮様は五段雛を大奥に飾られるだろう。井伊家から献上した雛人形が、大奥に新しい文化をつくることになる。そして、井伊家の存在も高まる」

「しっかり段取りをいたします」

岡本家老は、井伊直弼の意気込みと任務の重要性をつよく意識した。

その日のうちに、書簡で三浦乾也に連絡を取った。緊急の呼び出しだが、三浦乾也はいっこうに彦根藩の上屋敷に現われない。三度目には家臣を浅草まで呼びに行かせた。当座は別件があると言い、すげなく断わっている。

かつて二十代後半で、三浦乾也は家慶《いえよし》将軍の前でも、陶芸の焼を披露した人物である。流行のお庭焼の指南役として、大大名からお呼びがかかる。いまは三十九歳の乾也だが、たいがい気が乗らないと断わっている。それでいて浅草寺の参道で、茣蓙《ござ》を敷いて焼き物を売っている変人だ。

さかのぼれば、井伊直弼が藩主になった頃だった。直弼が、茶室に笠翁風《りつおうふう》（小川破笠《はりつ》が生み出した漆《うるし》芸《げい》）の書棚を新調したい、だれが良いかと、名ある茶人に相談したという。

「それならば、三浦乾也さまでしょう。名工で微細な細工物が大の得意です。宝石のごとく耀《かがや》く仕立物ができるでしょう。お殿さまは、お庭焼で三浦乾也さまと親しいあいだがらです、そちらに頼まれるのが、よろしいかと存じます」

その経緯で、直弼が書棚を三浦乾也に特注した。

小ぶりの書棚は最高級の漆塗りの木地に、青色の幾何学文様でかこみ、金粉加工している。上下の扉の、オウムと竜虎と花弁などの図柄は破笠《はりつ》技法（貝殻、宝石、象牙をはめ込んで文様にする）である。繊細にして華美な書棚にはおどろいたものだ。そのできばえの豪華さから、この書棚は将軍家より勝るものだとして、井伊直弼が第十二代家慶将軍に献上したという経緯がある。

風流を好む大名の間で、それが一躍有名になった。三浦乾也の知名度はいっそう高まっていた。

井伊直弼からみれば、いまでも、お庭焼の陶芸の師匠である。窯で焼きあがった直弼の陶芸品でも、こんな無様《ぶざま》なものは「埋木舎」の茶室に置けない、と石の上で叩き割ったという。それも、一度や、二度ではないらしい。

浅草の三浦乾也は、尾形乾山《おがたかんざん》（光琳《こうりん》の弟）の六代目の名陶芸家だった。変人、奇人、万能型の天才、語学堪能で洋書も原文で読める。脳の回路が一般人とちがっているようだ。

仙台藩に乞われて日本初期の大型洋船の建造に成功している。

へそを曲げたら、二年でも三年でも、請け負った仕事でも投げだす。岡本半介からみれば、変人の三浦乾也だから、来年の上巳の日まで、決して気が抜けない日々だろう、と覚悟した。

岡本半介は三浦乾也にやっと会えた。……井伊どのから来年の上巳の日に、江戸城の白書院に、極上の雛人形を飾りたいと注文を受けたからといい、その設計はすでにできていた。

内裏雛（男雛、女雛）、二段目に三人官女、三段目に五人囃子、四段目に随身（右大臣、左大臣）、五段目に仕丁（従者、護衛）、そのまえに箪笥など「雛形」をおく。人形は神田の人形師古川長延《ちょうえん》に依頼していると話す。

「雛人形は分業だが、古川長延ひとりに作らせる。五段の雛人形の一体ずつ仕様まできめておる」

「三浦乾也どのは、やるとなると、判断も決断も仕事も早い」

「……。雛人形の十二単《ひとえ》は、本物より高価な布地をつかい、人形のそれぞれの顔の表情は感情豊かにつくらせる。古川長延は日本一の人形師だと言われておるが、拙者が納得できるまで、なんどでもやり直させる」

乾也の目は芸術の世界そのものだった。

「来年の上巳の日までに、なんとか仕上げてください」

「それは請け負えぬ。井伊直弼どのにも、そう伝えておる」

（厄介なしごとだ）

岡本は胸のうちでつぶやいた。

「最上段は金箔張りの屏風絵と、最下段の微細な「雛の小道具」は、わしがみずから作る。小道具の多段箪笥の蒔絵《まきえ》は美の極限で、金具は繊細《せんさい》にして本物よりも数十倍に高価なものだ。支払いは岡本家老でよろしいのだな」

「結構です」

「雛形は本ものよりも高くつきますぞ」

乾也が念を押した。

岡本半介があれこれ注文を付けると、『このしごとは止めた』と投げ出さないとも限らない。そんな雰囲気をもった人物であった。

「雛形」（ミニチュア）とはなにか。

武士や町人を問わず、嫁いでも持参金と嫁入り道具は死ぬまで女性側の財産である。たとえ四十歳、五十歳で、老婆の身で離婚しても、持参金と嫁入り道具は持ちかえる。男が生活苦で質流ししたり、壊したりすれば、「雛形」を参考に同様の物を造って返してもらう。嫁入り道具とおなじ「雛形」をもちこむ。それは飾るものでなく、壊れたときに修復する模型であった。

大奥では上巳の日に、お女中が、京都から嫁いできた正室の「道具の雛形」をみて、桃の花を飾り、白酒を飲む風習だけはあった。

江戸家老の岡本半介は、それとなく進捗状況の確認や、三浦乾也へのたびたびの出金の要請に応じてきた。

一昨日には、江戸城の白書院で豪華な高さ七尺（二米余）の五段雛人形が三浦乾也らの手で飾られた。江戸城登城の規律と制約から、岡本家老でなく、設置の立ち会いは井伊直弼であった。

岡本は完成品をみていない。

昨日は、家茂将軍、和宮の参列の下で、『献上の儀式』が無事に終了した。上屋敷にもどった井伊掃部頭直弼から、ご苦労、滞りなく終わったと、満悦した顔で言われた。岡本半介にすれば、ひさしぶりに聞いたことばであった。

岡本半介の脳裏には、半年前からの経緯が如実によみがえっていた。

将軍の小姓が廊下から「溜の間」に声をかけてきた。はっと、今にもどった。

「井伊家さまのご拝謁でございます」

立ち上がった岡本は、小姓に案内されて黒書院《くろしょいん》まえまで進んだ。廊下で儀式どおり、まず伏す。

「このたびは掃部頭が急な病となり、ここに謹《つつし》んで名代として、拝謁をお願い申しでました。蘭方《らんぽう》医《い》のはなしでは五、六日の静養が必要かと申しております」

「これへ」と将軍から声がかかり、岡本は下段の間に入り、お目見えする御前まえまで、膝ですり寄り、袴《はかま》をととのえて着座する。岡本家老はあらためて平伏する。

「まだ寒き折、掃部には、ゆるゆる心楽に保養いたすように伝えよ」

束帯《そくたい》姿の家茂将軍は、面長な顔立ちで、きわめて鼻が高く、口もとが引き締まっている。聡明な好青年だ。

「お言葉かたじけなく存じます。ほんじつは上巳の節句、公方様におかれましてはお目出度きことに存じます」

儀式の将軍は寡黙《かもく》である。恒例の餅《もち》が配られた。

下城した岡本は、ふたたび若年寄の役邸に足をはこんだ。若年寄に面談するが、殿の首級は渡してくれない。岡本は大胆にも、幕政の重要事項をとりあつかう辰口《たつのぐち》の評定所《ひょうじょうじょ》にもちこんだ。

老中、町奉行、勘定奉行、寺社奉行、大目付、目付があつまって評議する。だれもが評定所あつかいを不名誉なものだとして嫌う。

岡本は暗殺のすべてをつつみ隠さず克明に語った。

「武士が首を獲られるなど最大の恥だ。世間では『安政の大獄』といわれておる危険な状態のさなかだ、井伊家の警備はどうなっておる。浪人ごときに、首を討ち取られるとは、天下の恥だ」

「それでも徳川四天王か」

「殺害の犯人は、何人か捕まえておる。慶喜が出生した水戸藩の浪士たちだ」

襲撃者は水戸脱藩者が十七人、薩摩藩士一人だった。その数が判明した。

「将軍の威光を示すために、上巳の節句に白書院に雛人形が飾られたようだが、雛人形はもともと魔除《まよ》けじゃ。掃部頭の演出は根本がまちがっておる。元来は川に流すもの。江戸城におくのは良からぬ。来年以降、大奥に飾るなど論外だ」

そんなつよい批判が向けられた。

岡本は屈辱の罵詈雑言《ばりぞうごん》を浴びつづけた。ひたすら、耐えた。

「家臣はどんな罪もかぶります。わが大老職の掃部頭公が暗殺されて、井伊家がお取りつぶしになったとなれば、幕府の権威そのものが下ります。そこをよくお考えいただきたいのです」

岡本は主君の首の返還に拘泥《こうでい》していた。

「岡本半介の意見も一理ある」

「幕府の存続に悪影響をおよぼしかねない」

「ここで井伊家を改易すれば、攘夷派の水戸藩の思うつぼだ。慶喜を将軍にかつぎだす所存だろう。それが再燃する」

「それは避けるべきだ。岡本家老。将軍家、皇女和宮様に、井伊家から手落ちがありましたといい、献上された「雛人形」だが、内密にご辞退せよ。しかと申しつけるぞ」

幕閣の評定所の決定で、夕刻には直弼の首級が井伊家に引き渡された。

そして、胴体と首が縫いつけられて、幕府には病死としてとどけられたのだ。もし、岡本半介でなければ、井伊家はお取りつぶしであっただろう。

防具の面のなかで、日比谷健次郎の目が闘志で光っている。かれは筋肉質で、機敏で、素早い動きと巧みな技をもっている。

相手は武蔵国多摩郡日野の土方歳三である。一歳年長だ。土方は天然理心流《てんねんりしんりゅう》の免許皆伝で、美技の剣で気合が入っている。天才型の剣術師だ。

健次郎の竹刀《しない》の先端がひくひく動く。「セキレイの尾」である。微細な拍子や調子をとる。竹刀を構える面金《めんがね》の奥から鋭い目が光る。八相の構えだった。相手の土方歳三は浅黒い顔だが、端正な面持ちの好男子である。怜悧《れいり》な影がある。そのうえ、自信にみちた顔で、かすかな笑みを浮かべる。

健次郎が竹刀をふりあげるとともに、「くおっ」と気合を発し、面を狙って打ち込む。大胆な攻撃だった。一瞬、土方歳三は、「うおっ」と受けてから、

「受けてみろ。健次郎」

と間髪もなく、鋭い突きでくる。そして、間の取り合いになった。

瞬時に、竹刀の剣先《けんさき》がびしっとふれあった。

「えっ、い」と土方が怒号のような気合を発した一撃だった。健次郎はさっと身をかわす。同時に、烈しい気合で打ち込む。

ふたりは半歩下がり、静止している。竹刀の構え、足の動き、全身はともにすきがない。ふたりは剣の使い手として奥義を極めた、すぐれた剣の素質がある。

土方の全身から、勝つ、というつよい信念と闘志が満ちあふれている。健次郎もぜったいに負けぬと、からだが動いている。気迫と気力は互角である。

突如として、土方が攻撃をしかける。鷹と鷲のような猛禽《もうきん》に似た殺気で、襲いかかってくる。巧みにかわした健次郎が、「くぉっ」と一撃をくわえる。土方が瞬時に反撃する。右と左に、一髪の差の早業である。考えるよりも先に、身体が動いている。

双方の竹刀が激突し、面わきをかすめた。健次郎はもはや中段に構えている。

ふたりは胸の張りや、腰の据わり、気迫と技ともに互角で、精妙な剣である。非凡なる使い手である。ただ、日本刀で実際にひとを斬った経験などない。和の剣法である。

一閃《いっせん》の技、殺気がつづき、超人的な早業の連続におよぶ。一本勝負とはちがう。技《わざ》が一本、二本、三本と決まっても、それで勝負がつくのではない。すさまじい気迫だった。

気迫の精神が術を超越してくる。打ち合うほどに、体力と精神がごく自然に激しく消耗していく。長時間になるほど、いずれかが耐えがたくなり、「参った」とつげるまで、二時間でも、三時間でも、半日でも、烈しい戦いがつづくのだ。

窓の外は上巳《じょうし》の節句にしては、めずらしく雪だった。朝からその雪が降り積もっていた。

武蔵国足立郡の日比谷家は、一段高い石垣のうえに建ち、敷地面積が三千坪近くある。おおきな母屋、整った手入れのよい美の庭、鶴のかたちの池、竹山、雑木林などがある。信仰の三峰神社の祠もある。きょうはそれらが雪をかぶっている。

敷地の四方は高い白壁で、三角形の穴があけられている。戦闘となれば、内側から弓矢や鉄砲で、外部の敵に攻撃できる狭間《はざま》であった。その外周となる三方は、水を張った堀（幅六米）があり、一か所だけは開閉橋が渡されている。みるからに戦国時代の豪族の館づくり、つまり軍事施設の平城そのものであった。母屋など主要な居館は、防弾となる硬い欅《けやき》の板張りだった。

敷地内の倉庫群には、鎧兜や鉄砲など武器の収まった武具蔵がある。農具の倉庫、蔵書がある文書蔵、日用倉庫、頑丈な土蔵などが点在する。

小右衛門《こえもん》新田村《しんでんむら》の大名主（大庄屋・御大尽《おだいじん》）の建物である。館づくりからすれば、徳川家有事のさいに、軍事的な役目を果たす郷士である。苗字帯刀を許された由緒ある日比谷を名乗っている。

吉宗将軍のころ、「鷹狩り」が足立、葛飾などでひんぱんにおこなわれた。鷹狩は名目で、数千人による軍事演習である。この鷹狩の管理を任されていた。

日比谷家は「御大尽」様と呼ばれる。

村役人として名主、年寄、組頭がいる。各村のもめ事は村役人があたり、名主が解決していく。ただ、村をまたがった名主どうしの厄介な出来事や問題は、大名主の御大尽の健次郎のもとに持ち込まれる。そして、双方の言い分などを聞き取り、ことごとく裁いている。

一帯は幕府直轄地であるが、日比谷家は数百町歩に及ぶ、広大な自己所有地を持つ。大勢の小作人をかかえ、田畑、農具を貸し与えている。種まきから収穫まで請け負わせている。収穫時には、幕府の年貢米のほか自己所有地の米穀が屋敷内の蔵に運び込まれる。遠隔地には、数か所の分所（支所）があり、同様の米蔵をもつ。

　大名主という、言葉の響きから、五、六十歳の老獪《ろうかい》な人物を想像しがちだが、かれは若き二十四歳である。北辰一刀流の免許皆伝であった。

　日比谷家の広い敷地の一角にはその道場があった。先刻から、気迫のこもった声、竹刀の音がひびく。烈しい打ち合いの連続である。

　土方歳三は、天保六年に武州多摩郡石田村の大尽の家に生まれた十人兄弟の末っ子である。かれは十代で、江戸下谷の「いとう松坂屋」に奉公にあがったが、店の番頭と折り合いが悪く喧嘩して飛びだす。二度目の奉公先は、主家の女との妊娠問題で辞めてしまう。

　女性に興味と関心が高い年ごろで、色好みともいえる。それが剣術師として緊張感の解放という、精神の

北辰一刀流免許皆伝の巻物

安定につながっているのかもしれない。女問題で帰村した土方歳三は、姉が嫁いだ家で製造する家伝「石田散薬」をうりあるく行商の身となった。石田散薬は打身に効果がある。

武蔵国は豪農・豪商の子弟らの剣術がさかんなところである。剣術師、指南役、腕達者などが多い。天然理心流、甲賀一刀流、柳剛流、神道無念流、念流など流儀も多い。けが人が多出するから、「石田散薬」の上得意先だった。

土方は薬箱を背負い、そこに竹刀や胴着を結びつけて関東一円を廻っている。腕を磨く。上巳の雪の日にでも、小右衛門新田村の日比谷家に訪ねてくるくらいだから、「きょうは、健次郎を打ら負かしてやろう」という意欲にみちていた。

かたや、健次郎は幼いころから千葉周作成政《しゅうさくなりまさ》の玄武館《げんぶかん》（神田お玉ヶ池）に、雨風を問わず、五里（二〇キロ）のみちを通った。安政三（一八五六）年十二月十五日、数え二十歳で北辰一刀流の免許皆伝になった。

「あなた、三河島の村田家から、急なお使いの方がきています」

女の声で、ともに瞬時に、

「うおっ」

と健次郎の竹刀が面に入り、土方の竹刀が胴に入った。ふたりは横転した。

「一瞬の油断だった。参った」

ふたり同時の声だった。

「兄《じゅん》、水を差さないでくれ。土方さんに失礼だ」

「でも、火急の用ですって。知らせないとまずいでしょう」

晁は、そっちが優先で、武術にまったく興味がない態度だった。

「また、村田の伯母の頼まれごとか」

「村田のお使いの方が、長屋門でお待ちです。早くしてあげたら」

晁は、江戸大店の奥方が着るような、明るい衣装姿であった。

「わかった」

三河島の村田家は名のある植木屋で、讃岐高松藩松平家の上屋敷、中屋敷のひろい庭の造園を一手にひきうけている。日比谷家の母方の伯母の寿美《としみ》が、その村田平十郎に嫁いでいるのだ。いま五十一歳である。夫が病気がちで、寿美はなにかと甥っ子の健次郎にたよってくるのだ。

晁が道場から消えた。

「奥方はいつも品を感じさせるな。凛《りん》とした顔はう

相打ちの図

りざねで、一重瞼の切れ長の目だ。黒い瞳で、肌は色白である。すっきりした細身の肢体だ」

土方が防具を外しはじめた。

「もう女児をもつ母親だ。容姿など自慢にならない。土方さん、きょうは雪の日に来てもらったのに、途中で中断とは、実にすまぬ」

健次郎も防具を脱ぎはじめた。

「奥方は美人でちょっと冷たいくらいがよい。怒った顔も美しい。とても好いな」

土方は、他人の妻でも、よく観察している。

「気ままで、強情な面がある。生活してみると気難しくて、注意の一つも言いたくなるが、そのあとのふくれた顔を考えると、小言ものどの奥につかえてしまう」

「戸ヶ崎の加藤家は、武蔵国でも有数の郷士の家といえる。そこのお嬢さん育ちだ。生まれ落ちてから、蝶よ花よと育てられた。本人が悪いんじゃない。まわりが持ち上げすぎたからだ。それに、日比谷家に嫁げば、亭主の健次郎どのが優しいから、甘えておるのだよ」

「まあ、お高くとまっているが、ときには愛らしい笑窪《えくぼ》がでる。それが救いになるかな」

手拭いで額と首筋の汗を拭く。

「惚気《のろけ》か」

土方に冷やかされた。

「女房は子育てよりも、学問が好きだ」

濡れた稽古着のなかにまで、手拭いを入れてぬぐう。

幼い頃から茶道、華道、琴などの習い事は一通り習得している。十代のころからなにかの拍子で、洋学に関心をもったようだ。横文字を読むことで、だれよりも突出した才女でありたいと思うようになったらしい。父親の加藤翠渓《すいけい》がことのほか娘に甘く、長女の晃《じゅん》がねだれば、高価な蘭学（オランダ語）の本、洋学（英語の書物）を買いあたえた。さらに、洋書が読めるようにと、日本橋の本問屋から洋辞書もとりよせている。嫁入り道具には、そうした洋書と辞書があった。長女の志無《しん》を出産しても、授乳は乳母まかせで本を読んでいる女性だった。

「土方さん、いまから長屋門に行って、使いから、どんな用件か聞いてきます。きょうは娘の初節句で、表座敷に六十年前に江戸神田の人形師がつくった、雛人形を飾っております。新酒の白酒もありますから、無理には引き止めませんが、ゆっくりやっていってください」

「初節句とはめでたい。雪で行商の効率が悪いし、そうさせてもらおう。六十年前といえば寛政時代だ。さぞかし華やかな、雛人形だろう。拝見させてもらおう」

という返事を聞いてから、健次郎は長屋門に出むいた。

三十五歳くらいの袢纏《はんてん》をきた門右衛門《もんうえもん》は村田家に出入りする「出職《でしょく》」だった。雪の日だから、着物を尻端折《しりはしお》り、股引《ももひき》で、雪沓《ゆきぐつ》をはいていた。門右衛門は、村田家に造園のおおきな仕事が入ると、現場を任せられる監督のような存在だった。

「村田の姐さま（寿美）から、大至急、健次郎どのを呼んできて、と申されました。なんでも、高松藩のお殿さまから、日比谷健次郎どのに直々に御用命があるそうです」

「義伯父の十兵衛さんが病気だから、甥っ子の私を代役として、なにかと呼びだす。口達者で、こちらの都合など考えておらない」

豊島郡三河島の村田家は、かつて将軍がお鷹狩の際に昼食をとるほど、名が知れた名家だった。嘉永時代には讃岐高松藩松平家の命で、品川台場づくりの構築にも、参画した実績がある。

伯母の代行として、健次郎は高松藩の普請奉行配下の役人と、なんどか書類交換の役を担ったことがある。つまり、あいては下っ端役人である。奉行や家老などいちども面識がない。まして讃岐《さぬき》国《こく》高松藩の十代藩主松平頼胤《よりたね》さまなど、雲の上の太陽のような存在である。御三家の一角水戸藩が本藩の御連枝《ごれんし》（親藩大名）である。井伊直弼《なおすけ》、松平容保《かたもり》、松平頼胤《よりたね》らはいま幕府の最高峰にいる。頼胤は本家筋の水戸藩と仲が悪く、逆に井伊直弼と昵懇《じっこん》で幕政の後ろ盾《だて》になっている。

将軍世継ぎ問題、通商条約の締結から、安政の大獄がおきた。井伊直弼は徹底して水戸藩を弾圧した。その裏には松平頼胤がいるのだ。

息子の頼聰《よりとし》（のちの十一代高松藩主）が、井伊直弼の娘を正室にしている。

水戸藩は徳川斉昭《なりあき》が井伊大老から蟄居《ちっきょ》処分をうけたり、家老が切腹させられたり、井伊大老に怨《うら》み骨髄《こつずい》だ。当然ながら、高松藩にたいしても憎悪している。

そうした認識が健次郎にあった。

「伯母にもっと上手な嘘をつくように言ってくれますか。高松藩のお殿さまから、名指しの呼び出しなんて考えられない。いまは客人がきておるし」

「これは嘘じゃありませんぜ。家臣の方がいらして、名指しされたようです。わしらの仕事は五節《ごせっ》句《く》の上巳は休みですが、雪で植木が傷むと値が下るし、わしは早朝、植木道具を背負って村田家に入りました。上物の植木鉢など片づけておったんです」

門右衛門は江戸っ子らしいハキハキした口調だった。

植木屋の村田家は六五九坪の広々とした敷地である。松、ソメイヨシノ、寒桜、山桜、楓、桃、萩、柑橘類など多種多彩の植木を育ててから出荷する。

「昼前ですかね。家臣の方がおふたりして、とり急いだ感じで村田家にお見えになったんです。お帰りになると同時に、『健次郎を呼んできて。雪吊りの植木の手直しどころじゃないから。高松のお殿さま直々にご拝謁よ。ともかく急いで』と顔色を変えてましたから、まちがいねえ」

「契約上で、ただならぬ問題がおきたのかな。それとも、とてつもない額の火急入用の献金要求かな。ともかく、客人は女房にまかせて、三河島にいくか」

「それがようござんす。雪で足下は濡れておりますし、北風で表面が凍っております。ご用心を」

「殿さまに拝謁ならば、紋付《もんつ》き袴《はかま》が必要だ」

それら正装の着物や小物など一式は箱に入れて、仕込みの作人に背負わせた。土方歳三に詫びてから、健次郎は雪沓《ゆきぐつ》を履いて笠を被った。表門で、妻の晁や数人の女中たちに見送られた。

四方の田んぼは一面が白い雪原になっていた。門右衛門の案内で、膝まである雪を踏み分けて進んだ。健次郎は健脚であるが、箱荷を背負う作男の足にあわせていた。

建物や樹木の陰に入ると、雪をなでた冷気が全身をつつむ。雪の重みで竹がしなり、雑木の枝が折れてもいるが、雪の開花にも見えた。人家がわりにあつまる集落になると、複数の踏み跡ができていた。雲の切れ間から、薄い陽が射す。雪が溶けはじめてきた。歩く速さが心もちあがった。

梅田村の間道から、道幅がある日光街道までやってきた。雪かきができていた。千住大橋に近づくと、此岸と対岸、ともに町奉行らによる厳重な警戒が敷かれていた。

「大きな捕り物だな」

与力・同心、岡っ引きらが、すべての通行人を止め、行き先と用向きを訊《き》いている。実に、きびしい検問である。間違ったことをしていない者でも、この警備ではつい身構えてしまうだろう。

「三河島の植木屋村田家に用があります」

「通れ」

江戸に向かう者にはさして厳しさがない。おおかた、江戸城下から逃走した人物に網をかけているのだろう、と健次郎は読みとった。

「なにがおきたのですか」

と聞いてみたが、無言だった。

千住大橋の上で、雪を撫《な》でてきた風で氷結し、箱持ちの作男が足を滑らせて転倒した。引き起こす。大川を一瞥すると、水は青く、両岸の屋形船、ちいさな川舟はいずれもそろって白雪で化粧されていた。橋を渡ると、積雪が太陽光を反射し、まぶしくなった。西に向かうだけに、眼を細めた。雪盲《せつもう》を注意していた。

また、検問だ。世のなかには知っていることをしゃべりたい人間はかならずいるものだ。問えば、捕縛目的は水戸浪士と薩摩藩士だとおしえてくれた。なにがおきたか、そこまでは語らなかった。

「高松藩の呼び出しは、この捕り物と関係があるのかな」

「おおいにあり得ますね。御連枝（親藩大名）様でも、向いている方角が水戸藩と真逆ですからね」

「この話題は好ましくなさそうだ。役人の目があっちこっち光っておる。唇の動きで、ことばを読む密偵も配置されているかもしれぬ」

「さようで」

雪の道端で、数人の子どもらがむじゃきに雪だるまを作っている。樹木の下には、枝から雪塊が落ちてくる。軒下の水仙の黄色があざやかだった。

「健次郎さま。前々から、ちょっと気になってましたが、日比谷家と、江戸城の日比谷門と関係があるのですかい」

門右衛門があえて話題をつくったように訊《き》いた。

「おおいに関係する。そのむかし室町時代初期のころ、江戸湊《みなと》は日比谷入江とも呼ばれていた。入江に面したところに日比谷村があった。一帯を日比谷郷ともいっていたそうだ。その他にも、千代田、桜田、祝田、飯倉、三田村なども、近在にあった。建武四（一三三七）年のころ、これら日比谷入江に近い村は、足利の支配下にいた」

「さようで」

門右衛門が雪解けの水たまりをとび越した。

「江戸湊は汐入の草原で、人家が点在するていどだったらしい。室町幕府の弱体化にともなって、日比谷郷に武士がしだいに増えてきたようだ」

「すると、日比谷家はもともとお侍さんですか」

「厳密にいえば、豊臣時代の兵農分離のまえだから、一領具足《いちりょうぐそく》という半農半兵だろうね。春から秋にかけて田畑を耕し、戦争はだいたい農業の閑散期に起きるから、そのときは武器をもって馳せ参じる。いまの日比谷家は村を統括する郷士だった。こんなところかな」

「そういうことか」

「調べてみると、日比谷郷から名僧が出ておる。南北朝の後、名僧の大誉慶竺《だいよけいじく》が応永一〇（一四〇三）年に生まれておる」

「これは、御利益《ごりやく》がありそうなお話しだ」

門右衛門があえて合掌していた。

「その慶竺は、聖聡《しょうそう》なる名僧に師事しておる」

聖聡とはだれか。下総国守護の千葉氏胤《うじたね》が父親で、母は新田義貞《にったよしさだ》の娘である。千葉妙見寺《みょうけんじ》（現・千葉神社）で真言密教《しんごんみっきょう》を学び、やがて浄土宗に帰依《きえ》した。

「新田義貞しかわからねえや」

「興味がなければ、聞き流してくれてよい。その当時、江戸湊の日比谷入江と、となりあう貝塚村に、真言宗の光明寺があった。千葉から舟で渡ってきた聖聡が、その光明寺に入った。浄土宗に改宗して、いまの増上寺になった」

「へえ。そうなんだ、増上寺なら徳川さまの菩提寺じゃないですか」

「そうだよ。日比谷村の大誉慶竺が、その増上寺の聖聡に学び、師にしていたが、お亡くなりになり、上洛《じょうらく》された」

「上洛とは、京の都にいった」

「そう、都では有名な百万遍知恩院《ひゃくまんべんちおんいん》（開山は法然上人《ほうねんしょうにん》）に入った。慶竺は聡明な頭脳のうえに、努力して十九世になられた」

「なんとなくすごいや」

「慶竺は後花園《ごはなぞの》天皇に認められて、浄土門《じょうどもん》の首座《しゅざ》（第一位）となった。天皇から香衣《こうえ》被着をたまわっている」

「それもすごいや。天皇は雛人形の内裏《だいり》さまだ」

徳川将軍は理解できるが、公家、天皇などまったく知らない。これがふつうの江戸人だった。

慶竺は宝徳《ほうとく》三（一四五二）年、知恩院に入山し、浄土宗の再興に尽力した。中興《ちゅうこう》の祖《そ》とたたえられている、知恩院第二十一世が慶竺だった。知恩院には法然上人の報恩の志を述べる、ご諷誦《ふじゅ》がある。

慶竺の力でできたらしい。いまでも知恩院に行けば、大誉慶竺の存在は歴然としている。

「このくらいにしておこう」

天空の雪雲がしだいに消えて、白峰の秩父連山、奥多摩の山々、ふり返れば双耳峰の筑波山が顔をだしはじめた。遠方の富士山はまだ濃厚な雲につつまれている。

二羽の鶴が低空で飛来してきた。この三河島には将軍のお狩場がある。そして、餌付け場が設けられていた。狩りに必要な鶴を脅かさないように、正月の凧揚《たこあ》げすらできない。

九代家重《いえしげ》将軍の時から、寒の入り（十一月下旬〜十二月）に、将軍が藤色の陣羽織でお出ましになり、鷹匠《たかしょう》から鷹をうけとり、鶴に近づいて放つ。一羽の鷹でおぼつかないときは、第二、第三の鷹を将軍にさしむける。将軍がみずから放った鷹が丹頂鶴《たんちょうづる》を捕まえると、「御拳《おこぶし》の鶴」として、その一羽が天皇家に献上される。

それとは別に、足立郡などでは広域な軍事演習が行われている。お鷹狩の管理はふだんから厳格で、鳥見役人の下で、村田家など周辺の村役人はお狩場の保存につとめる。天然の鶴を餌付けする人もだす。雉《キジ》の餌になる虫は捕獲させない。こうした見張りと観察が義務付けられているのだ。健次郎は村田家の観察記録の筆も手伝う。そして、鳥見役人に提出する。

「……。きょうは鳥見役さまのご用で、将軍さまのお狩場に参ります」

「さようか。お役目ごくろう。通れ」

鳥見役の名をだすと、どの検問も楽に通り抜けられた。

陽を反射する雪光が、顔を熱する。早足だから、着ている袷《あわせ》や羽織すら暑くなってきた。

村田家の関係で、村人とすれちがうと、健次郎とは顔見知りがいて、挨拶もされる。

伯母は齢五十一にして器量は悪くない。愛想もよい。落ち着いた女将で、人使いの采配は巧い。しかし、帳簿などは苦手だ。きょうの伯母寿美はちがっていた。

三人が村田家の母屋に入ると、健次郎は伯母に荒々しく腕をつかまれた。おいで、と植木が繁る庭まで連れ込まれた。まわりに人の気配がない、と確認してから、

「健次郎。高松藩上屋敷に行って、よく頭を下げてお詫びするんだよ。申し訳ありません、と。絶対に、言い訳とか、開き直ったらいけないからね」

「私が、なに悪いことした?」

「そういう態度がいけないんだよ。口応えに聞こえるんだからね。ひたすら平伏して謝り通すのよ」

「わけがわからない話しだな」

健次郎が首をひねった。

「性根はむかしと変わってないね。情けない。聞き分けがなかった子どもの頃とおなじだね。態度が横柄《おうへい》なんだから。二十一で御大尽になって、人間にすこしは丸みが出てきたと思ったけど。これが甥っ子かね」

「呵責《かしゃく》の念《ねん》などないけれど」

「これだからね。胸に手を当ててよく考えてごらん。殿さまの逆鱗《げきりん》にふれることがあったはずだよ」

伯母がまくし立てる。

「逆鱗？」

「もどかしいね。あんたはいまや小右衛門新田村の御大尽でしょう。足立で、将軍家のお狩場の管理もしている立場よ。その繋《つな》がりで、三河島のお狩場にも出入りしていることもあるし。公方様から高松藩が叱られるような、なにか手落ちがあったんだよ、きっと、そうに決まっておる」

「ヘマはしていないさ。お狩場は鳥見役の支配だし、その上は鷹匠頭、そして若年寄だ。高松松平家の殿さまと、若年寄は役向きがちがう」

「へ理屈いっているんじゃないよ。悪びれた顔の一つもしないで。ともかく謝りにいっておいで。日比谷家から罪人が出たら、先祖様に死んでも顔が合わせられないんだからね。そこを良く考えて、謝るところは素直に謝る。健次郎の厚かましい顔をみていたら、心の臓が破れそうよ」

三河島の村田家に嫁いだ伯母の寿美は、根っこは小右衛門新田村の日比谷家にあるようだ。

「伯母さんが、松平家の侍がきたとき、用件を聞いておいてくれたら心構えができたのに」

「そうはいうけどね、突然、お侍さんが村田家にやって来て、『茶などいらぬ。松平頼胤さまから、火急の呼びだしだ。足立郡の日比谷健次郎なるもの、当家の上屋敷まで召し出させよ。しかと伝えたぞ』と一言でさっと背中をみせて、雪原をまるで駆けるように立ち去ったんだよ。訊《き》けるものかね」

「その侍はなぜ足立まで来て直接言わないんだ？　なぜ村田家に言伝《ことづて》を言い渡したのだろう」

「雪の日だよ。村田家から使いを出させるほうが、楽だろ。お侍はそのくらいの知恵を使うわよ。

健次郎は、松平家のお家騒動の火付けでも、やったんじゃないの。けっこうな慌てぶりだったよ」

「お家騒動の火付け？　伯母さんはなにか勘ちがいしていない」

「推測するしかないじゃないの」

「推測で、ああだ、こうだ、謝れと言われてもな」

「いいかい。お手打ちで日比谷家の墓に入ったら、早々に先祖様一人ひとりに両手をついて謝るんだよ。よしんば、罪一等を命じられても、この村田家には一歩も足を入れさせないからね」

伯母は江戸っ子で、次つぎ話を運んでいく。

「街道で水戸藩浪士と薩摩藩士を見張っていた。その大事件と高松藩が関係するのかな？　手配書の水戸浪士が、かつて日比谷家に逗留《とうりゅう》した？　水戸藩の文人墨客《ぶんじんぼっきゃく》が日比谷家にはよく逗留するし」

先代から亡父は人柄がよく、亡母は気さくだったから、多くの人があつまる館だった。料理人の腕はいいし。呑んで語らう。

「なに、のんきなこと言っているの。水戸浪士が泊まったなら、お縄じゃない」

と真顔で怒っているのだ。

「水戸藩は北辰一刀流が盛んだし、藩士がわが館にきて、日比谷道場で剣術の練習稽古もする。しかし、浪人になると、来ない」

「わかったわよ。健次郎は北辰一刀流だから水戸藩士とつながっていると、高松藩に睨《にら》まれたのよ。安政の大獄。ああ、なげかわしいったら、ありゃしない。打ち首だね。背中がぞっとするわ」

千葉周作は水戸藩から厚遇されている。百石取の馬廻り役だ。

「打ち首なら、捕縛《ほばく》されるよ」と伯母はいってから、「恐ろしいね。身震いするわ。この村田家は、徳川将軍様が日光東照宮にお出ましのとき、昼食でお立ち寄りになった由緒ある名家だよ。健次郎に泥を塗られて、本当に口惜しいよ」

「ともかく、高松藩松平家に行ってくるよ」

「塩を撒《ま》いてやるから」

伯母の目は怒りで光っていた。伯母の態度にはむしゃくしゃするが、ともあれ健次郎は門右衛門と箱担ぎと二人で讃岐高松藩の上屋敷へと向かった。

「門右衛門さんは一人者かい」

健次郎がそんな話題をつくった。

「もう三十六歳でして、わしが十九のとき、茶屋づとめの可愛い盛りの十七の愛嬌《あいきょう》のある女に手をだして孕《はら》ませて、所帯を持つことになった。上野山の裾野のちっぽけな借家住まいでさ。子持ちのカカアになると、開けても暮れても、『稼ぎは悪いし、甲斐性《かいしょう》なしだよあんたは。死んじまいたい』と近所につつ抜けになる大声をあげる。女は結婚すると、口うるさく、性格まで変わってきやがる」

（多少は、同感できるな）

健次郎は心のなかでつぶやいた。

「毎日、尻をたたかれて、わしの気持が女房の方から逃げてしまい、同業の職人が真似できない新品種づくりの方に励んでまさ」

三人のいく方角の千駄木、駒込、染井、巣鴨あたりと植木屋が多かった。いずこの植木職人も品種改良に精をだす。大名から庶民まで、変化咲きの植物を好む。植木屋はこぞって職人にそうした改良を奨励《しょうれい》していた。

「新しい品種ができて、村田家から金一封をもらうと、若い連中に居酒屋で飲ませてやる。それが愉しみかな」

「女房があって、腕の良い植木職人になれたんだ。それを思えば、しあわせ者だ。二十四の私がいうのも変だけれども」

さっきまで上野山の寛永寺《かんえいじ》の仏塔が、樹の間に見え隠れしていた。東叡山《とうえいざん》寛永寺と不忍池《しのばずのいけ》は、京都の比叡山延暦寺《えんりゃくじ》と琵琶湖《びわこ》を模して造られたものだ。

健次郎は若いころ足立の小右衛門新田村から、神田お玉が池の千葉道場（玄武館）に通っていた。剣術をみがく十代のころ、健次郎は帰路に上野下の湯屋『越前屋』で汗をながすのが常だった。

湯屋の建物は破風造りの屋根で、軒先には竹竿につるす弓矢の目印と、男・女と画かれた旗がでて

いる。番台には一風変わった「塚谷佐兵衛」なるおやじさんがいて、

「若い者は寛永寺で、枯葉と薪《まき》を拾ってこい。無料《ただ》で入れてやる。それでなければ、濡れた稽古着のままで、自家《いえ》まで走って帰れ。それも鍛練《たんれん》だ」

と湯屋に入れてくれないのだ。

江戸は水不足と燃料不足である。井戸を掘っても塩分が多く、費用も高額だから、武家屋敷すらも内風呂がもてなかった。大火の多い江戸では、薪が貴重品で、むやみに木材や板材は手に入らず、古材や古竹をつかっている。

健次郎は剣術仲間と寛永寺の森に、薪拾いにでかける。「くそ坊主」といいたくなるほど、学僧が威張り、竹箒《たけぼうき》で参道を枯葉一枚残らず掃《は》いたら、竹カゴに一杯分だけ落ち葉と枯木をやると、ふんぞり返っている。小一時間かけて、上野下の湯屋『越前屋』に枯枝と落葉をもちこむ。うす暗い混浴だから、姐さんたちに「良い身体ね。すべすべして」と肩や背中をさわられる。

汗を流したあとの寄り道で、両国広小路や浅草奥山にも足をむけた。軽業師《かるわざし》、曲独楽《きょくごま》、女相撲、アジアからきたラクダもみた。多種の細工物が露店で売られている。いまでは妻晁《じゅん》の遠戚筋になる陶芸家三浦乾也《けんや》が浅草の窯《かま》で焼いた小細工の陶器を売っていた。それは人気で高値だった。

「おじさん陶芸家だろう。画いているのは洋船だね。なにに使うの?」

健次郎は興味ぶかく、茣蓙《ござ》のうえで胡坐《あぐら》をかいた無精髭《ぶしょうひげ》の三浦乾也の筆先をのぞいた。精緻《せいち》な船舶図で、三本マストの大型洋船である。

「先年、長崎出島でオランダ人から、造船と操船を習ってきたのじゃ。これは船舶設計図というて

な、この通りに組み立てれば、異国船なみの大型船が造れるのじゃ。日本は海運国になれる」

「陶芸家なのに、長崎まで行って造船を勉強したの？　すごいな。ところで、おじさん、莫蓙の上にならべた売り物が盗人らしい女に狙われておるよ」

と耳元でおしえても、

「盗まれたら、また焼いてくればよい。窯はこの近くにある」

（変人だな）

「この図面を仕上げて阿部様に、お持ちするのが先決だ」

「あの老中首座の阿部正弘様に会えるの。すごいな。おどろきだな」

少年健次郎はびっくりしたものだ。それから約十年後、健次郎が晃と婚礼を挙げたとき三浦乾也が参列しており、おどろいた。親戚じゅうで変人、奇人で大酒呑みだと嫌うが、健次郎にとっては、発想が愉快で好きなひとだった。

そんな思い出が健次郎の脳裏を横切っていた。

「飛鳥山の咲きかけた、ソメイヨシノの芽が雪で縮みこんだし、こうも厳しい取締りだと、飛鳥山の花見も禁止になるだろうな」

鶯谷、根岸のウグイスは有名で音色を聞きに大勢がくりだすし、春はこのかいわいの植木屋に人出が多くなるが、浪人者が紛れ込むから、厳しい取締りになるだろう。門右衛門はそうした話題に集中していた。

「ところで健次郎さん。くりかえすようだが、いつ武蔵国足立郡に移ったの？」

徳川家康公の江戸入府は、天正十八（一五九〇）年八月一日である。家康は三河以来の家臣団の組屋敷の町づくりに着手した。江戸湊の埋め立て工事がはじまった。

参勤交代で江戸人口が一気に増えた。飲料水の不足が生じて、多摩川の上流から玉川上水が延々城下まで引き込まれた。もう一つ、重要な問題になったのが食糧確保である。

家康公の下で、関東代官頭の伊奈忠次《いなただつぐ》が、武蔵国の東側の新田開発にたずさわることになった。

江戸湊に近い日比谷村、牛込村、千代田村、堀切村など数多くが武蔵国の足立郡、葛飾郡への移住とともに新田開発が命じられていた。日比谷村の初代は小左衛門《こざえもん》だった。やがて、岩槻城下の元武士の渡辺小右衛門が移住してきた。たがいに協力して、新田開発の範囲を広げた。

勘十郎家尚《いえなお》から次郎右衛門貞教《さだのり》の代には意欲を燃やし、小右衛門新田村《こえもんしんでんむら》の周りの村々をたばねる総代の大名主《おおなぬし》（郷士、御大尽）となった。西日本では大庄屋と呼ばれている。新右衛門貞康《さだやす》、大治郎晴《はる》尚《なお》、佐吉貞則《さだのり》、そして、健次郎貞尚《さだなお》とつづく。

「神田川に近づきました。もうすぐ高松藩上屋敷です」

天秤棒をかつぐ棒手振《ぼてふ》りの商人が見当たらない。武家屋敷の一帯はふだんにない厳重警戒で近寄りがたいのだろう。高松藩松平家の上屋敷のまえに着いた。

門番に来意《らいい》を伝えると、殿がお待ちかねだ、と話が通っていた。それも、速やかに通せ、という指示があった様子《ようす》である。

「控えの間で、着換えさせてください」

「よかろう。案内人をつかわす。供の者ふたりは別室にて待たれよ。殿は日比谷健次郎どのしか会われぬ」

健次郎が紋付き袴の正装に着更えると、奥付き女中に案内された。そして、小姓に引き継がれ、応接の間に通された。そこではお目見えの手順がおしえられた。

「殿さまがお見えになるまで、しばらくお待ちください」

やがて、松平頼胤が上段の間に坐った。五十歳の頼胤はみた目にも頑固一徹な風貌《ふうぼう》だった。

健次郎は平伏してから、名乗った。

「そなたは、剣術の心得があるそうだな」

「はい。千葉道場から北辰一刀流の免許をいただいております」

「口は堅いほうか」

「まだ拷問《ごうもん》などうけた経験はありませぬが、きっと堅い方だと思います」

「余と交わす約束は、殺されてもしゃべらないと、それはできるか」

「正直に申します。私は貴家の家臣ではございませぬ。死んでも、殺されても、というほど貴藩にたいする忠義忠節は、正直なところ持ち合わせていませぬ。命を代償とする約束事は受けかねます」

健次郎は毅然《きぜん》と言いきった。

「本音だな。そなたには子どもがおるか」

頼胤が急に話題をかえた。

「はい。きょうが娘の初節句です」

「そなたの館は豪族造りで、いくつか頑丈な土蔵もある。そのうちの一棟、土蔵ごと、そっくり当家に貸してくれぬか」

「それはお安いご用です。村田家がお世話になっておりますし、多少の恩返しともなりましょう」

「ならば、徳川政権があるかぎり、高松藩の一棟借上げは口外しない。内部は確かめない。この約束はできぬか」

「この場で、徳川家があるかぎり、ということばには戸惑います」

「本音を語れ。かまわぬ」

「ならば、申し上げます。どんな政権も未来永劫《えいごう》はありません。驕《おご》る平家も壇ノ浦で敗れています」

「さようじゃな」

「末代までではなく、私の命があるかぎり、というお約束ならば、お受けいたします」

「それで良かろう。街道は厳重な警戒中だ。そなたの手の者に運ばせられぬ。余の家臣に、今夜中に武蔵国足立郡の日比谷家まで運ばせる。そなたはすぐに帰り、土蔵を空にしておいてくれ。錠前と鍵は当家で用意する。以上」

「かしこまりました。ご質問は叶《かな》うでしょうか」

「いまは取り込んでおる」と立ち上がりかけた頼胤が一瞥し、腰を降ろしてから、「土蔵を提供してもらうからには、一つだけは許そう」

「なぜ、この日比谷健次郎をご指名なさったのでしょうか。質問はこの一点です」

「余の趣味は、植木の新種選びじゃ。ふるい話しだが、家臣任せでなく二度ばかり、村田家に立ち寄った。寿司飯は絶妙の味じゃった。嫁の実家は足立郡の日比谷家で、吉宗将軍のころの館づくりと聞かされた」

（あの伯母のことだ、女だてらに松平の殿さまの前にしゃしゃり出て、ペチャクチャ実家自慢をしたのだろう）

「二十年ほど前だった。関東の館づくりとはどんなものか、と馬の遠乗りで立ち寄ってみた。端午《たんご》の節句の日だった。おおかた、そなたが五歳のときだろう。案内された庭で、神田左官の腕の良い職人が、建てた土蔵自慢を聞かされた。壁が厚くて火事にも強い、床が高くて湿気は呼ばない。きょう取り込んでおるさなか、ふとそれを思い出したからじゃ」

「端午の節句に、日比谷家にいらしたわけですか」

「さようだ。今夜、たのむぞ」

殿が立ち上がった。

高松藩上屋敷の帰路において、街なかの町人らはもはや遠慮なく、桜田門外で井伊直弼大老が、水戸の浪人者に集団で襲われたと語っていた。浪人者がなんにんも死んだとか、江戸城に逃げ込んだとか、流言が随所で聴かれた。

井伊直弼派の高松藩はむずかしい立場におかれるだろう。

「高松藩の松平頼胤さまは、今夜、土蔵にいったいなにを隠す気だろう。桜田門外の血の事件にからむものかもしれない。詮索《せんさく》は無用だ、止めておこう」

健次郎はそう自分に言い聞かせた。

第3章　内密御用家

日比谷家の敷地内には、丘陵づくりの孟宗竹《もうそうたけ》の竹林がある。タケノコ狩りの季節には、村民に開放されている。夜明けに、家人が裏門を開けると、村の男女があらそって竹林に入ってくる。タケノコは太く小粒とか、皮の毛とか、尖端《せんたん》の色とかで微妙に味がちがう。ある種の宝探しに似ていた。

道着の健次郎が庭で木刀をふっていると、長屋門から入ってきた村民が挨拶し、裏手の竹林に入る。

時間が経つと、竹林の坂道から、爺やと呼ばれる仙吉が下ってきた。野良着姿の爺やは頬被《ほおかむ》りで、竹カゴを背負い、鍬《くわ》をかついでいる。

「若旦那様、背中のカゴを覗いてくださいまし。初物の良いタケノコが採れましたぜ」

まぶたが垂れる仙吉は、頭の手拭いを取ると禿《は》げている。

「爺や、これは小粒で、最上だ。柔らかくて、美味しそうだ」

健次郎はその一つを取りあげた。

「七十二の齢になっても、若旦那様に誉めてもらうと、えらく嬉しいものです」

「そういうものかな」

「若奥様も、竹林に入られると良い。竹林で火を熾《おこ》し、皮ごと焼いて、タケノコを刺身で食べる、これも格別うまいから」

仙吉は双肩の竹カゴの青い紐《ひも》を外す。

「考えておくよ」

「旦那様がお気に入りのタケノコは、いまから婆さんに湯がいてもらい、料理してもらうだ。皿に盛って、ここにお持ちしますから」

「いや、台所に食べにいくから」

「それなら、台所で待っておりますだ」

仙吉が、茅葺《かやぶき》屋根の巨きな母屋の土間台所へと消えた。

「去年の晁《じゅん》と変わらぬなら、村人に顰蹙《ひんしゅく》をかうだけだ」

そのときの情景を思いうかべた。

二十一歳の晁は数え二歳児の子持ちだったが、新妻の香りが残っていた。「御大尽の若奥様」とつねに村民から距離をおかれている。それは小右衛門新田《こえもんしんでん》村に、まだ溶け込んでいないことを意味していた。村人が興じるタケノコ狩りに、健次郎が晁を誘ってみた。いとも簡単に応じた。交流の場になるだろう、と期待したものだ。

竹林に入る段になった。妻の晁はふだん通りの化粧で、身きれいな着物姿、西陣帯もおしゃれだった。髪形は流行の灯籠鬢《とうろうびん》に結い、鼈甲《べっこう》の櫛《くし》をさす。地下足袋はひどく嫌がり、草履ばきだった。

裏手の竹林に入ると、農夫・農婦はだれもが野良着である。ごくしぜんに晁のそばから離れていく。

未婚者の男女が火を熾《おこ》し、タケノコの刺身を造り、にぎやかなたまり場になっていた。おしゃべりを愉しんでいたが、たき火も早そうに消えた。

健次郎は当時二十五歳の腕力で、二本、三本とタケノコを掘ってみせた。

「こんなふうにして、タケノコを掘るんだ。やってみるかい」

「やらない」

首を左右にふった晃は、白い首筋、袖口の皮膚に止まる蚊をひたすらたたいている。

「じゃあ、帰るか。雨が降りそうだし」

竹林の上にかかる雲はさして重くなかったけれど、早くに引き揚げてきた。

それから半年が過ぎて年が変わった。元旦を迎えて初詣の神社でおみくじを引いた。二十六歳の健次郎は大吉だったが、二十二歳の華やかな丸髷の晃に凶がでてしまった。新春気分にも影が生じた。

「……。元号が変わった翌年は、とかくよくないことが起きている。安政二（一八五五）年は江戸大地震だった。ことし文久二年（一八六二）も難儀な年になるのかな」

それはおみくじによる漠然とした気持ちに過ぎなかった。

長女の志無《しん》が数え三歳になれば、八潮村の大名主《おおなぬし》の佐藤家に養女にだす、という前々からの約束があった。佐藤家の先祖は、源平合戦にまでさかのぼる。義経が奥州から「いざ、鎌倉」に駆けつけるときに、佐藤兄弟を伴った。そして、平家を壇ノ浦で滅ぼした。伝承だが、その佐藤兄弟のひとりの末裔《まつえい》だという。

日比谷家（足立）、加藤家（戸ヶ崎）、佐藤家（八潮）の三家が、武蔵国東部に位置し、第八代吉宗将軍のころから、徳川家の江戸防衛をはかる「郷士連帯」という意図が色濃かった。

この三家は養子・養女が多く、血縁による結束がはかられてきた。家主は北辰一刀流免許皆伝の腕前まで剣を磨く、剣術師たちである。門松があけるまえに、娘の養女縁組が実行された。急に淋しくもなったが、晁には次の子どもがつよく期待された。

ことしの冬は、木枯しが田の切株、枯れた雑草をわたって強く吹きつづけていた。火鉢が日々に欠かせず、頬の赤い十代の女中が十能《じゅうのう》で、赤く焼けた炭を各部屋に運ぶ光景があった。朝には地面が凍り、霜柱《しもばしら》が立っていた。健次郎は剣術道場で、村人たちに恒例の小正月の寒稽古をつけていた。

その一月十五日の小正月に、晁から懐妊をおしえられた。

この日に水戸浪士たち六人が江戸城の坂下門外《さかしたもんがい》で、老中の安藤信正《あんどうのぶまさ》を襲撃したのである。安藤は背中を斬られたていどで、江戸城内に逃げ込んで軽傷であった。翌日には小石衛門新田村にまで、事件が伝わってきた。幕府の威信がまたしても傷つけられたのである。

「坂下門外で暗殺が起きるなんて……。お腹の子は大丈夫かしら。なにか空恐ろしくて」

寒風が鳴りひびく部屋で、晁がこれまでになくおびえていた。

「考えすぎだよ。めでたいじゃないか。出産が楽しみだ」

「縁起かつぎしたら、ダメよね。解っているけれど、胸騒ぎがするの」

「きょねんの師走に、京都の皇女和宮様が江戸城に降嫁《こうか》された。家茂《いえもち》将軍と皇女和宮のご婚儀が二月十一日に行われるのだ。明るい話題はあるのだから」

ふたりの間では、長女が佐藤家の養女にでたあと、その淋しさの話題は禁句にしていた。

「それで、尊王攘夷派《そんのうじょういは》が怒っているのでしょう」

晃が話題をそっちに運んだ。

「公武合体には反対者が多い。しかし、幕府と朝廷が仲よくすることは良いことだ。晃は世相の騒ぎなど気にせず、無事の出産に心した方がよい。家のことは女中に任せて無理しないことだよ。安産第一だ」

江戸城では、内親王和宮の方が、家茂将軍よりも身分が高かった。婚礼は、嫁をもらう家茂が客分という逆転した挙式になった。ここらからも、徳川幕府の権威が弱まりはじめたことがうかがえる。

二か月後に、晃が流産した。彼女は寝床に伏した。

「ごめんなさい。赤子を産めなくて」

「そんな悲しい顔をしなくてもいい。赤子はこの世と縁がなかったのだから。神様がまた授けてくれるさ」

「あなたは跡継ぎの男の子を期待していたのでしょう。落胆させて、申しわけないわ」

「母体には影響がなかった。それを考えれば、憂《うれ》うよりも、次の期待が持てて良かったんだ」

ここ三日間ばかり、晃は暗い顔で床に臥《ふせ》っている。心の痛みから立ち上がれない妻のもとに顔をだして、健次郎はいたわりの言葉を向けてきた。眠れぬ夜がつづいているようだ。

「きょう、新物のタケノコが採れたそうだ。あとで、ここに運んでもらう」

「ごめんなさいね。複雑な気持ちが、うまく言葉にできなくて」

と失意がなおも妻の心を襲っているようだ。

「気をもんだら、ダメだよ。こればかりは晁自身でもどうしようもなかったんだ。ながれた子は祀《まつ》って忘れよう」

「忘れようにも、忘れられないのです」

と嗚咽《おえつ》する晁の手をつよく握りしめてやった。

健次郎は爺やが初物のタケノコだと誘った台所へと足を運んでいった。

茅葺《かやぶき》の母屋に入ると、高い天井の室内全体が、囲炉裏《いろり》と竈《かまど》の煤《すす》で黒っぽい。百年物の丸太の柱と梁《はり》で組まれている。母屋の一階には部屋数が多い。土間台所《どまだいどころ》に接した「板の間」、「囲炉裏の間」、「表の間」、「書院」、「奥の間」と襖《ふすま》で仕切られた部屋がさらにつづいている。襖絵は、逗留《とうりゅう》した客人で、狩野派の絵師たちが描いた四季花鳥が多い。逸品《いっぴん》が数多くある。

大半の部屋の窓から、小右衛門新田村が一望できる構造になっていた。それは外部侵入者をすみやかに発見するためのものだった。

中二階もあるが、住込み女中たちがつかっている。

台所ではそれら六、七人の女中が、朝餉《あさげ》の準備で、竈や井戸のまわりで働いていた。住込み、通いまで含めた男女三十五人ぐらいが、日比谷家の家人として勤めている。かれらは板の間で朝食を摂る。幼い子どもらを連れてきて、朝食・夕食を食べさせる親もいる。

「若旦那さま、山椒《さんしょう》と味噌で味付けましたよ。召し上がれ、台所の框《かまち》にお坐りになって」

婆やと呼ばれるお菊は六十六歳で、素朴な笑顔をうかべる。小柄で痩《や》せているが、腰は伸びており、料理は上手だった。かつては料理頭だったが、いまは四十代の女性に代替わりしていた。

「いい味だ。山椒《さんしょう》もぴりっとして舌触《したざわ》りがいい」

健次郎は箸《はし》と皿をもって微笑《ほほえ》んだ。

「子どもの頃から、タケノコが好きでしたね」

「そうだった。だれよりも早く初物《はつもの》のタケノコを見つけたくて、雨の日も竹林に入っていたものだな。晃の床に、このタケノコを運んでほしい。いましがた本人に話してきたから」

「そのつもりですよ。若奥様の床があがると、いっしょに竹林に入り、刺身をつくって食べさせてあげると良い」

「爺やにも、おなじことを言われた」

健次郎は曖昧《あいまい》にしておいた。

タケノコ料理は一か月ほどが経つと、多くが食べ飽きたのだろう、食膳にはあまり乗らなくなってきた。五月に入ると、タケノコ狩り自体も下火で、人影も少ない。村人は田んぼに水を張るとか、初夏の農事とか、そちらに関心が移っていた。

日比谷家の庭には、飛ぶ鶴のかたちを模《も》した池がある。先日、庭師が入ってその池の縁をかたどる岩が増えた。すると、築山と石灯籠《いしとうろう》がより引き立ち、見栄えがとても良くなった。

手入れの良い庭の草花が、春から夏へと変わり目になった。牡丹《ぼたん》、カキツバタ、藤の花、紫陽花《あじさい》と楽しめる季節になっていく。平たい座禅石にかるく腰を降ろした晃が、団扇《うちわ》で仰ぎながら、花壇の牡丹の花を愛でていた。通りがかった健次郎は妻に呼び止められた。

「見てごらんなさい。満開よ。牡丹の花って、なんて素敵なんでしょう。優雅《ゆうが》で、ふくよかで。大好きなの」

「きれいな牡丹だな。心まであざやかになる」

絹のような花弁が幾重にも重なる。その花が咲き誇っていた。

「壮麗《そうれい》な色合いね。半日でも、一日でも、ずっと観ていられるわ」

「牡丹をみる晁の眼が輝いている。元気を取りもどしたようだな」

健次郎はタケノコの話題を避けていた。流産からまだ一か月後の妻だから、昨年のこともあるし、それは愉快な話しにならないとおもっていた。

「ね、あの母屋の向こうの煙はなんなの？　枯れた竹の葉を焼いているの」

晁の白い指先が紫煙をさした。

「知らなかったのか。刺身を作っているのだよ」

「えっ、綾瀬川で釣った魚を持っていくの？　わざわざ」

「笑ってはいけないな。戸ヶ崎の御大尽《おだいじん》加藤家のお嬢さま育ちだから、竹林に入って、そういう食べ方をした経験が一度もなかったのか。昨年、覚えておるかな。若者たちが火を熾《おこ》して、生のタケノコを炙《あぶ》っていただろう。そのあと薄く切って醤油につけて刺身で食べるのだ。土佐のほうでは、生のカツオを火で炙《あぶ》って刺身《たたき》にするらしい」

「そうなの。刺身といえば、海か、川の魚とばかり思っていたわ」

晁は、地場の知識にうすい自分に失望したような表情をみせた。

「タケノコを掘りにいくか。顔色が良くなったし」

「いいわよ。爺やにも婆やにも、前々から旦那さんとタケノコ掘りに行ってらっしゃいと言われているし。これから竹林に入っても良いわ。牡丹の鑑賞はあしたもできるから」

「タケノコ狩りは朝早い方が良いけれどな。いまからだと時間が遅いが、晁の気が変わらないうちにいくか」

「私って、そんなに移り気の性格じゃないわ。ふだん、そういう目で見ているの」

「ことばのアヤだよ。爺やとお菊婆やに声掛けして、用意させるから」

爺やの仙吉には、竹カゴ、鎌《かま》、鍬《くわ》、手袋など一式をそろえてもらった。

母屋からでてきた晁は野良着で、手拭いの姐さん被《かぶ》りに地下足袋をはく。そのうえ絣《かすり》のモンペ姿である。初めてみた健次郎はおどろきの目だった。

「びっくり仰天だ。若奥様の野良着姿も色っぽいね」

仙吉がいたく感心していた。

「若奥様は、なに着られても、ようお似合いよ」

婆やが、晁の野良着の着付けを手伝ったらしい。健次郎が二本の鍬と丸めた井草の茣蓙《ござ》をもった。うしろに付いた晁が竹カゴを背負う。坂道はつづら折りで、踏むたびに竹の落ち葉がガサガサなる。

「見てごらん、母屋の屋根の高さを越えた」

「ちょっと高いだけでも、村が一望できるのね」

「そうだよ。この丘陵はもともと見張り番所の役目で造られたところだ。野武士とか、敵の軍隊とかが襲撃してきたら、狼煙《のろし》をあげて近隣の村まで知らせる。百五十年経った今では、竹林となり、夕ケノコの刺身料理の煙とまぎらわしいけれどね」と苦笑してから、「ところで、野良着の着心地は？」

「まだ、わからない」

晃から視線を前方にもどすと、痩せ細った顔のしわが多い農夫が降りてき、道を開けてくれた。挨拶のあとで、

「若旦那さん、きょうはわしが最後だ。旬を過ぎたから、上物のタケノコはないだな」

「承知している。二、三本採れればいい。初めての経験なんだ、タケノコ狩りが」

健次郎は目で妻をさした。

「お気を付けて」

農夫とすれ違った小道は、九十九《つづら》折りの坂だった。孟宗竹の葉が陽に透けて、こまかな網目で淡く心地よく感じられた。頭上をおおう竹の葉のかなたには、青い空とうすい雲が透けていた。小さな丘陵を一つ越えた奥の竹林まで入った。密集する竹に囲まれた、二人だけの静かな空間だった。

「足先で、落ち葉の中をなでてごらん。地中からほんの少し出たところを見つけるんだ。宝物を探す要領で」

「見つからないわ」

若い竹は太陽をもとめて背丈以上に伸びきっていた。

「あきらめずに掘ってみよう。日陰のここらが狙いどころかな」

健次郎は地下足袋の裏で、タケノコの穂先を見つけていながらも、あえて晃に探させた。

「あっ、感じる。枯葉を除いてみるわ。……。あった」

晃の手柄にさせた。晃は鍬《くわ》のつかい方も知らないので、柄《え》のもち方、ふりあげ方、ふり下ろし方までおしえた。鍬の尖端《せんたん》でタケノコをふかく傷つけた。健次郎はあえて黙っていた。そのうち三本ほど掘りあてた。上物とは、とても言いがたいタケノコだった。内心は食べる気がしない。

「ここらで休憩するか」

井草の茣蓙《ござ》を敷いた健次郎が、あおむけに横たわった。背中に竹の葉の弾力を感じて心地よかった。

「さっきすれ違った、最後の爺さんは何本採ったのかしら？」

晃が鎌をもって危うい手つきでタケノコの根元を削っていた。

「あのひとは八兵衛さんというんだ。痩せすぎて、日焼で真っ黒で皺だらけだから、六十にもみえるけれど。あれで、まだ三十をちょっと越えたばかりの齢だよ」

「そうなの。とても三十代に見えないわね」

「八兵衛さんは女房に縁がないというか、三人の女房はみな早死にだ。ただ、子ども運は良くて、五人の子はだれひとり欠けてない。武蔵国で五人揃って、三歳を超えるなんて、珍しいだろうな」

当時の子は、貧しくて栄養不足で疾病《しっぺい》する。満足な薬も買えず、治療もなく、お祓《はら》いの神頼みだから、三歳児まで、まれにしか育たない。母体すらも十五、六歳で結婚するから、産後が悪く、早ばやと重労働につくから命を落としやすい。健次郎はそんなふうに竹と空を見つめながら語っていた。

晃が無言で、憂鬱《ゆううつ》な顔になったと気づいた。

「話題が悪かったかな。……。この春、四月に、薩摩藩から無位無官《むいむかん》の島津久光《しまづひさみつ》が一千人の兵をひきつれて京都に入り、寺田屋事件をおこしたそうだ。世相は暗くなる。やめておくか、この話題もふさわしくないか。こうして真下から晁の顔をみると、美人だな」

「あなた、タケノコ狩りなら、朝露の降りたころが良いと知っていながら、わざと、この時間を狙ったのでしょう。それに刺身をつくる気もまったくないし。白状《はくじょう》したら」

晁の眼がこちらの顔をじっと見つめていた。

「いちど太陽の下で、晁のからだを抱いてみたかった」

といって妻の反応をみてみた。どうせ、嫌がる話題だろう。彼女は無言だった。

「御大尽の館のしきたりで、夫婦は別室だったろう」

新婚の夜から、妻の寝床に行くにも、廊下を渡っていく。なにかと行き来する奉公人の目が気になってしかたなかった。襖と壁の部屋では、声すらも殺す。

「晁が嫁いできた日は満月だった。おぼえているかい」

「そうだったかしら」

「障子を射す月光が、晁のからだを浮かび上がらせた。きれいだったな。月夜だけでなく、太陽の光の下で、晁の裸身をおもいきり抱いてみたい気持ちが、それからずっと心の底にあった。隙あらば、きょうかな」

「……。はじめて聞く話ね」

晁が竹の子の皮をむしりはじめた。

「お天道さましか見ていないし、晁が悶《もだ》えても、野生の声をあげても大丈夫だよ」

「悪趣味ね。野生の声だなんて、私、恥ずかしい」

晃は襟元《えりもと》を閉じる仕草《しぐさ》をした。

「まあ、夢の語りにしておくか」

「獅子《しし》は子を失うと、すぐに雄をもとめるというわ」

晃が手元の鎌をカゴのなかに収めてから、姐さん被りの手拭いを外し、艶やかな黒髪をほどいた。陽の光が、より鮮明な黒色に染めた。健次郎は無言で見つめていた。

「私、本音をいうわね。親のきめた相手と結婚して、別々の部屋にいて、さあ世継ぎを産みなさいと抱かれる。それって道具でしょ。婚礼の日からずっと嫌だったの。男と女がこころ一つになって、燃えて、赤子が授かる。流産したあとから、そんな夫婦を理想としてずっと考えていたの」

「同じことを考えていたのか、嬉しいよ」

と言うと、笑窪のある晃が微笑みを浮かべた。

「私たちの間で、こういう話しが出なかったのは気どりだった？　それとも夫婦として距離があったのかしら」

晃が地下足袋を脱いで、みずからモンぺの細紐をほどいた。そして、莫蓙のうえに両足を伸ばし、あおむけに竹の空をみた。

「竹の葉っぱには、万葉を感じるわね。青々した葉もあれば、枯れて落ちかけた葉もある。葉っぱにも一生があるのね。人間にとって、最も怖いのはなにかしら、災害とか、戦争とかは別にして」

健次郎は黙って身体をならべていた。

「流産してみて、あなたのやさしさにふれて、親がきめた相手がいつしか大切な人になった、と知ったの。恐怖はあなたを失う時かしら。それが愛を失う女の悲しみと思う。万葉歌人なら、希望と、いのちの切なさの気持ちが詠《うた》えるのね」

健次郎は上空をひたすら見ていた。

「手を貸して」

といわれて右手を差しだすと、晁が襟のなかに誘った。

絹のような肌の感触だ。豊かな胸の弾力が新鮮な気持ちにさせてくれた。

「こんな私は、初めてでしょ」

と晁が目を閉じた。健次郎は口づけをしてから、晁の着物の紐をほどいた。弾力ある晁のからだには、過去にはない満ちたりた愛を感じた。営みが達せられた。

「タケノコの季節は、癖になりそうね」

晁が白い裸身のまま竹を見つめている。


文久二年には、関東地方の村々には無宿者、悪党、博徒《ばくと》が一段と多くなってきた。治安を乱す。集団の盗賊、物盗り、凶悪な犯罪が多発している。

数日前も、二十三歳の夜鷹《よたか》の首を斬り落とし、それをもって他の村に行って、「おまえら、こうなりたくなければ、金を出せ」と脅す悪質な押し込み強盗が現われていた。

大名主《おおなぬし》の日比谷健次郎は、関東代官（松浦忠四郎・百五十俵の在府）から「村役人」をたばねる立場として、周辺の六か村の治安維持、もめ事などいっさいの責任をもたされていた。

六月の陽光が射す。茶の間の出入り口には、とっさにつかえる手近なところに鎖帷子《くさりかたびら》と刀掛《かたなか》けがおかれている。二刀を帯にさすと、健次郎は草履ばきで表門をでて、周辺の村々の巡視に赴いた。

周りの田の稲穂は陽に向かって嬉々としている。梅雨の前触《まえぶ》れの雨がここ四、五日つづいていたせいか、きょうの空気はまだ湿っぽいが、先々の家屋の紫陽花が青色によく染まっていた。

土手筋にしげる雑草らも背伸びし、灌木も若葉から濃緑に変わっている。雲雀《ひばり》が高くして啼く。

日光街道からの間道に足をはこぶと、法被《はっぴ》がけの大工、鍛冶屋、畳屋、神職らとも行きかう。僧侶、修験とも出合う。川筋には漁民（裏百姓）たちの集落があった。衣食が窮乏《きゅうぼう》した粗末な家が多い。所帯やつれした女が、わが子を怒鳴って叱る声が、戸外までつつぬけである。

たらいで洗濯する十代の女は赤子を背負って、両脇で子供を遊ばせる。村女の多くが十五、六歳で結婚し、三十歳過ぎまで多くの子を産む。かるく声がけをしておいた。

おなじ集落では、前掛けをした袢纏《はんてん》姿の大工が、家屋の補修をしていた。となりの脇百姓（小規模）の牛小屋は汚れた藁床《わらどこ》だけで、先日は牛が盗まれたという。いまだ見つからない。鶏があそぶ藁葺《わらぶ》き家から、糸車と機織《はたお》りの音が聞こえる。行く手の先から、「飴《あめ》～いらんか」と飴売りの独特の声が聞こえてくる。

緑の藻が多い池のそばでは、棒切れをもった六人の男の子らが半裸で乱暴に駆けて遊んでいた。寅吉という七歳のガキ大将が先兵だ。気の強い顔である。土泥で汚れた着物姿だった。

健次郎は幼いころ走る、飛ぶ、剣術ごっこが大好きで、「御大尽の悪ガキ」と言われたものだ。可愛い女の子の前では、口もきけず、悪戯《いたずら》して、かえって嫌われた。館に帰れば、それがもう伝わっていて、「女の子を泣かす」と親にも、祖父母にもひどく怒られたものだ。とくに祖母は厳しく、お化けに喰われてしまえと、夜中に庭木に縛られた。とくに大風が吹いて梢が不気味な音を奏でると、怖いよ、と泣き喚《わめ》いた記憶がある。

「おい。がき大将の寅吉。遊ぶ人数はいつも確認しておれよ。一人でも欠けたら、人さらい（誘拐）だと思って、大人に声をかけるんだぞ」

「うちは貧乏で、人さらいされても、払う金はねえだぞ」

「要求してくる相手は大名主だ。悪い奴らほど、知恵をつかうのだ」

律次郎が寅吉をとおして遊び仲間を回りにあつめさせた。

「みんな小鳥、蛇、野ネズミ、カエル、虫は殺すなよ」

「御大尽さん、なんで気味がわるい蛇や野ネズミを殺したらダメなんじゃ？　ようわからん」

「まず空を見てみろ。飛ぶ鷹《たか》や鷲《わし》やトンビは、なにを餌《えさ》にしておる？　わかるか」

「さまってら、小鳥やネズミ、カエルだよ」

「たから、野の鳥や虫は殺してはならぬ。ここは将軍様のお狩場だ」

鷹狩《たかがり》は飼いならした鷹を、将軍がみずから放って獲物を獲る狩猟法である。

「だから、餌になる小鳥、イタチ、虫、みな将軍様のものだ。寅吉たちがその餌を殺すと罪になる。おまえたちの親が罰せられ、牢屋に入れられるんだぞ」

「わかった。殺さないよ」

「ところで、寅吉、女の子ともいっしょに遊んでやれ。なに顔を赤くして、恥ずかしがっておるのじゃ。悪者が女の子をかどわかす事件がいっぱい起きておるんじゃ。よいか。女の子を守ってやれ。怪しげな奴が現われたら、大人を呼びあつめるのだぞ。わかったな」

その返事を聞いてから、健次郎は次の巡視へと足をはこびはじめた。

別の場所では、男の子が捕まえた亀を草むらに投げて遊んでいる。いちおう注意はしておいた。

健次郎は、床の板張りが弱い木橋で、大八車とすれ違った。

世相は荒々しいが、民家の花壇はわりに手入れされている。鉢の朝顔はけさ満開だっただろうが、もはや日照りで萎《しぼ》んでいる。路上に水まきする娘が会釈した。変わりはないか、と一言かけていく。

(このところ将軍家は、お鷹狩《たかがり》もできないほど、政治が混迷してきておる)

健次郎の頭脳は、そっちにもどった。

関東一円には鷹狩場が多くある。いまでいう足立区、葛飾区、荒川区が主要な将軍家の鷹狩場に指定されていた。

徳川将軍とは征夷大将軍《せいいたいしょうぐん》で、『武門の棟梁《ぶもんのとうりょう》』である。家康公のときから、お鷹狩が実施されていたのである。犬将軍といわれる綱吉《つなよし》時代には、動物の殺生禁止からお鷹狩が禁止されたが、八代将軍吉宗《よしむね》がお鷹狩を復活し、四百回以上もおこなっている。

お鷹狩は表むき将軍の遊びであるが、幕閣から徒士《かち》まで数千人が参加する、大規模な軍事演習であった。獲物の数が、敵将の首の手柄に見立てられる。

お鷹狩の季節は冬場だった。稲穂が刈取られたあとから、田んぼに水を張るまで。霜が降りても、雪が降っても、戦争には関係ないとして、お鷹狩は実施される。

鷹狩場は一年間をとおして餌の保護で、鳥や虫や小動物の捕獲が禁じられていた。

徳川吉宗は在職二十九年間にわたり、「享保の改革」を主導し、法の支配による国家の緻密《ちみつ》な組織を作った将軍である。当然ながら、網の目の軍事組織づくりも加えているであろう。

紀州藩から吉宗が八代将軍として江戸城に入った当時、国許から家老職以下を百九十人ほどつれてきた。そのなかには、警備と情報収集の任に当たってきた信頼のおける、紀州の地侍（農村・郷士）の村垣家、川村家、明楽家など十七家が加わっていたのである。

吉宗は、十七家による将軍直轄の「御庭番家《おにわばんけ》」制度をつくった。

表むきは大奥の広敷《ひろしき》役人だが、将軍の特命（内密御用《ないみつごよう》）ではたらく組織であった。所属はいちおう「若年寄《わかどしより》」の支配下である。この「御庭番家」は世襲で、徳川将軍の代が変わっても幕末まで存続していた。かたや、吉宗将軍は関東一円でお鷹狩を復旧させると同時に、幕府内に別途の仕組みとして、「鷹匠頭」「鳥見役組頭」を創設した。鷹の餌となる小鳥の生息状況を観察するといい、武家屋敷や大名屋敷に入る特別権限を与えたのである。これをもって諜報《ちょうほう》活動をおこなう。

吉宗は、徳川家が有事のさいに南関東の防衛拠点となる、郷士による『内密御用家《ないみつごようけ》』をおいた可能性が高い。組織として若年寄の傘下にある「鳥見役組頭」の下に位置する。足立郡の日比谷家、八潮の佐藤家、戸ヶ崎の加藤家がそれに該当する。

この三家は特殊な軍事館造りである。家主はともに北辰一刀流の免許皆伝で剣術に優れている。

徳川家から鎧兜《よろいかぶと》、武具《ぶぐ》など一式を持つことを許されている。それぞれ武器蔵に保管している。歴代将軍が変わっても、軍事館づくりの『内密御用家』が維持されたと考えられる。

こうした諸点から、吉宗将軍が江戸防衛組織として諜報活動の「鳥見役」と、軍事防衛拠点の「内密御用家」の双方を創設したとみなした方が自然である。

お鷹狩の当日、将軍は江戸城をでると、大川から舟で千住大橋とか、綾瀬《あやせ》の五兵衛門橋の付近に上陸する。将軍一行は、休耕地の狩場で演習する。お昼どきは、寺院や茶屋本陣で休息をとる。鷹狩が終了すると、日比谷家も含むしかるべき屋敷で、将軍は狩り装束《しょうぞく》から将軍の衣装に着がえられる。

一行の食事準備から、事前の道路や橋の整備までいっさい農民負担であった。そして、とどこおりなく終われば、ご褒美《ほうび》を賜る。

他藩の参加をいっさい認めず、偵察するものがいれば、見つけしだい殺す。徳川機密主義から、お鷹狩の資料はほとんど書き残されていない。

健次郎の行動には村役人としての治安維持の巡視と、お鷹狩の管理維持という二面性があった。

六月初めの蒸した暑さのなかで、家々の庭前では水をまいている。綾瀬川に沿って平らな道をいく。川風が涼しい。晴れた空の遠くには、もはや白い夏雲がうかぶ。土手では釣り人が釣竿を並べる。澄んだ川では、釣舟の漁師が投網《とあみ》を器用に投げていた。子どもたちが活発に遊んでいる。

「そうだ、牧野先生のところに、ご挨拶で立ち寄ってみよう」

健次郎の実父・佐吉は、花又（現・花畑）の鈴木家から小右衛門新田村の日比谷家に養子に入っている。しかし弘化四（一八四七）年に亡くなった。健次郎が十一歳だった。この頃の健次郎はお玉が池の千葉道場に通っている。安政四（一八五七）年には母の多津が亡くなった。それを期して、健次郎が二十一歳で若き大名主になった。

村むらの名主のしごとは複雑多岐にわたる。年貢の取立て、戸籍事務、お上の指示命令の伝達、他村・同村のもめ事の仲介など村政治の全般をとりあつかう。その職制にたいして一般農民には禁じられている絹織物、紬《つむぎ》を着ることが許されていた。

大名主はこうした名主の五か村を束ねている。名主どうしの水利権、入会権《いりあいけん》（伐採、採草などの利用）などの争いも絶えない。それを円満に治める必要があった。重く責任がのしかかった大名主は知的能力、事務能力、経済・金融能力が必要とされているのだ。

日比谷家の祖母の美津は六十九歳で、いつも毅然とした姿である。薙刀《なぎなた》の免許皆伝で護身術の心得もあり、胆力もあり、男勝りの面がある。物知りで、数々の助言もしてくれる。

『死ぬ気になってやれば、困難も道が拓けます』

祖母は孫の健次郎に、その心構えを語っていた。

「若い御大尽だからな、考えることが飛躍しておる」

老獪《ろうかい》な村の世話役から、健次郎は面と向かって批判される。陰口も多い。至らぬ点も多い。それらも試練だと自分のなかに知識として取り込んでいた。

父方の鈴木家はいまや祖父母も亡くなり、学者の牧野隆幸《りゅうこう》とその娘の久真《くま》に家屋を貸している。

信州出身の隆幸は漢学者から洋学者になり、江戸市中で洋学塾を開いていた。ところが過激攘夷思想の者から命を狙われ、安政三年に父娘して江戸から武蔵野国に逃げてきたのだ。当初は、二郷半《にごうはん》領《りょう》の岡田家に逗留《とうりゅう》（長期滞在）していた。そのあと日比谷家に移ってきた。

「教育で村の風土と体質を変えたいのです。村民の教育のために、牧野先生に鈴木家を無償でご提供します、ぜひとも家塾と寺小屋を興してください」

「それは願ってもないことです。甘えさせていただこう、娘の久真といっしょに、農民教育に尽くします」

牧野隆幸（一八二六〜八五）の顔は知的だが、栄養不足なのか、歯並びが悪い。むだな言葉もない。隆幸は漢学、洋学、数学の家塾を開いた。娘の久真はやや病弱で独り者ゆえに、子どもあいての寺小屋を開いて、近在の村の子どもらに手習いをおしえていた。ときには、父親に代わって家塾で洋学などの代講もしている。

綾瀬川から花又に入り、健次郎が鈴木家に歩み寄った。生垣越しに屋内の授業風景が見られた。後ろをたばねた儒者髷《じゅしゃまげ》の隆幸が、関東一円からあつまった遊学の青年たち七、八人を相手に洋学書を参考におしえている。

「ここで声がけすれば、生徒の気を逸《そ》らし、勉強のじゃまになる」

健次郎はそのまま立ち去った。西の方角に向かうと、袴《はかま》姿の長身の久真と出合った。十九歳の彼女はわらべ歌を歌い、手拍子をとって子ども八人と小川沿いを歩いていた。

「楽しそうだな」

「みんなお利口さんよね。きょうは寅吉がお休みだから、女の子はのびのびしているわ」

彼女が微笑んだ。

「久真さん。物騒な世の中になった。誘拐など、充分に注意してほしい」

「はい。わたしもつよく意識しています。でも、寺小屋に来ない子どもは心配です。子どもは農作業の欠かせない働き手になっていますが、遊びで欠席する子は少なくします」

「そうしてください。関東はいまや無法地帯で、なげかわしい状態に陥った」

安政二年十月二日の深夜に、安政江戸大地震（推定震度6）がおきた。倒壊と大火災の惨事となった。大名屋敷、旗本屋敷の大半が倒壊したり、延焼したりしていた。水戸藩邸の戸田忠太夫、藤田東湖らも圧死だった。江戸城の石垣も崩れた。補修には、日比谷、加藤両家が費用の一部を負担している。

安普請にすむ浪人者の大勢が焼けだされていた。武芸に秀でていれば、寺小屋の師匠や剣術師範として定職も得られるが、月並みの浪人者は仕官の口がなく、物乞《ものご》い浪人として関東にながれてきたのだ。それらが刀をつかい治安を乱す。

そのうえ、尊王攘夷派《そんのうじょういは》の浪人者が、金策で町民・村民を脅《おど》し、強盗をやっている。

「私たちがいまやるべきことは、村民が横の連絡を密にして不審者を監視する。周囲のちょっとした変化も見落とさない。それが最上の方法です。牧野先生にも伝えてください」

それに関する二、三の注意事項を補足してから、健次郎は小右衛門新田村に向かった。日比谷家の表にとまっている町駕籠《まちかご》を目にした。門をくぐり、敷石伝いに母屋に入ると、女中頭のお雪が待っていた。彼女は丸髷を結った三十八歳で、武家奉公の経験が豊かで、高貴な人でも、文人墨客《ぶんじんぼっきゃく》でも、落ち着いた如才《じょさい》ない対応ができる。

「旦那さま。戸ヶ崎の御大尽の、加藤翠渓《すいけい》さまがお見えです。いま、一階の表の間で、若奥さまとお話しされています」

加藤家は戸ヶ崎の大名主で、翠渓は晁の実父だった。

「それならば、義父にご挨拶するまえに、奥座敷で着更えよう。だれか手伝いに寄越しなさい。そうだ、お絹が良い」

「かしこまりました」

お雪が両手の指先を床についた。

奥座敷に入ると、健次郎が鏡で、びんつけ油の銀杏髪をたしかめた。二十六歳の郷士だから、粋なかたちよりも、落ち着いた髷《まげ》に変えてもよいかな、と思った。

「お手伝いします」

女中のお絹は丸顔の二十三歳で、胸が大きい。つぶし島田の髪が油で光っていた。水色の帯は玄人《くろうと》っぽい結び方だった。健次郎が、正装に準じた着物を指図した。お絹が桐ダンスから取りだす。そして、健次郎が脱いだものをたたむ。彼女は出戻りとなった一年半前から、住込み女中として雇っている。

「お絹。ふたりきりになれたから、話をしておくけれど、再婚話がきているよ。川魚料理店の若旦那だ。若奥さんを失くしたらしい。三十前の男だ」

加藤翠渓像

「断れますか。わたしは亭主に泣かされて、もう二度と結婚はしたくなくて……」

お絹の面食らった目線が、たたむ着物に落ちた。

「無理にとは言わないよ。きょうの今日は断りにくいから二、三日経って、好い返事がなかった、と先方につたえる。お絹がふだん色っぽいから、日比谷家の女中よりも、料理屋の若女将《わかおかみ》のほうが似合っている、という仲人口の話だ。そういう類《たぐい》の嫁取りは感心しないけれど、縁談の話しがきた以上は本人に伝えないとね。日比谷家が困って、話が通っていなかったと言われたくないし」

「亭主持ちはもうコリゴリ、結構です」

「燃えるような恋をしたら、その考えも続かないと思うけれどね」

健次郎はからかってみた。

「御大尽さまも大変ですね。婚礼は多いし、そういう世話も持ち込まれて」

「婚礼の世話は苦手だけれど、仕方ない。日比谷家に生まれた宿命だ」

「うらやましい宿命です」

「そうかい」

着替えた健次郎が表座敷にでむくと、義父の加藤翠渓が、漢文の軸物《じくもの》をかける床の間を背にして、お茶を飲み、晁と話し合っていた。

鴨居には長柄の鎗《やり》が横にしてかけられ、初夏でも、長火鉢には薬缶《やかん》がおかれている。

「では、お父さま、お約束ですよ。きっとですよ」

晁が立ち上がって退室した。

「わざわざお越しくださいまして」

そこからの挨拶を一通り述べてから、妻とはどんな約束ですか、と訊いてみた。

「例の洋書ねだりだよ。横文字かぶれの娘だ。日本橋の本問屋から飛脚便でおくってほしいという。子どもの頃から、欲しい物を言いだしたら、もうゼッタイ後に引かない子だった。あれは母親似だ。三つ子の魂百までだ」

「どうも、すみません。家内がわがままを申しまして……」

「いまは洋書を持っているだけで命が狙われる、そんな世のなかだと言い聞かせておった。女は命を狙われないとか何とか言い、とうとう買う約束をさせられた」

「私から晁にはっきり断らせましょうか」

「まあ、いい。騒ぎ立てると、洋書かぶれの三浦乾也《けんや》などをつかいに寄越し、わけのわからない話になる。あっさり洋書を買い与えた方が手間にならない」

翠渓の立場からみれば、実弟治助の嫁（てる）と、三浦乾也の嫁（栄）が実の姉妹だ。つまり、義理の兄弟どうしともいえる。

（意志堅硬《いしけんご》な加藤翠渓と、ズボラな鬼才の三浦乾也とでは、それこそ水と油で絵を画くようなものだ。晁に洋書を買い与える点では一致していながら、ともに主張は曲げず、最後は大ケンカになるだろう）

「ところ昨日から一泊で、江戸に用達に行った。御府内の情況がおどろくほど極度に変わっておる。そこで、武蔵国の郷士『内密御用家』として、健次郎とも再確認しておく必要を感じて立ち寄らせてもらった」

加藤翠渓は太い首で大柄で恰幅《かっぷく》がよいし、言葉にも重々しさがある。四十四歳にして、ふだんから全身に気迫がみなぎっている。武蔵国では一、二の重鎮《じゅうちん》で、発言力と影響力がある。北辰一刀流免許皆伝であり、剣術は優れている。

「江戸の現況を、おうかがいします」

健次郎がていねいに話題を誘った。

「そなたも聞いておろう。薩摩藩の無位無官の島津久光《ひさみつ》が、千人の兵をつれて京都に挙がった。政治もわからぬ公家らに、どう小細工したのか。徳川幕府の権威が健在ならば、暴挙として罰したものだ①。水戸脱藩浪士らが、桜田門外で井伊直弼大老を暗殺し、徳川将軍家の権威と威厳が些《いささ》か落ちてきた。それを見越し、久光は頭《ず》にのって朝廷の勅使として大原重徳《しげとみ》を連れて、江戸に乗り込んできた。まったく礼節を知らぬ男だ」

「義父さんのお怒りも、よくわかります」

「無位無官の久光が幕政改革だと、けしからぬ。なに様だと思っているのだ。不愉快千万だ」

翠渓が、さも臓腑《ぞうふ》が煮え返るような口調で、怒っていた。

①十四代家茂《いえもち》将軍の補佐役に、一橋家の徳川慶喜《よしのぶ》を将軍後見職に立てる。
②越前藩の松平慶永《よしなが》（春嶽《しゅんがく》）は政治総裁にし、会津藩士の松平容保《かたもり》は京都守護職に任命させる。
③参勤交代は隔年だったが、三年に一度に変更させる。

④江戸の滞在期間は百日に短縮する。
⑤江戸におかれた大名の妻子は帰国を許可する。

「外様大名の島津家によって幕政の人事、制度が改竄《かいざん》されたのだ。こんなことは家康公からのご法度だった。誠に遺憾《いかん》だ。はらわたが煮えくり返る」

「島津久光はまだ江戸に残留しておるのですか」

「そのようだ。勅使《ちょくし》を伴ってきて将軍家に圧力をかけるなど、腹黒い男だ。思惑がまだ別にあるに決まっておる」

翠渓の話題が、ここ一、二年の暗殺に及んだ。

「脱藩して浪士になっても、水戸藩の名がついてまわる。水戸藩全体が暗殺者に思われる。そこが歯がゆい」

井伊大老暗殺につづいて、水戸藩の脱藩浪士十四人が昨年の文久元（一八六一）年五月二十八日には、イギリス公使のオールコックを襲撃したのだ。危うく難を逃れたオールコックだが、同宿の書記官や長崎在住領事らが負傷した（警備兵二人、浪士三人死亡）。

水戸藩には負けないと、十二月五日、薩摩藩の浪士七人がアメリカ公使のハリスの右腕ともいわれた通訳官のヒュースケンを暗殺した。

ことしの小正月には、こんどは水戸浪士が坂下門外で老中安藤信正を襲った。底知れぬ暴挙のくり返しだ、と翠渓は青筋を立てて怒り、

「次はだれを狙うのか。徳川斉昭公が死去された万延元（一八六〇）年から、水戸藩の藩政が混迷を呈《てい》している。武田耕雲斎《こううんさい》ら過激派が執政《しっせい》となった。不穏な動きが目立つ（やがて天狗党の乱になる）。水戸脱藩浪士は、裏で薩摩藩、長州藩の過激攘夷派たちと手を握っておる。徳川家の土台をぶち壊して、廃屋にするつもりか」

翠渓は、重ね重ね胸がムカムカしているといってから、

「水戸藩浪士の話はこのくらいにして。関東南部にはおびただしい数の浪人者が流れ込んで村の治安を乱しておる。名主のなかには、浪人者をかこって得意がっておるばか者がおる。けしからぬ。これも犯罪の温床になっておる。すべては関八州がまったく機能していないからだ」

「じつに同感です」

文化三（一八〇六）年には、勘定奉行所の関東郡代が廃止されて、関東取締出役《かんとうとりしまりしゅつやく》（八州廻り）ができた。幕府代官の手代、手付の八人が選出された。そして、上野《こうづけ》、下野《しもつけ》、常陸《ひたち》、上総《かずさ》、下総《しもうさ》、安房《あわ》、武蔵《むさし》、相模《さがみ》の一円を統括する。ただ、水戸藩は除かれていた。

「関東一円でたった八人だ、いったい何ができる」

関東全域をまわる八州廻りの「道案内人」に、なんと博徒の親分がなっている。

「まさしく、無政府状態で、雑草の如くです。伸び放題で、刈っても、刈っても、雑草は伸びてくる。まるで、そんな状態です」

健次郎が厄介な表情で語った。

関八州は手がまわらず、とうとう五、六か村を集約し、その中で有能な大名主《おおなぬし》を『寄場役人《よせばやくにん》』に任

命する制度を作った。『博徒狩り』まで寄場役人に任せきっている。健次郎も寄場役人に任命された一人である。いずれかの村の一か所に、囲補理場（仮牢）が設置させられ、囚人や無宿者を捕まえると入牢させる。そして、役人がくるまで看守する。これらの経費はいっさい村民持ちであった。

「ここで西の雄藩が、西洋式の武器で関東に攻めてきたら、どうなる。空恐ろしい」

半鐘がカーン、カーンと連打された。ふだんから鐘、半鐘を打ち鳴らす、その連打が暗号の一つになっている。この連打は無法者が村に入ってきて、おおきな犯罪を起こしたと知らせるものです、と健次郎は翠渓におしえた。

「わしも、行ってみよう。助太刀《すけだち》する」

翠渓の目が光った。

健次郎は、すみやかに爺やの仙吉に、日比谷家に備わる太鼓を打ち鳴らさせた。ほかの家人には武具蔵の錠を外させた。館に逗留する食客《しょっかく》たちにも鉄砲、槍、さらに刺股《さすまた》、突棒《つくぼう》、袖搦《そでがらみ》などの捕り物道具を取りわたす。日頃の自衛訓練とか、実践とかで、だれが何を持つか、と決められていた。

村人たちも、それぞれ竹槍《たけやり》をもって現場に駆けつけているはずだ。

帷子《かたびら》をきた健次郎が館から飛び出す。刀をさした翠渓がともに長屋門をでてくる。ふたりは田畑の農水路にそって走る。家屋の陰から犬、猫が半鐘におどろいて逃げ去る。

河岸の船着き場にちかい藁葺きの一軒家だった。あの寅吉の家だった。質素な構えである。米櫃《こめびつ》すらないだろう、賊はいったいなにを要求しているのか。

「どんな様子ですか」

健次郎は村役の一人に報告をもとめた。

農家は朝から晩まで野良でよく働くから、昼寝をして身体をやすめる習慣がある。この昼寝どきが狙われないかと、村役の男ら三人一組が交代で村内の見回りをしている。……怪しい浪人者が小石衛門新田村に侵入し、徘徊《はいかい》していた。村役たちはあとをつけた。この家に侵入したから、すぐに半鐘を鳴らしはじめた。と同時に、ひとりが寄場役人（御大尽）の館に連絡に走ったという。

「わしが、この現場にきたとき、この窓から、まだ室内がのぞけておった」

賊は三人だという。家族四人は麻縄で縛られて、板の間に横たわっている。

「人質一人につき十両で四十両だ、大名主にもってこさせろ。さもなければ四人は皆殺しだ」

賊は二度ばかりそう叫んでから、跳ね板の窓を閉じたという。

「賊の風体《ふうてい》は？」

「丁髷《ちょんまげ》の形から武士です。水戸訛《なま》りだから、二十代の水戸浪人かもしれません」

「寅吉は？」

「家にはおらなかった。いつも寺小屋に行かず、遊びほうけておる」

館の食客たちが目算で三十人ばかり、武器をもって家をとりかこむ。近在の村からも竹槍をもった男たちがあつまる。輪が大きくなった。

翠渓が怒鳴った。

「この家屋は火を点けて燃やしてしまえ。表から飛びだしてきたら、賊はたたき斬る。北辰一刀流《ほくしんいっとうりゅう》免許皆伝がふたりもおるのだ」

その声は当然、室内の賊までとどいているだろう。

「四十両もってこい」

賊は閉まった窓の内側から怒鳴り返す。

「健次郎さま、どうしますか」

村役が訊いてきた。

「しかたがない。火を放つ」

「それは可哀そうだ。親子が焼死する」

だれもが憐れんだ。

儒者髷の牧野隆幸《りゅうこう》と娘の久真《くま》も駆けつけてきた。

棒切れをもった寅吉が帰ってきた。事情を知ると、お父、お母と泣き叫ぶ。

「怖いよ。恐いよ」

寅吉が久真の胸のなかで脅えて泣いていた。彼女は抱きしめて、頭をなでている。

翠渓は強硬だ。

「八州廻りから、集団の凶悪犯は、召《め》し捕るのでなく、打ち殺してもよいとお達しがでておる。四十両どころか、焼死したおまえらの骨は、綾瀬川に投げ込んでやる」

「子どもから一人ずつ殺す。表に投げてやる」

この応酬《おうしゅう》の間に、健次郎が秘かに桶で水をあつめさせた。その数が溜まっていく。屋根の庇《ひさし》に梯子《はしご》をかけて、次々と藁屋根に水をかけさせる。

一方で、窓に近いところに、藁《わら》を高く盛らせた。

「これから家屋に火を点けるぞ。賊を逃がせば、別の村でおなじ凶悪な罪を犯す。こうなれば、四人の犠牲でとどめるだけだ」

健次郎が叫びはじめた。

藁に火を点けた。炎があがる。

寅吉が、両親や妹の名を叫び、殺さないでくれ、と大泣きする。

「火縄銃をもて。一丁が三発ずつだ。銃口の角度を高くして、室内の天井にむけて打ち込め」

健次郎が命じた。

殺さないで、御大尽さん、殺さないで、と泣き叫ぶ。火縄銃がバーン、バーン、と耳をつんざいた。

銃弾が窓の跳ね板を貫通した。薄い板は破れるように穴が開いた。内部の状態がみえる。

「火の中に竹槍を投げ込め」

パチパチ跳ねる音がひびく。賊は銃の攻撃と勘違いするはずだ。

太鼓と半鐘が重々しく打ち鳴らされつづけている。

「みんな鯨波《げいは》をあげろ。大声をあげろ」

村民が怒気をふくんで、

「殺してやる、突き殺してやる、生かして返さぬ、みせしめだ、殺してくれる」

と大声をあげる。村民らは自分の声でより激高し、竹槍で、板壁を突く。

殺さないでよ、殺さないでよ、寅吉が悲痛な声で泣く。

「裏手の出入り口は無人にしておけ。だれも近づくな。賊の逃げ道だ。裏を塞ぐと危険だぞ」

炎の竹がパチパチ跳ねる。家屋のまわりはすさまじい興奮状態に陥った。捕縛すれば、村が設営した牢屋に入れる。村人が牢看守になる。そして、代官所に報告し、判断を仰ぎ、そちらに引き渡す。

賊が裏手から飛びだす。駆けだして逃げる。田んぼのなかを横切る。近くの神社の鳥居から境内をぬける。

翠渓が大声をあげて日本刀で追うが、やがて引き返してきた。

「健次郎、お見事」

翠渓が刀をおさめた。

「……、物取りの悪人です。粋がっても、奴らはただの物取りですから。最後は自分の命が大切で逃げるだろう、と考えました」

政治思想の大儀で命をはる確信犯となると、こうは楽にいかないでしょう、と健次郎はつけ加えた。

「わしも、良い経験をさせてもらった。きょうはもうひとつ用件があった。これを渡そうと思っていた。『はしか絵』だ。江戸で麻疹が流行りはじめておる」

翠渓が胸元から、それを取りだし、一枚をさしむけてきた。

その絵には麻疹《ましん》のおぞましい悪魔が襲いかかる画と、食べてよい物、食べて悪い物、祈禱《きとう》の仕方などが錦絵の筆で書かれていた。

「京都では大勢が死んでいるらしい。異国から長崎に上陸した、悪魔の如き疫病《えきびょう》だ。警戒した方がよい」

「ありがたく、この『はしか絵』をちょうだいします。義父さん、わが家の座敷で一休みしてから、お帰りになってください」

「いや、千住宿にでて駕籠をやとって戸ヶ崎まで帰ろう。急ぐ用もある。そうだ、麻疹対策は水戸藩の御殿医に相談すると良かろう」

「けい。そういたします」

日比谷家には文人墨客が数多く訪ねてくる。水戸藩の御殿医で教授の荘司健斎《しょうじけんさい》は、能書家《のうしょか》でもあり、客の一人である。

自家に帰った健次郎は、待ち構えていた晁に一通り、事件の概要を説明した。

「あなた。四人が焼け死んだら、どうする気だったのですか。賊はいいとしても」

晁の眼が怒っていた。

「結果、良しというところかな。ところで、加藤の義父さんから、江戸で麻疹が伝染しているように聞いた。対策を講じないと、この村も大変なことになるかもしれない」

健次郎は、はしか絵を目のまえにおいた。

「そうやって、不都合になると、話題を逸《そ》らすのですね。あなたの悪いくせです。結婚して三年も経てば、多少はなれてきましたけれど」

晁が口を尖らせている。

「北辰一刀流の剣法だ。ぎりぎりの切《き》っ先《さき》で勝負する。それしか、親子四人の命は救えないと思った」

「内心は、父がいるから格好の良いところを見せたかったんでしょ。先月、竹林で、これから夫婦は本音で話そうと約束したじゃありませんか。もう、反故《ほご》になさるのですか」

「家族四人がもし犠牲になっていたら、晃はもっと怒るのだろうな?」

「三行半《みくだりはん》を書いて戴き、離縁です。民衆の命を大事にしない御大尽など、だれもついてきません」

「洋書だと、村びとを『民衆』というのか」

「そう翻訳されているのです。どうなんですか」

「……、晃の言うとおりかもしれない。危機一髪《ききいっぱつ》から救いだす。大勢の前で格好の良いところを見せようという気持ちがあったかもしれない。賊は退治できても、四人の犠牲者が出てしまったら、大名主として、北辰一刀流の剣士として、いさぎよく責任を取り、割腹しただろう」

ばか、という晃の瞳から涙が落ちた。

「自警団を作り、外部から村に入れないようにしよう。見張り役も交代だ。夜は提灯《ちょうちん》をつけて見張る。竹笛をもって、怪しいものが来たら、笛を鳴らす」

健次郎は村役人たちに自警団作りに協力をもとめた。名主、年寄、組頭などには賛否両論があったが、健次郎は大名主の最終判断として実施をきめた。

道場から窓外《そと》に視線を向けると、刈った稲を稲架《はざ》掛けする天日干しがすでに終わり、晩秋の青空は高く鱗《うろこ》雲が拡がっている。先の秋祭りは中止になり、いまや銀杏《いちょう》の黄葉がいちどに吹き飛んでいる。葉が落ちてしまった鳶《とび》色《いろ》の枝木が、ここ数日で多くなった。

「えっい、やっー」

日比谷道場では、館の女子の声が響く。月に一度は木刀、薙刀《なぎなた》、棒、柔術も教えている。何者か、不審者が館に侵入したときには護衛になる。そのていどの形だけのもので、嫌がる女子には強制していない。中にはお祖母様の美津が怖いと敬遠する女子もいる。

七十四歳の美津が長刀をもって目を光らせる。老齢だが、美津は声は大きく気合もある、昔取った薙刀《なぎなた》師範《しはん》の腕は落ちていない。棒術では十代、二十代の女子を簡単に撃ちまかしてしまう。

健次郎も立ち会うが、指導の大半を祖母に任せている。

恒例の訓練が終ると、健次郎は昼前から書斎に入った。花が飾られた床の間の右横には、当座読みたい書物などを収納する四段棚の家具が置かれていた。書籍が目いっぱいに入っている。左横の収納箱は、それぞれ「字書《じしょ》」「文範《ぶんぱん》」「書史《かし》」と分類の紙を貼っていた。手近な柱には、竹かご作りの筆入れをつるす。書斎の真ん中に大きな座卓が置かれて、火鉢をそばにおく。座卓の上には数冊の書や筆と硯箱《すずりばこ》がある。わき机代わりに文机《ふづくえ》を利用していた。

健次郎は坐して慶長公家諸法度（幕府が天皇と公家を対象にした法制度）をひらいた。関東人には、京都の天皇制が疎《うと》くなる認識が健次郎にあった。

祖母日比谷美津像

十八歳の女中お千代が、お茶を運んできた。前髪をふっくらさせた彼女は平安朝の顔で、細い目、薄い唇だった。婚礼が決まった彼女は、瑞々《みずみず》しく明るい表情に思える。彼女は色っぽくもなり、髪形が崩れるからと、気にして道場に姿をみせないひとりだった。

三年前のお千代は、はにかみ屋の可愛い女子であった。当初は、まわりの鼻柱の強い女中、癇癪持《かんしゃくも》ちの女中、怒りっぽい女中らに随分ともまれながらも、いまはしっかり者になってきた。

お千代は文机の上に青い湯呑茶碗をさしだす。彼女の右腕は袖を滑る肌が白かった。

「うれしそうだね」

「はい。お嫁にいけるんですもの。旦那さまのご紹介で、よい縁ができたと、両親も喜んでおります。麻疹《ましん》とコロリ（コレラ）が落ち着いてきて、婚礼の日取りも来春の節分の日に決まりましたから、とてもうれしいのです」

お千代の眼が明るかった。

「ことしの文久二年は良くないことが多いから、来年の節分から良いことが多くなるよ。お千代が婚礼を挙げる明るい話題からはじまるからね」

健次郎には、晁《じゅん》が荒れ狂った政治や世相をずいぶん気にする妻だけに、このたびの妊娠は無事の出産となるか、と落ち着かない一面もあった。

「御大尽さんの日比谷家で、婚礼を挙げさせていただけるし、幸せで胸が締め付けられます」

「お千代の両親から仲人を頼まれたが、晁の出産が控えておるし、代役にさせてもらった。そのことはすまぬと思っている」

「いいえ。奥さまの出産と重なれば、二重の喜びになります」

お茶を脇台においたお千代が立ち上がった。

館の表門の外から、大声が書斎まで聞こえてきた。

「たのもう。ご大尽の日比谷健次郎どのにお会いしたい。拙者は池田徳太郎と申すもの。お取次ぎを願い申す」

「池田徳太郎？　お千代、外出中だと言って帰しなさい。女中頭のお雪にも、そう伝えてな」

「おめずらしいですね、ご主人様が居留守とは」

「悪人とは思えないが、あの人物は『虎尾《こび》の会』の一員だ。同志を募る目的の来訪だろう。会っても無駄だ。帰ってもらいなさい」

「はい」

健次郎は文武に通じているので、なにかと画家、文人、学者、武具商、易学者、師範代《しはんだい》、免許皆伝者たちがやってくるが、「虎尾の会」の関係者の訪問ははじめてであった。

「廊下がわの障子は開けたままでよい。秋の風が入って心地よいから」

お千代の廊下をこする足音が遠ざかった。健次郎はひとたび漢書を閉じた。廊下にでて腕を組み、陽が弱く庭木と石の多い風雅な庭を眺めながら、あれこれ思慮をはじめた。

（北辰一刀流免許皆伝の清河八郎《きよかわはちろう》は、相手がどうあれ、素手の町人を斬った。武士道からして許せない。その清河と『虎尾の会』でふかく結びついた池田には会うこともなかろう）

虎尾とはなにか。「書経」の一節にある「こころの憂いは虎尾を踏み、春氷を渡るごとし」から起こった言葉である。虎の尾を踏むような危険があっても、攘夷《じょうい》を達成しよう、という結社だった。

清河八郎が発起人で、山岡鉄舟《やまおかてっしゅう》、池田徳太郎、薩摩藩の伊牟田尚平《いむだしょうへい》、益満休之助《ますみつきゅうのすけ》など十五人が加わる、尊皇攘夷論者たちのあつまりである。

（清河八郎は、庄内藩《しょうないはん》の名士の家で生まれ育った郷士だ。武蔵国の郷士という面では、私とおなじ立場だ）

健次郎よりも、清河は六歳年上である。文武に優れている清河は江戸の東条一堂《とうじょういちどう》の「遥池塾《ようちじゅく》」で学んでいる。東条先生から塾頭を命じられるほど秀才だった。日比谷健次郎も同塾で学んでいる。東条一堂から、

「清河の才は素晴らしい。塾頭にと望んだが、おのれの道があると言い止まらなかった」

と聞かされている。

清河は陽明学の安積良斎《あさかごんさい》に転塾した。清河は押しがつよく激しい性格だから、陽明学《ようめいがく》の方が性分に合致しているのだろう。

「知識をまなぶ朱子学《しゅしがく》にたいして、陽明学は実践の思想だからな。陽明学と攘夷が結びつくと危険な思想になる。現に、その兆候《ちょうこう》があらわれてきた」

そうつぶやく健次郎だが、自分が北辰一刀流の免許皆伝を成した、その翌年に清河が遥池塾の同輩に誘われて、千葉周作の玄武館に通いはじめている。そして、免許皆伝となった。

清河は幕府の学問所の昌平黌《しょうへいこう》（東京大学の源流）でまなんだ秀才だ。江戸市中で「清河塾」を開いて学問と剣術を教える。かたわら、陽明学に陶酔《とうすい》する清河は、盟主《めいしゅ》として「虎尾の会」を結成したのだ。

かれらは尊皇攘夷の活動をはじめた。初代アメリカ総領事のハリスの通訳官がヒュースケンだった。かれは二十八歳で数か国語が堪能な人物であった。万延元（一八六〇）年十二月四日、ヒュースケンがプロイセン使節団の宿舎（港区東麻布）から、アメリカ公使館がおかれた善福寺に帰るさなか、薩摩藩の伊牟田尚平、益満休之助らに腹部を突き刺されたのだ。その翌日にヒュースケンは死去した。

襲撃したふたりは「虎尾の会」の一員だった。すぐに鹿児島に逃げ帰った。

（わが国にきた通訳の青年に、なんの罪があるのだろう。母国の両親や兄弟はどんなにか、悲しんでおられることか）

健次郎は前々から、人の命をかろんじる攘夷派の行動に懐疑的であった。

こんどは清河八郎が、酒を飲んだ帰り道、日本橋で町人の男にからまれて無礼討《ぶれいう》ちにしたのだ。町人を装った幕府の密偵だったかもしれない。

(相手がどうあれ、北辰一刀流の剣士が、素手の町人を斬るなど、武士道からして許せない)

健次郎はそこに反発と嫌悪をおぼえていた。いま訪ねてきた池田徳太郎は、その清河の殺人事件に連座して入牢《にゅうろう》した男だ。最も会いたくない一人だった。

(ところで、女中のお千代はなかなか戻らないな。池田に居留守が見破られて、ごねられておるのかな?)

健次郎は、秋光の弱い庭の景色を眺めて思慮していたが、そちらも気になった。

「旦那さま、ダメです。『どうせ居留守だろう、待たせてもらう』。剣の達人ならば、表に客人がきて裏門から逃げだすこともないだろう』とずっと立たれております。女中頭のお雪さんも対応されましたが、ダメです」

「池田はどんな印象だ?」

「大柄で押しが強く、威圧《いあつ》のすごい目です。『そなたの顔に嘘だと、書いてあるぞ』とにらまれると、身震いがしました」

「すると、お千代がみた感じ、臆面《おくめん》もなく図々しい男というところか」

「はい。まさに、そのお言葉どおりです」

「如才《じょさい》ないお雪でも、池田徳太郎が動かぬとなれば、祖母の美津《みつ》にたのんでくれ」

「えっ、お祖母様にですか。相手は不気味な浪士ですけれど?」

お千代が信じがたい顔で、首を傾《かし》げた。

祖母の美津は、日比谷家の陰の女御大尽とも言われていた。天明八（一七八八）年の生まれだ。徳川家斉《いえなり》将軍の時代である。天保、弘化、嘉永、安政、そして文久まで健在に生きてきた。この村では七十四歳はもはや最高年齢者の部類だ。

「祖母は、みためには老けているが、武芸も、さらに口も達者だ。相手が浪人者でもなんとか追い払うだろう。元は御大尽の嫁だ。若いころは勝気で、闘犬も美津ににらまれたら脇道へ避《よ》けたという逸話《いつわ》もある。追い払えるよ」

「そうお伝えします、お祖母様に」

「ちょっと待て。もし池田がかなり気難しい相手だったら、表門の外で長ながと押し問答するよりも、場合によったら、座敷にあげて好きな莨《タバコ》でも喫《す》って、池田の話しを暇つぶしに聞くか、居眠りするか、そこらは祖母に任せます、と伝えてほしい。結論は、清河八郎を盟主する『虎尾の会』に入らない。それが着地だから」

「かしこまりました」

お千代が立ち去った。やがて、女中頭のお雪が代わりにやって来て、池田徳太郎様がお祖母様とともに座敷に上がられました、と報告にきた。

しばらくすると、おふたりは隠居の部屋から表座敷に移られた、とお千代が教えにきた。

半刻（一時間）が経つと、祖母の美津が廊下伝いにやってきた。美津の頭は白髪で薄く、顔のしわが目立つ。

「健次郎。池田様のような、将来の大物に会わずして、この先、難しい世の中は渡れませんよ」

「えっ。北辰一刀流の刀で、素手の町人を斬った……」

「それは清河八郎なる者のしわざ。池田様は連座で長い牢獄生活を過ごしております。本人は牢名主だったとか。看守にも学問を教えてやったとか、お話しされております。知力、胆力《たんりょく》、抜群のひとです。お会いしなさい」

声は老いて枯れぎみだが、言葉には勢いと張りがある。

「祖母様、うまく丸めこまれておりませぬか。ともかく、ここにお坐りください」

書斎の座卓で向かい合う座布団をすすめた。

「老いても、人を見る目はたしかです」

祖母が池田から聞いた内容を語りはじめた。

伝馬町の牢獄にいた池田徳太郎は、牢屋役人を取り込み、獄外の山岡鉄舟とも通信ができたという。

牢名主の池田徳太郎は、ずいぶん獄外の情報を得ていた。看守もなびく、あるいはおびえる、池田にはなにかしら強烈な強さがあるのだろう。

清河八郎が松平春嶽《しゅんがく》に「急務三策《きゅうむさんさく》」尊王攘夷の断行、浪士組参加者の罪の免除、文武に優れたものを重要とするという三項目を提出した、と池田は牢獄のなかで知った。

『清河は考えが甘いな。そんな上書だけで、幕府が動くはずがない。あいては幕府総裁職だ。政務は忙しく、朝夕に、諸々の陳情と書類が膨大《ぼうだい》にあがってくる立場だ。町人を殺した犯罪者が、獄中からだした「急務三策」など、縦《よ》んば読んでも、本気になるはずがない』

そう読んだ池田徳太郎は『実行させるには、京都の朝廷から江戸の幕府に朝命《ちょうめい》を出させることだ。

ならば、幕府は渋々にしろ動く』こう考えたようだ。

このところ幕府は、井伊大老の暗殺、家茂《いえもち》と和宮の婚礼、長州過激派の朝廷工作から、もはや朝廷がだす詔書、朝命には逆らえなくなってきていた。

池田徳太郎は上書として、「志士の大赦《たいしゃ》」、「浪士募集」の必要性を書面にした。そして、買収した獄吏《ごくり》を介し、山岡鉄舟から、さらに京都の公家、そのさき関白の近衛忠熙《ただひろ》の手にとどけさせたのだ。

近衛関白はこれを認めた上で、朝旨《ちょうし》として幕府総裁職の松平春嶽《しゅんがく》に「浪人募集」を命じたのである。

池田徳太郎の予想通り、朝旨には強い力があった。幕府は動かざるを得ない立場になった。そして「国事犯に大赦」、人材登用で「浪士組」の募集を命じたのである。

釈放された池田は老中の板倉勝静《いたくらかつきよ》ら幕閣と、浪士組の設立で、たびたび打ち合わせを重ねた。取締役として清河八郎、山岡鉄太郎（鉄舟）、池田徳太郎など六人を選出した。上洛に必要な武器の調達、資金の調達、幕閣との連絡、京都の宿の手配、それぞれ分担制にしたという。

祖母の美津はここらまで、難なく語っていた。すくなくとも健次郎には聞き取れたし、内容の流れは掌握できていた。折々に、こう考えていた。……なぜ、祖母の記憶はこうも衰えていないのか。

世間でみかける老婆は、腰の曲がった姿で畑仕事をしているか、堀炬燵《ほりごたつ》で背中を丸めているか、縁台で日向ぼっこくらいだ。美津の頭髪は真っ白だが、耳は遠くないし、歯は欠けておらず固い物も食べる。草鞋《わらじ》を履いて一人千住まで往って復ってくる。朝は鶏小屋の玉子をあつめる役で、昼は糸巻か、うたた寝で、夕方はちろりで熱燗《あつかん》を一本だけ手酌《てじゃく》で飲んでから寝る。

美津は記憶がよく、淀《よど》みなく話せるのだ。頭脳がよいというよりも、他人の新しい話題に好奇心が桁《けた》はずれて強いのだろう。健次郎はそんな目で、細面の祖母の顔を見ながら聞き入っていた。

「池田様に、浪士組の入隊条件とはなんぞや、と聞きましたよ。『文武に優れた者、腕に覚えがあるもの。犯罪者であれ、農民であれ、身分や年齢を問わず参加できる』と決められたそうです。度量《どりょう》が大きいこと、感激しました。分け隔てなく、能力さえあれば、幕府の浪士組に入れるのですからね」

美津はやせた身体だが、背筋はしっかり伸びている。

「祖母様、聞きちがいじゃないですか。将軍の護衛が犯罪者であれ、身分や年齢を問わず、あまりにも現実離れです」

「いいえ。頭脳《あたま》はまだたしかです。池田様は老中の板倉勝静様とも、『浪士組』の立ち上げで直接面談されて綿密に打ち合わせをされたそうです」

「ちょっと待ってください。祖母様の耳を疑うわけではありませんが、話ができ過ぎです。荒唐無稽《こうとうむけい》。昨日は牢名主、きょうは老中と膝詰で談判し、明日は徳川将軍の護衛で上洛《じょうらく》とは……?」

健次郎は信じがたい目のままだった。

「池田様は先般、多摩郡にいかれたそうです。ここの道場にもよくくる日野の薬売りの土方歳三《ひじかた》さん、ほかに剣術師の近藤勇さん、かなりの人数が浪士組に入られたそうです」

「あの土方さんが浪士組に加入した？　信じがたい。まあ、考えれば、『石田散薬』の薬売りよりも、幕府に直接仕えた方が、剣術の腕が生かせるかな」

「健次郎。世の中には巨きな目で物事を見られる、それを実行できる人がいるのですよ。牢獄にいても、幕閣や朝廷の近衛様という途轍《とてつ》もない頂点の方々を動かせる。牢獄に居ながらですよ。そして自分も恩赦《おんしゃ》で出獄する。幕府内に将軍様の身辺で、おおきな組織を立ち上げる。すばらしい行動力と頭脳ではありませんか。そういう人に会わず、居留守をつかうなど、まだ若木の大名主です。表門の外からの大声を聴いた瞬間、これぞ勢いがある人物と、勘で見抜けなければ、未熟者と心しておきなさい。客間にお通ししております。お会いなさい」

と毅然《きぜん》とした命令口調だった。祖母の瞼は垂れ下がっているが、目は光っている。健次郎が六、七歳の頃は悪戯ざかりで、落ち着きがなく、俗にいうガキ大将だった。そんな健次郎は祖母にたびたび樹に荒縄で縛られた。あの怒る目の光りと同じだと思った。

表の間に出むいた。三十一歳の池田は角ばった顔で、立ったまま鴨居《かもい》の扁額《へんがく》を見ていた。

「突然おじゃま申した。ここのご女中は純朴というか、居留守を使うのが下手ですな。口でなく、顔で嘘をつかないと見破られてしまう。ふだん居留守はお使いにならぬのかな。その点、ご祖母は往年の杵柄《きねづか》を感じさせました。拙者の素姓まで丸裸にして、思想まで吟味《ぎんみ》されました」

浅黒い顔の池田が、そう言って陽気に笑う。

「話しに聞けば、祖母の勘と記憶は若いときから良かったようです。私などは、まだ十代の子ども扱いです」

「なるほど。日比谷どの、本題に入るまえに、この鴨居に掲げられた扁額ですが、『栄寿《えいじゅ》』とは、中国の釈道安《しゃくどうあん》の漢書名でござるな」

白壁の扁額の二文字の墨が、鮮明に浮き出ていた。

「さようです。私は道安を尊敬しております。釈道安は四世紀のころ国の仏教の基礎を作られた優れた人物です。数多くの書物が残されています。この扁額は私の師である僧の超然《ちょうぜん》が、私に『子勤《しきん》』という雅号《がごう》をさずけてくださった経緯《けいい》を書いてくれたものです」

「釘隠しは鶴ですか？」

「二間続きの、この部屋は鶴の間、亀の間と我が家で伝わっている雛《ひな》部屋の名前です。上巳《じょうし》の節句には、この部屋に六十年来伝わっている雛人形を飾りもいたします」

「さようですか。ところで、この絵画もよい。中国の模写だが、想像するばかりだが、本物より巧いのではなかろうか」

「この画家は鈴木鵞湖《がこ》と申しまして、下総国豊富村（船橋市金掘町）の出身で、江戸で谷文晁《ぶんちょう》に学んだ才人です」

絵をじっと見つめる池田徳太郎の後ろ姿に、そう語った。

鵞湖の子どもが、三浦乾也の養子となった石井貞太郎（鼎湖《ていこう》）、孫が石井伯亭《はくてい》である。

ふり向いた池田が、腰を据えて話をさせてもらおう、と畳の上で胡坐をかいた。

「拙者を知ってもらうために、素性から、お話ししよう。生れは芸州広島の忠海村で、医者の倅《せがれ》でござる。十五歳で九州に留学し、日田の広瀬淡窓《ひろせたんそう》の咸宜園《かんぎえん》で学んだのでござる（大村益次郎と一、二を争う逸材だった）。そのあとが筑前の亀井揚州《かめいようしゅう》の塾頭、調黄溪《ちょうきけい》に学んでから、二十五歳で江戸に来て安政元（一八五四）年に幕府直轄の昌平黌《しょうへいこう》に入る。同四年の三十歳で麹町《こうじまち》に池田塾を開いていた」

「その先は、いま祖母に聴きました」

「ご祖母はすごいお方だ。拙者が獄に入る経緯から、上書を書いて浪士組が設立される過程、そしていまの募集活動まで、ひと通り聞かれた。五十年若かったら、拙者が嫁にもらいたいほど、陶酔《とうすい》しました」

池田が本気とも、冗談ともつかず、喉の奥までみせて笑った。

「いっしょに住めば、ちがった面もあります」

「では、本題に入らせていただこう。武蔵国、上州国は土地柄というか郷士の剣豪が多い。幕府はいま剣豪を必要としております。拙者がここに持参した、万延元（一八六〇）年発行の『武術英名録』に、貴殿の名前が掲載されています」

池田徳太郎がその書を卓上で開いた。武蔵国（関東地方）の剣術家たちの名鑑である。

『ひ』の部には、北辰一刀流の日比谷健次郎、天然理心流の土方歳三が同じ頁に記載されている。

「それで？」

「来春の文久三（一八六三）年に、第十四代家茂将軍が上洛なされる。家光将軍から二二九年ぶりです。腕の立つ武芸者をあつめた『浪士組』を組織します。そして、将軍の京都への往き復りの護衛をおこなう」

大柄な池田は背筋を伸ばし、歯切れのよい口調で語った。

「そこらは、祖母から聞きました。池田どのは『虎尾の会』で活動されている、と認識しております。薩摩藩士がヒュースケンを斬った。さらに清河八郎までもが、幕府の密偵だと称して町人を斬った。これは反幕府の行為です。それなのに、十七歳の家茂将軍の上洛の警護人を募るとは怪しすぎる。畏怖《いふ》の念を抱いています」

健次郎は疑いの目を光らせた。心の中で、かれらは将軍の暗殺団ではないか、と怖れすら覚えた。

「矛盾は承知の上です。家茂将軍の上洛となれば、諸藩の大名が付添って京都に上がります。いずれの大名家も、長年の参勤交代の経験から、すご腕の優れた家臣が大名警備につきます。ところが、将軍警護の幕臣はどうなのか？ご存知ですか。旗本と御家人から募れば、なんと二、三歳児の赤子、六、七歳の少年が数多く連なっておる。日比谷どの、これをどう思われますか」

「事実とすれば、率直に恥ずかしい。天下の恥です。二百五十年の平和ボケとは申せ、そこまでのこととは思わなかった」

武士政権の下で、武士がこれほど腐敗しているのか、と実に情けなかった。かたや、幕臣たちの自己本位にたいして、むしょうに憤りすらおぼえた。

「ご存知かと思いますが、京の都は天誅《てんちゅう》テロが渦巻いております。将軍護衛はとても重要です。幕臣の危機意識の低さはひどすぎる。さりとて、将軍後見人の一橋慶喜《よしのぶ》公にしても軍隊を持っていない。これでは家茂将軍の身の安全は守れない」

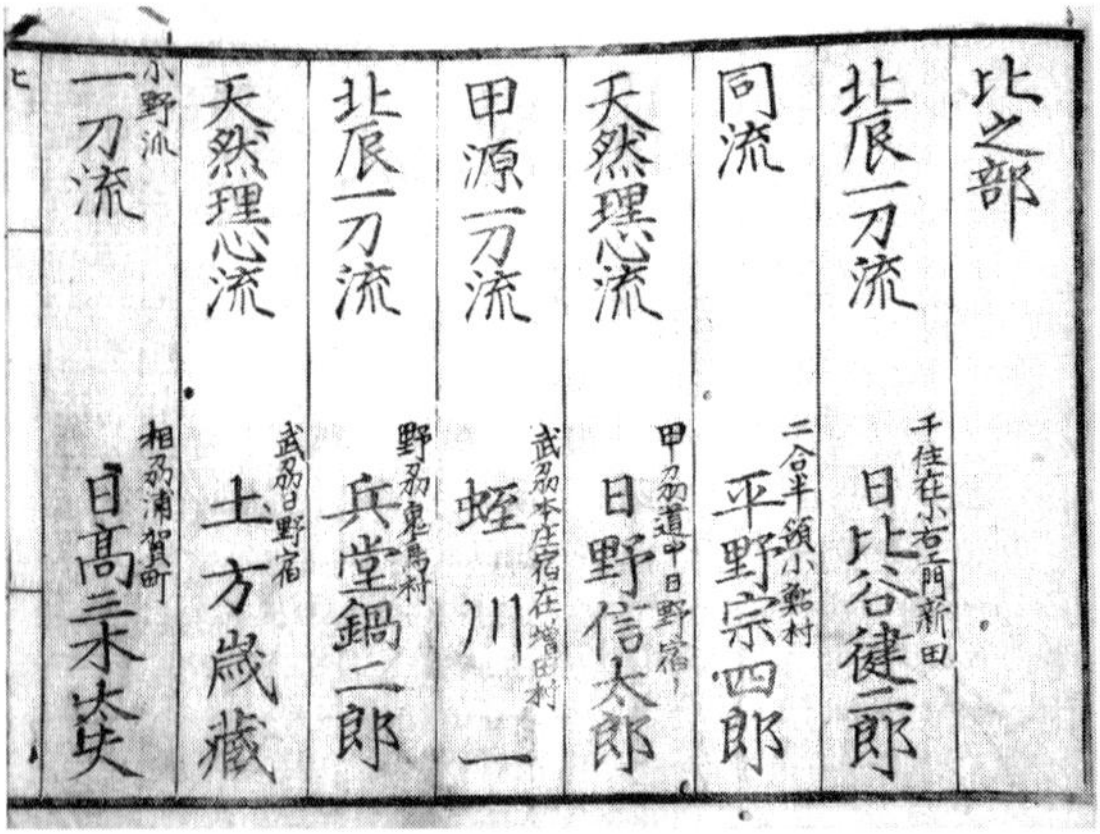

「武術英名録」ひの部

池田はよく響く声で、熱気ある目からは頑強な精神がうかがえた。

健次郎は、池田の言う内容も理解できたし、若き家茂将軍が気の毒だとさえ思った。ただ、無言で聞き入っていた。

「問題になるのが、幕藩体制です。諸藩の藩士は、家禄のもらえている自藩の大名を守ることに徹します。それは大名への忠義です。しかし、かれらには徳川将軍家を守る義務がない。そこから扶持《ふち》（給料）をもらってはいない。しょせん陪臣《ばいしん》です」

「たしかに、各藩の藩士たちが、命を賭《と》して守るのは自藩の大名のみでしょう」

健次郎は幕府直参しか、本気で将軍の身を守れないと思った。

「拙者の得ている情報からしても、京都の過激尊攘派は、かならずや上洛した家茂将軍の命を狙う。京都で将軍を巻き込んだ重大事件が起きても、諸藩の藩士は自藩の大名を守り、徳川宗家の将軍は二の次になる。これでは将軍のまわりが無防備になってしまう。家茂将軍が危機に陥る」

これが幕藩体制の盲点だと、池田が熱っぽく語っていた。

「しかし、あなた方は外国人通訳ヒュースケンを殺害した。清河が町人を殺した。これらを考えますと、『虎尾の会』が将軍の護衛隊を作る、とは裏の裏があり過ぎます」

健次郎があらためて疑惑の眼をむけた。

「言い訳がましいが、『虎尾の会』の思想は右も左もいる。だから、議論になるのでござる。決して、思想統一の結社ではない。往年、天保時代には、「蛮社《ばんしゃ》の獄《ごく》」が起きました。渡辺崋山《かざん》・高野長英《ちょうえい》は鳥居耀蔵《とりいようぞう》によって獄中の人物になりましたが、川路聖謨《としあきら》どのにはお咎《とが》めがなく、阿部正弘公のもとで活躍し、現代でも欠かせない人物でござる」

「清河は北辰一刀流の刀で素手の町人を斬った。人間の命を軽んじる者が、英才であれ、主義主張のちがった国家を論じても、池田さん、言葉どおりには受け取れません」

「おっしゃることはわかります。ただ、日比谷どの、浪士組は『虎尾の会』ではない。目的は将軍の身辺警備です。名前は浪士組、隊員数は三百人を目標としております。拙者は、『武術英名録』の剣客を一通り当たっています。この武蔵国には将軍家への忠誠の風土が強い。多摩では近藤勇、日野では土方歳三などは、将軍の護衛は名誉だ、と心意気に感じてくれました。ここまで聞いて、日比谷どのはどのように思われますか」

「天然理心流の土方さん、近藤勇さん、沖田総司さん、それに、元水戸藩の芹沢鴨《せりざわかも》さんもこの日比谷家の道場にきました。『武術英名録』の達人をあつめれば、皆がみな師範、師範代、免許皆伝で、おそろしく強い「浪士組」になるでしょう。家茂将軍をお守りする強力な集団になるはずです」

健次郎はそれらを集めれば、とてつもない怖ろしい力になるだろう、と容易に想像ができた。

「日比谷どのには、ぜひ将軍護衛の浪士組に加わっていただきたい」

「池田どのの趣旨は理解できますが、私はお断りいたします」

健次郎はそう言い切った。池田の顔が一瞬変わった。冷たい口調に響いたのかもしれない。

「我々は草莽《そうもう》の志士《しし》で、武士ではない。日比谷どのは武蔵国の郷士であり、剣術師だ。ぜひ、家茂将軍の護衛の浪士組に加わっていただきたい。そして、京の都に行く。きっと幹部として十二分に働かれるであろう」

（武士ではない。草莽の志士か）

健次郎は心のなかでつぶやいた。

井伊大老の暗殺から安政の大獄がおきた。それを機会に、いまや全国各地の郷士、豪商・豪農の有能な師弟たちが、「草莽の志士」として、政治活動に参加してきた。脱藩浪士、医者、神官らも草莽の志士として活動に加わっていた。尊攘派《そんじょうは》、佐幕派、ともに政治活動をしなければ、武士・農民・町人の身分を問わず、若者たちは時代に取り残されていく焦燥感《しょうそうかん》すらあった。

名主・庄屋の長男は、財産に恵まれて、武芸と文武を学んだ逸材《いつざい》が多い。優れている者ほど、家をとびだし草莽の志士として活動する時代だ。

町人の分類になる医者の倅は、著名な学者をもとめて遊学し、長崎で蘭学を学び、郷には帰らず、草莽の志士になっている。

「池田さん、これが昨年ならば、私は浪士組に勇んで入隊したでしょう。いまは違う。真逆です」

「興味ある発言だ」

池田の目が光った。

「……話は長くなりますが、日比谷家の先祖は、室町時代から日比谷入江の小豪族として、この武蔵国の歴史を見ながら生きてきました。鎌倉の寺領支配のときもあれば、戦国時代の北条氏の支配もありました。家康公が入府されると、武家屋敷の拡張のために日比谷入江の埋め立工事がはじまり、私どもの先祖は武蔵国足立郡に移住し、新田開発をおこなってきました。武蔵国の在郷なのです」

池田は腕組み、黙って聞いていた。

「日比谷は郷士として、関東南部に大きな田地をもてました。日比谷家の田地だけでも約百五十町歩（四十五万坪）です。これは徳川家のご恩だととらえております。武蔵国郷士として、徳川家の江戸防衛の一端を担う、強い決意をもっています。しかし、いまの私は考えが変わりました」

「どのように変わられた？」

池田の眼が光っていた。

「阿部正弘公によって幕府は開国いたしました。ただ、桜田門外の変から、国論が分断し、はげしい対立が生じています。家内は洋書好きです。夫婦の話しのなかで、私は西洋の政治をほんの少しばかり知る機会を得ました。その一つが『民衆』（People）です。それが胸に突き刺さりました」

池田は目を閉じて聞き入っていた。

「アメリカでは大統領より偉いのは民衆《ピープル》だそうです。日本は将軍、次に大名、家老とつづきます。真逆の考えです。西洋では男よりも女が大切にされるそうです。わが国はお寺の過去帳に、男が死ねば名まえが載る。女房や娘は女としか書かれていません。女は死後に存在が消えるのです。これには衝撃を受けました。私たち先祖は武蔵国の在郷として、天下人がかわろうとも、村ごとの運命共同体で生きてきたのです。荘園時代、戦国時代、北条氏、徳川氏と為政者は変わってきました。災害も多発しました。天保・天明の大飢饉《だいききん》があり、この文久二年には麻疹《ましん》・コレラの大流行という途轍もない恐怖にもさらされました。天下人が変わっても、自然災害があっても、日比谷家は武蔵国の郷士として、民衆とともに村を守り、先祖から子孫へとつないできたのです。家茂将軍をお守りする。それ自体は重要だと認識しています。だが、天下人が変わっても、村の民衆は数百年も不変です。だから、私はここに生きていきます」

「民衆《みんしゅう》、People か……」

池田がその言葉を噛みしめている態度だった。健次郎はすこし間合いをとってから、

「この周辺には、古隅田川、利根川、荒川、中小の河川と運河が数多くあります。年に数回はきまって氾濫をくり返します。河川に流されて命を失う。それでも、村人たちは豪雨や氾濫《はんらん》と戦ってくれます。作物に甚大な被害があり、食糧難に陥っても、離村もせず、耐え忍んでくれます。私の使命はこうした村人の生命と財産をまもることです。政変や動乱が起きて天下人が変わっても、おなじ精神で、足立・小右衛門新田村でともに生きてくれるでしょう」

健次郎はまたもうひと呼吸おいて、

「私は大名主のなかでも、巡視の多い人物だと自負しています。村人は挨拶代わりに『郷士の健次郎さんが顔をみせてくれる、わしらは安心しておられる』と言ってくれます。聴くほどに、私は迷わず命を惜しまず、村民のために戦うぞ、と決意がみなぎってくるのです」

健次郎はふと、寅吉の家が狼藉者に襲われたとき、四人家族を殺す結果になった場合、自分の腹を斬る、と晁に言った一連を思いだした。

晁の執拗な攻撃をかわす、その場の言葉だったにせよ、あとで考えれば、そのくらいの気持ちは持っていたと再認識した。

「日比谷どのは五百年、七百年の歴史から、武蔵国の郷士のあるべき姿を語られておる。徳川将軍の時代はいつか終わる。天下人も変わる。貴殿は、郷士の生きる道はなにか、と心得ておられる。拙

者は武蔵国、上州国、甲斐国にまわると、苗字帯刀の郷士、剣術師とは名ばかりで、徳川将軍を守ってほしいと浪士組の勧誘をすると、『農家の長男は家を離れられない』という。ウンザリするほど見てきた」

（池田は、徳川に忠誠をつくす郷士、豪農・豪商の長男でも家を飛びだす人物を探しているのか）

健次郎は、池田の尖った人物眼を感じさせられた。いまある豊かな生活すらも棄てる、胆力のある奴しか役立たないと考えておるのか。

「ところで、日比谷どのは家塾を開かれておる」

「そうです。教育で人材を創れば、村の風土と体質を変えられる、と考えております。人材が育たないと村が栄えない。そんな趣旨で、村民の教育のために、亡父の実家を牧野先生に無償でご提供しております。娘の久真さんも洋学に関心が強く、寺小屋を開いてくれています」

「拙者は江戸の麹町で私塾を開いておった。家塾に興味があり、実はここにくる前に、洋学者の牧野隆幸《りゅうこう》先生にお会いしてきた」

「えっ」

「牧野先生には面識があった。懐かしく語らせてもらった。すばらしい先生だ。時代の流れをよく見据えておられる。『幕府は長崎の蘭学（オランダ語）から、洋学（英語）に変わりつつある。その方向は正しい。だが、洋学は旗本が独占している。なにごとも独占する政権はかならずやつぶれる』と断言されておった」

池田徳太郎は、ひと呼吸おいてから、こう言った。

「先生は、『洋学が普及し、西洋の文化が日本に激流のごとく流入してきたら、政治が変わり、経済の活動が活発になり、社会の体質も一変する。西洋化すれば、幕府の儒学思想はもう通用しない』と話されておった」

「私も昨年来、牧野先生のご高説を聞いて、この国の歴史が案外はやく変わる予感がしました」

「拙者は芸州の医者の倅で、十五歳から九州・豊後日田《ぶんごひた》の咸宜園《かんぎえん》で学んだ。創設者の廣瀬淡窓《ひろせたんそう》は、優秀な人材を世に送りだした。たとえば、一年先輩には長州の大村益次郎なる人物がいた。性格は偏っておるが、大村はそこから大坂の緒方洪庵塾《おがたこうあん》に移り塾頭をしていた。最近は、豊後大分出身の福沢諭吉が洪庵塾の塾頭をやっておった。この福沢も大村も洋学の天才だ。大村は蕃所調所《ばんしょちょうしょ》の教授、そして講武所の教授だ」

「池田どのは、洋学が日本を変えられると見られておられるのか」

健次郎がごく自然に身を乗りだしていた。

「誰ひとりとして、明日の世の中は見通せない。だが、洋学が日本を変えることは間違いない。牧野先生がおおせられるように、旗本が洋学を独占している。これが幕府の大きな弱点になるだろう」

「私は牧野先生という、良き指導者を得られました。ありがたいことです」

健次郎はこころからそう思った。

「はるか遠方の九州の日田《ひた》にあっても、咸宜園に学ぶため人はやってくる。この園はつねに優秀な人材を世に送りだしておる。咸宜園の創設者の廣瀬淡窓と、日比谷健次郎どのが重なってみえる。江戸という大きな町から見れば、武蔵国の小右衛門新田村は小さいだろう。しかし、日比谷どの、あなたの役目は徳川将軍を守ることではない。人材を作ることだ」

「もやもやと見えていなかった目標が見えてきました。感謝いたします」

「日比谷どのと話しているうちに、拙者も洋学の栄養不足に思えてきた。これでお暇《いとま》する。祖母どのには五十年若かったら、嫁にもらいたかったとお伝えください」

池田は笑って立ち上がった。

「祖母は喜ぶでしょう」

健次郎は見送りにでた。

お帰りの前に、なぜ一言声をかけなかったと、祖母から何度も叱られてしまった。日比谷の両親が若死にしたから、躾《しつけ》ができていないとか、連れ戻してきなさいとまで言われた。

＊

文久三年二月に、二百三十余人をもって浪士組《ろうしぐみ》が結束された。そして、家茂将軍の護衛目的で上洛する。京都につくと、清河八郎が突如として「将軍を守るのが目的でなく、われらは尊王攘夷を貫徹する部隊になる。それを天皇に奉伺《ほうし》する」と言いだしたのだ。それぞれに誓紙への署名をもとめた。

池田徳太郎はただ一人、その署名を拒否した。母親が病気だからと言い、脱退する。「清河君、君の首も細くなったな」と言い残して、池田は芸州藩広島に帰っていく。

そんなことから、幕府は清河らの浪士組の挙動に不信感をもった。浪人組を江戸に召還《しょうかん》した。その一部の近藤勇らは、京都守護職の会津藩松平容保《かたもり》の預かりとした。「壬生浪士組《みぶろうしぐみ》」（後の新撰組《しんせんぐみ》）と名乗らせた。

残りの浪士組は江戸に着いた。四日後、幕府の手で清河八郎は暗殺された。

その幕府は江戸で浪士組の再編成をし、江戸市中の警備役として「新徴組《しんちょうぐみ》」を創設した。そこで、池田徳太郎に新徴組の隊長の誘いがあった。だが、かれは頭脳の良さをかわれて芸州広島藩の浅野藩主の特命密使になっていたのである。広島に帰った池田徳太郎は、ここから歴史の中に忽然と消えることになる。

長州戦争のあと、慶応三年には広島藩内で新たな動きがおきた。

『こんな徳川家に、国家の政権を任せていられない』

若き藩士の船越洋之助《ふなこしようのすけ》、広島藩校の若き助教の高間省三《たかましょうぞう》らが「神機隊」を旗揚げしたのだ。文武に優れた草莽思想の農商出身者を千二百人もあつめた。西洋式の軍事組織として結成したのである。

池田徳太郎が語った草莽思想《そうもうしそう》と一致している。つまり、武士による討幕でなく、農商の文武に優れた者による国家変革をめざした。池田らがおおきく関わる、薩長芸《さっちょうげい》軍事同盟が結ばれた。

その同盟は徳川政権に大政奉還させる軍事圧力であった。慶喜が政権を返上すると、池田徳太郎がさらにうごいた。この薩長芸の三藩が御手洗《みたらい》（広島県・大崎下島）で軍事密約を締結し、「三藩進発《さんぱんしんぱつ》」という西洋式軍隊六千五百人の挙兵を成功させたのだ。『禁門の変』で、朝敵となり身動きがつかない長州藩をともに広島藩が上洛させたことで、歴史の変革が生まれた。つまり、この軍隊が徳川幕府に止めを刺したのである。

明治時代になると、池田徳太郎は知藩事、県知事などを歴任している。

菅笠《すげがさ》をかぶった旅姿の三浦乾也《かんや》は四十四歳の四角張った顔で、仙台藩の御作事奉行格だった。禄高は百俵・百三十人扶持である。陶芸家だが、かれは武士として腰に大小をさす。その刀には羅紗《らしゃ》の柄袋《つかぶくろ》をかけている。真冬の師走の寒さにも拘《かかわ》らず、乾也は息子と連れ立って江戸を発ち、太平洋岸の奥州路を仙台へと向かうさなかだった。

「もう一度言っておくが、わざわざ仙台への旅は、およそ感動と興奮とはほど遠いぞ。嫌な思いをさせる。まちがいなく」

「父上のお仕事がどうあれ、私は、奥州路の絵を画ける好機と喜んでいます。私なりに有意義にしたいです」

貞太郎《さだたろう》は、著名な画家鈴木鵞湖《がこ》の次男に生まれ育ち、幼くして絵や天性の才能があった。乾也は、友人の鵞湖に頼んで、優しげな顔立ちの十一歳の次男を養子にもらったのだ。

「きのうの宿の夕餉《ゆうげ》のときも、父上から齢を訊かれました。数え十八歳です」

安政六年（一八五九）年、三浦乾也が三十八歳のとき養子縁組がまとまった。乾也が目をつけたとおり、性格は素直で温厚で、絵画の才能が抜群だった。すでに鼎湖《ていこ》という画号をもつ。将来が期待できた。

「歳の話題は、親子のこころのつながりだ。挨拶のようなものだ」

乾也は無頓着で、周囲に気を使わないし、常識には無関心で、興味あるものへのこだわり方は奇人、天才で並はずれていた。

水戸藩領を過ぎて、磐城《いわき》平城下で宿をとり、今朝は陸前浜街道を北上し、四倉・広野と奥州路を往く。ひろい視界の田園地帯だった。冬の田園は緑でなく、土色で、阿武隈《あぶくま》山脈は雪のおだやかな稜線を青空に描いている。右手の海岸線は、大波が岩礁に砕ける。

「この久ノ浜はとても良い風景です。ここを画きたい」

「時間は存分にある。おおかた仙台藩からは改易（解雇）の呼び出しだろう。嫌なことは先延ばしするか、さっさと片づけてしまうか。二つに一つだ。なにも急いでいく必要もなかろう」

それを聞いて貞太郎が、海岸に引き揚げられた小舟の艫《とも》に腰を降ろし、筆と紙を取り出して、描きはじめた。久ノ浜宿で二枚画いた。末続、広野、木戸駅と一枚ずつ、貞太郎は絵日記を書いていた。

天神岬は松林が見事なので、時間を取った。

師走でも常磐道の方が、多少は暖かいだろうと思ったが、潮風にさらされると、身体の内臓まで冷え切ってくる。貞次郎の絵日記をのぞき見た。

『きょうも、父に年齢を聞かれた。磐城《いわき》の浜街道《はまかいどう》』

乾也は腰を降ろし、煙管《キセル》で莨《タバコ》を喫いはじめた。

「武蔵国の健次郎さんが仰っていましたよ。父上の記憶力、想像力、好奇心は素晴らしい。ただ、関心のないことには脳みそが働かない、特殊な頭だと」

「健次郎が、陰口をきく男とは思わなかった」

「誹謗《ひぼう》ならば、陰口ですが、的確に言い当てています」

「まあ、事実に反していない」

「もう一つ、父上は三浦家、石井家、加藤家など、縁戚の家系図がまったく解っていない。婚礼の席で、参加者との関係がわからず、話題がかみあわない、とも」

貞太郎の筆は動いていた。

「祝儀・不祝儀に声がかかれば、親戚顔して参列しておるが、健次郎とこの乾也が、どこで、どうつながっているのか、さっぱりわからん。貞太郎は解るか」

「もちろん、わかります。母上の姉妹が……」

「その先は話しても無駄だ。貞太郎が解っていればよいことだ」

と掌を拡げて制してから、

「だいいち鈴木鵞湖《がこ》から、おまえを養子にもらったときは『鈴木貞次郎』なのに、三浦貞次郎ならまだしも、なぜ『石井貞太郎』になったのか。苗字も、名前もちがう。女房の栄に聞いても、ようわからん」

「もう母上には聞かない方が良いですよ。そのたびに、『何百回、石井家は私の実家です、と聞かせたらわかるの。あなたはいちど富岡神社前の大富豪の石井家に養子にきた身でしょう。石井家の財産を全部つぶして、勘当されて、三浦家の姓にもどった。せめて、養子の貞太郎くらいは石井家をつがさないと、わたしの顔が立ちません』と夫婦喧嘩ですから」

「女房の栄は説明下手だ。こっちがちょっとその話にふれると、すぐ喧嘩腰だ。結婚してから十数年、女房として、どんな辛い思いをしてきたかと、まるで昨日の出来事のように、次つぎ出してきて捲《まく》したてる。結局は、なぜ石井貞太郎になったたか、まったくわからず、こっちまで頭にきて、外に出て居酒屋でヤケ酒だ」

乾也はかつて妻石井栄の養子に入っていた。狂気のような燃える恋をした結婚らしい。しかし、大きな借金という不義理から石井家から外れ、旧姓の三浦乾也にもどっていた。

絵の道具を片付けてから、ふたりは陸前浜街道を北上していく。常磐道の右手には、冬の大海原が拡がり、岩礁にぶつかる波が白い飛沫を高くあげている。くり返す潮騒が地の底を這うように響く。

「絵描きは筆と紙が武器だ。腰の両刀は重くて厄介なものだな。武士に取り立てられたから、刀をさしておるが……。この刀も返上だな。仙台藩から召喚命令が来ておる。お役御免だ」

「改易（解雇）なら、刀はささずに済むと、父上はほっとするのでしょう?」

「家臣の改易はふつう処罰を伴うものだ。一、二年の牢獄入りもあり得る。長期滞在になるかもしれぬぞ」

「それは承知の上です」

貞太郎は素直な性格だった。

「問題は貞太郎の学問だ。いま江戸で村上英俊《ひでとし》のフランス語塾で学んでおるが、このたびの仙台行きで疎かになる。語学は継続が重要だ」

村上英俊とは松代藩の藩医だった。佐久間象山《さくましょうざん》の下で、『化学提要』のフランス語を日本語に翻訳《ほんやく》した人物である。安政五年には日仏修好通商条約を翻訳したことで名高い。幕命で仏和辞典《ふつわじてん》の編さん中だった。

「村上英俊先生から、教材の一部を借りてきています。道々、語彙《ごい》を憶えています。それにもまして、このたびの仙台行きの機会は得難いものです」

「養父がどん底に落ちる姿を見ておく。たしかに得難い勉強になるだろう」

乾也は苦笑した。三浦乾也がなぜ高名な村上英俊に貞太郎を学ばせることができたのか。それは乾也の豊富な人脈だろう。乾也はなにしろ第十一代家斉将軍にはじまり、家茂将軍、大物の諸大名ら、御三卿たちの庭園の窯で、『お庭焼』陶芸の指導をし、身分はちがえども、陶芸の極意をもつ乾也にたいして師弟の関係である。

豊富な人脈をもった乾也は、知己の佐久間象山から、信州出身者の仏学者の村上英俊を紹介してもらっていた。そして、貞太郎には費用を惜しまず、フランスの原書が読めるようになるまで学べと、村上塾に通わせている。貞太郎も頭角を現し、それに応えていた。

「父上、フランスの原書は読めて、理解できても、私はフランス人と話ができないでしょう。聴き取れなければ、話せないはずです」

「それもそうだ。仙台から帰ったら横浜居留地に行こう。フランス人牧師の教会に日仏学院ができた。そこに転校だ」

「村上塾の仲間を失います。もう一つはキリスト教禁令にふれます」

貞太郎が不安な表情をみせた。

「それは解決できない問題ではない。キリスト教は厳禁だが、外国人が横浜、長崎など居留地内で教会を建てることは認められておる。日本人への布教は禁止だ。よしんばフランスの牧師から語学を学ぶ際に、貞太郎がキリスト教徒になったとしてもだ、日本人に語らず、布教せず、そこを守っておれば、問題なかろう」

三浦乾也ははっきり言い切った。
七、八人の女集団が茶屋で一休みをとっていた。彼女たちは手ぬぐいで髪を砂埃から守っている。きものは裾短く着ていた。手甲と脚絆で凛々しい姿だ。それぞれが杖を持っている。
「あら、すてき。見事な若者ね」

「素敵な方」

そんな声をかける女集団の前を通りすぎた。

「日比谷家の健次郎兄さんですが、晁《じゅん》姉さんの洋学熱に影響されたのでしょう。鈴木家を提供している牧野先生に、フランス語か、プロイセン（ドイツ）語を学びたいと相談されたようですよ」

「それはよいことだ。幕府はフランスに最大の援助を受けておるから、フランス語が人気だ。次の時代は先端医学と科学がすすんだドイツ語だ。それ以前に、健次郎はあの勝気な嫁の晁と、おなじ洋学は避けた方がいい。高慢な態度で、健次郎が見下されるのがオチだ」

「父上は、晁姉さんにも遠慮なく、直接ズケズケ言うから、日比谷家に行くたびに嫌われるのです」

突如として、二頭の馬の荒い息が聞こえた。地を蹴る馬蹄《ばてい》の音が響く。公儀の武士が野羽織《のはおり》と野袴《のばかま》の姿で、馬鈴を鳴らして疾走してきた。乾也の目の前を通過していく。また、攘夷派の殺戮《さつりく》がおきたのか。そう考える時代になっていた。

仙台に近づくほど、貞太郎が三浦乾也と仙台藩との関わりを知りたくなったようだ。

「陶芸家の父がなぜ造船技師になり、仙台藩で洋船を作ったのですか。いちどくわしく経緯を聞いてみたかったのです」

「実の父親鵞湖《がこ》から聞いておらなかったのか」

「まったく聞いていません。ただ、三浦乾也は暗殺された井伊大老と昵懇《じっこん》だったと、聞かされた程度です」

三浦乾也が道々、人生を語りはじめた。

乾也は幕府御家人の三浦家の子として、銀座（鋳造所）の近くで生まれた。すぐに下総の農家に里子に出された。あちらこちらたらい回し。記憶があるのは、浅草で焼き物の陶芸家の井田吉六・タケ夫婦にもらわれたところからだった。

吉六は将軍の前でも、御庭焼を披露する腕前だった。吉六は陶工の技を乾也に叩き込んだ。

吉六は将軍家斉《いえなり》の柳営《りゅうえい》（将軍の住いの庭）で、陶芸の焼を披露する。助手とはいえ、乾也は薪《まき》を運んだり、轆轤《ろくろ》からの製品を窯のなかに並べたり、火をつける。煙突から出る煙の色や濃淡で、空気を微調整し、二昼夜も監視する。

「職人はどんなに腕が良くても、それだけでは立派な職人になれない。高貴な人の前で、場数を踏むことだった」

乾也は将軍様、大御所様の前でも、冷静沈着に行動できる自分を知った。物怖《ものお》じしない態度が育った。将軍の視線を感じると、ふしぎに大名たちが平たく見えた。

「雲の上の将軍様が、雲の下に降りてきて、陶芸指南にうなずく。同じ目線の立場に見えてしまうから、人間とは、ふしぎなものだ」

乾也が吉六の代役でも、次の家慶《いえよし》将軍のお咎めはなかった。将軍の趣向は大名にも拡がる。大名庭園で『お庭焼《にわやき》』が流行になった。

「緒方乾山《おがたかんざん》はどのていど知っておるか」

「京都の陶工家です。兄の尾形光琳《こうりん》は画家で有名です」

「京都で名の通った陶芸家が、なぜ江戸にきた?」

「緒方乾山先生は、輪王寺宮《りんのうじのみや》のお供で、江戸にきたのでしょう」

乾山は京都の呉服屋の息子だった。父親の死後に、兄の光琳と膨大な遺産分けをした。画家の光琳は放蕩《ほうとう》した。乾山は座禅や書物を愛し、隠遁《いんとん》を好み、地味な生活を送っていた。京の山荘で窯を開き、三十七歳で陶芸の道に入った。

乾山が器をつくり、光琳が絵を描いた。乾山は名陶として法王の知遇を得ていた。

「乾山が六十九歳で、輪王寺宮公寛《こうかん》法王の江戸に移り住んだ」

正保四（一六四七）年から代々、二百年余り、輪王寺宮は京都の皇子（親王殿下）が就任している。

享保十六（一七三一）年、緒方乾山は六十九歳のとき、京都から上野寛永寺に入る輪王寺王の知遇を受けて江戸に移った。江戸入谷にすむ。江戸は関東ローム層で、陶器に適した土はなかった。満足できないし、園芸、植木屋に頼み、郊外から土を運んでもらっている。入谷、三河島には植木屋が多いので、植木鉢を造り、生活を支えていた。

乞われて下野国《しもつけのくに》佐野で陶芸の指導をおこなうこともあった。

「一言でいえば、細々と暮らし、品質の良くない土でも、浅草焼を普及させた。京都にはもどらず、八十一歳まで生きられた」

乾山の名は二代目から五代まで、血縁や師弟関係ではつながっていない。口述の秘伝書などが受け継がれている。三浦乾也は正式に六代目とは名乗っていない。肩書きに拘泥していないのだ。

三浦乾也と井伊直弼《なおすけ》の関係は、大名と庶民という身分を超えるものだった。直弼が、乾也の陶工の愛弟子になった。緒方乾山の「極秘の伝書」がある。本来は愛弟子しか伝授しないものだが、直弼にせがまれて、極秘の伝書の『緒方流陶術秘法書』を書き写させたのである。現在も、実物が現存する。

「父上、いま仙台に向かっていますから、仙台藩で軍艦を建造した話が聞きたいです」

「興味があるのか」

「はい。陶工家が軍艦を造って、殿様から、家禄ある武士に取り立てられたのですから。当然です」

三浦乾也は腕を組み、しばし太平洋を見つめていた。なにが去来しているのか。

「あの黒船を造ってみたいと思った。船上の煙突から黒い煙を吐きだす。無風でも前に進む。後進もできる。一隻には五百人以上は乗っているだろう。大きな船体だった」

嘉永六（一八五三）年六月三日だった。異国船の軍艦が江戸湾に現われた。海岸は見物人で大騒ぎだった。三十二歳の三浦乾也の頭脳が高速で回転していた。舳先《へさき》から船尾まで、マストの位置、帆の数、船体構図など、子細に記憶した。

わが国も軍艦を造るべきだと、火焔のように全身が燃えてきた。黒船が立ち去ったあと、乾也は蘭学者から、西洋の造船技術の翻訳書をもとめた。オランダ語の翻訳本から、蒸気機関の研究をした。

嘉永七（一八五四）年三月三日に、日米和親条約が締結された。

三浦乾也は横浜で、二度目の来航の黒船を間近に見た。乾也は毎日、夜なべまでして「蒸気船のひな形」を試作し、さらに海防の重要性と軍艦建造の関係を『造船建白書』としてまとめた。

お庭焼で面識ある水戸藩、津軽藩、加賀藩、姫路藩など大名家をまわった。翌々日、思いもかけないことがおきた。老中首座の阿部正弘から、役邸に呼びだされた。

「長崎に出向いて、オランダ人から造船技術を会得せよ。普請奉行の佐藤睦三郎と、江川英龍の手代らと、このたびの一行に同行せよ」

阿部正弘から直々に『造艦伝習』の役務を命じられたのだ。

「阿部正弘どのは、人物抜てきの天才だったと聞いております。父上は万能人間ですから、目にとまったのでしょう」

陶工家に、オランダ人から軍艦の造船技術を学ばせる。阿部正弘のひとを見抜く眼力も頭脳も並ではない。

「阿部公と面識があったが、わしは陶芸職人だ、さすがにビックリした」

その時のおどろきをしばし語っていた。

安政元年（一八五四）八月四日に江戸を発って二十五日に長崎に到着した。クリミア戦争に中立のオランダ軍艦が長崎に入港し、長く投錨《とうびょう》していた。

普請奉行や三浦乾也たちは長崎に入ると、オランダ軍艦の内部を見学し造船技術まで教わった。

鬼才の乾也は三か月という短期で、難解な造船技術（設計から建造、艤装、塗装まで）のみならず、

「軍艦や大型船舶を建造するとなれば、搭載する大砲の鍛造の製鉄技術も必要だ。それには鉱山経営、鉄の精錬、加工まで一貫した技術も欠かせない。多量の鉄鋼を作る反射炉、溶鉱炉も欲しい」

乾也は多欲、貪欲、強欲だ。さらに大砲製造技術、ガラス製造など、一連の技術の深部まで聴き取った。

乾也はそれらを聞きだし、習熟した。一度に多種多様な製造が、頭脳に収まるなど、乾也は狂気

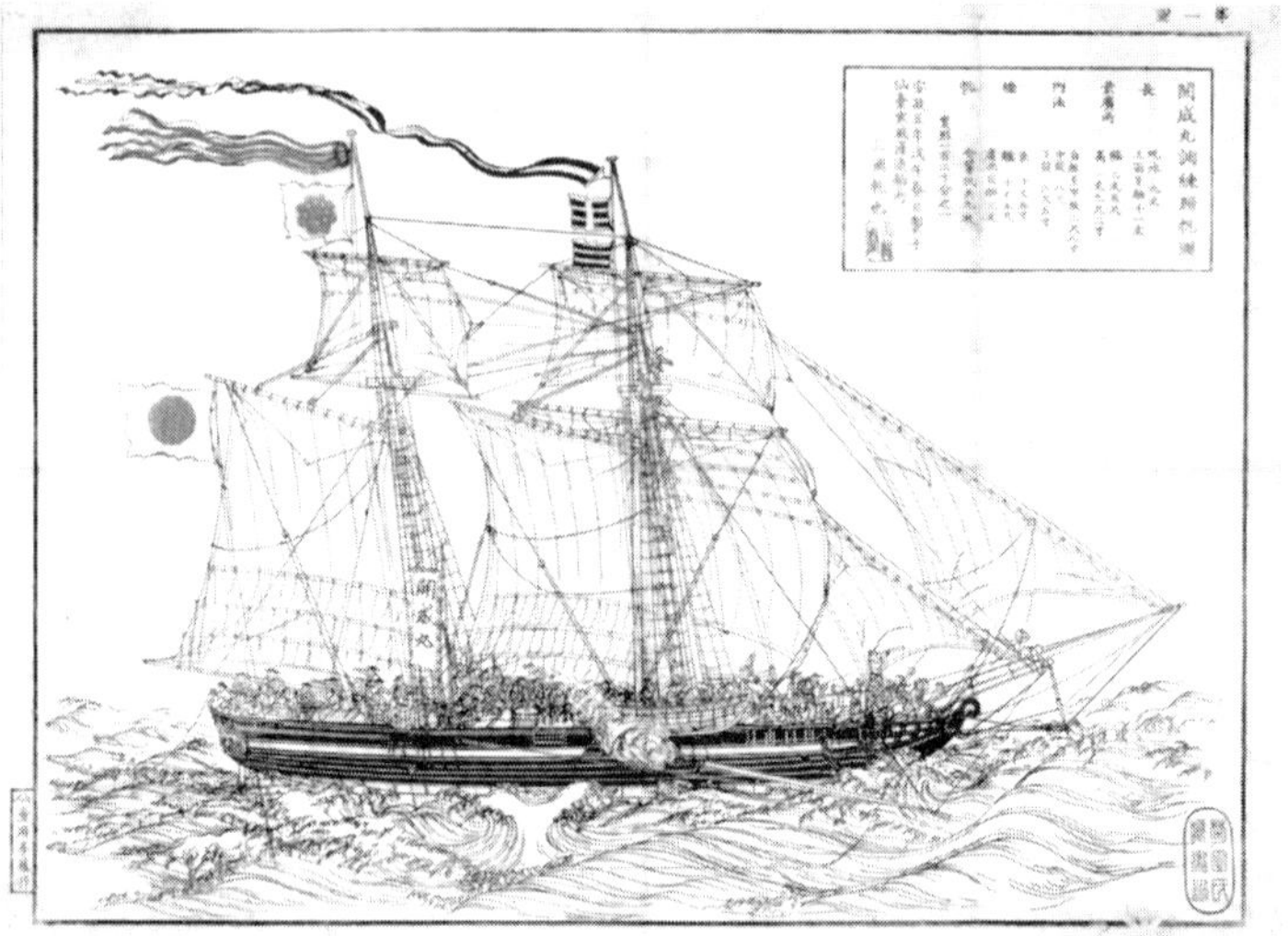

三浦乾也「開成丸調練帰帆図」（仙台市博物館蔵）

の天才であった。西洋の高度な科学は、幕府や諸藩の一部の独占でなく、それを印刷して大勢に広める時代がかならずくる。乾也はオランダ製の活版印刷機までも使いこなせた。

仙台藩は六十二万四千石で東北の雄である。第十三代藩主の伊達慶邦《だてよしくに》（一八二五〜七四）だった安政二年に黒船来航後の海岸警備から、蝦夷地（北海道）の警備が命じられていた。ロシアの南下政策を警戒するもので、仙台藩の範囲が広く、白老《しらおい》から知床《しれとこ》、根室《ねむろ》、択捉《えとろふ》、国後《くなしり》、千島《ちしま》列島まで延びていた。

広大な原野の警備は蝦夷地の三分の一におよび膨大な費用を要する。藩財政に負担が重くのしかかっていた。伊達慶邦公が、藩政改革に乗りだした。名門の芝田民部《しばたみんぶ》を主席執政（二千石・家老）に起用した。かれは深慮と機略に富み、末節に拘泥せず、優れた手腕の人物だった。

「国防からして、海軍の創設こそ、至上命題だ。仙台藩は長い太平洋沿岸があり、西欧の攻撃の標的になりやすい」

芝田執政は、黒船来航の危機意識から、軍備一新を図ることにきめた。

そして、藩校「養賢堂《ようけんどう》」の学頭（トップ）の大槻平治（習齋《しゅうさい》）を大砲および軍艦製造用掛とした。

「船を造ることは急務であるが、仙台にはもはや西洋式の造船技術者がいない」

さかのぼれば、藩祖の伊達政宗が開明的で、慶長十八（一六一三）年に、自藩で建造した外洋船で支倉常長《はせくらつねなが》らをローマに派遣している。二百余年の鎖国で、もはや造船技術がなくなっていた。

「大型船を建造せよ。人材は藩内でなく、江戸や伊豆から探すと良い」

安政三年、三十五歳の乾也は正式に仙台藩に招聘《しょうへい》された。多くの門弟をつれて仙台へと向かった。

乾也は洋式帆船軍艦という、緻密な設計図を描きはじめた。天文学者や数学者が加わった。長さ百十尺（三十三米）、幅二十五尺（七・六米）、船尾高さ二十一尺（六・三六米）である。二本マスト、大砲は九門備えていた。総工費は二万三千両であった。仙台藩は、松島湾の寒風沢島《さぶさわしま》に造船所をつくり、安政三（一八五六）年八月二十六日から「開成丸《かいせいまる》」の建造がはじまった。

安政四（一八五七）年六月二十八日に、藩主の伊達慶邦のみならず東北の藩主も臨席したうえで、開成丸と命名し、進水式がおこなわれた。同年八月に「造艦碑《ぞうかんひ》」が建てられた。

このあと松島湾で、試験航海がくり返された。安政六年一月八日に、開成丸は米を積んで江戸に向かう。四ッ倉沖（福島）、犬吠埼（千葉）、二月十七日に浦賀に入港する。一か月余りの運行で、状態は良好だった。帰路も、無事の航海で安政六年四月には寒風沢島に着いた。

土佐藩は長崎の本木昌造を招聘《しょうへい》したけれど、建造のひな型すらできず千九百両が無駄になった。水戸藩は自力で洋式軍艦の旭日丸を建造したが、進水式で転覆させてしまった。「厄介丸」とあざ笑われた。

幕府の浦賀奉行所が鳳凰丸（一八五四年・輸送船）、薩摩の洋式軍艦の昇平丸《しょうへいまる》（一八五四年・幕府に献上）、長州の丙辰丸《へいしんまる》（一八五七年）など、同時代に建造されている。開成丸は東北で最初の洋式軍艦だった。

「造艦の仕事は終った。が、仙台藩を去るにしても、溶鉱炉と反射炉の建設の道筋はつけておこう」

三浦乾也は仙台藩領の北部の山に入り、鉱脈を調べ上げた。三浦乾也は、西洋の先進技術の導入をはかるために、あらたな産業の考案を設計図にまで落とし込んでいる。まさに、鬼才である。

西洋の蒸気動力から農機具の図面、反射炉の図面、ガラス、製鉄所、大砲までも設計しているのだ。その上で、反射炉の図面を関係者に渡していた。

三浦乾也の知恵は頭脳から噴水のようにあふれ出ている。輸入品目をつぶさに調べて、国内で鉱山製品を作れないか、と考えている。他方、乾也は仙台藩内に亜鉛が大量にあると突き止めていた。国内で消費した残りを、外国に輸出する。そうすれば、亜鉛で外貨が稼げると、提案している。

安政七（一八六〇）年の早々、三浦乾也は仙台藩に一時の暇乞い願いを出して急ぎ江戸に帰った。井伊大老から頼まれた、将軍家に献上する雛人形一式をつくるお役目があったからである。人形師に段取りをつけて細かく作業指示をし、「日本一の雛人形」に取り組んでいた。

この間に、仙台藩にはおおきな動きがあった。藩は財政赤字の悪化から、洋船の建造は藩費の無駄づかいだと、内部批判が高まっていたのだ。尊攘派と開明派の対立も重なっていた。

領内通用の金券発行が物価高騰につながり、民間の怨嗟《えんさ》の声が高まった。とくに「開成丸」の建造はムダだ、軍拡は独断専行だと、芝田執政への藩政批判が強まっていた。

万延元年四月といえば、井伊大老が暗殺された翌月だ、尊攘派が伸して芝田民部と大槻《おおつき》平治が隠居を命じられて失脚した。

順調だった洋式技術の導入、洋式精練・製鋼事業がいっきに挫折した。西の雄藩は反射炉の建設と大砲製造が活発になっていた。だが、東北の仙台藩は逆に後退し、三浦乾也の反射炉の図面が生かされなかったのである。科学の進歩は日進月歩である。諸藩ではイギリス、オランダ建造の蒸気船の購入が加速してきた。仙台から江戸湾まで一か月も船旅がかかる帆船は、建造から二、三年でもう時代遅れの速力不足の船となってきた。

そのうえ、海上にうかぶ木造帆船の維持費は巨額であるといい、文久元年には石巻で解体された。

巨大な建造費の「開成丸」を建造させた総責任者の小野寺鳳谷《おのでらほうこく》らにはつよい風あたりとなった。

「新しく執政となった但木《ただき》からの呼び出しだ。緊縮財政をかかげておる。聞かずしてわかる」

三浦父子は仙台の市街地にながれる広瀬川の橋を渡った。冬枯れの木々のかなたには青葉城の城郭が見えてきた。三浦乾也は藩主から「開成丸」建造をたたえられて御作事奉行格となっていた。禄高は百俵・百三十人扶持だ。

「出頭すれば、但木執政から、三浦を捕縛せよと命令がでる。投獄されて、ノミとシラミとネズミに苦しめられる。そして、判決が下り、仙台領から永久追放、こんな筋書きだな」

「父上、牢獄入り、そして永久追放ならば、先に松島に行きませんか。父上が獄に入っている間は、わたしは宿でフランス語を勉強しています」

「さようだな。年内に出頭せよ、という命令だ。大晦日の除夜までだ」

乾也はおうように構えていた。

松島は松尾芭蕉が、『扶桑第一の好風』とたたえたところである。父子は手漕ぎの乗合船で、江戸回米で栄える寒風沢島にわたった。乾也はここに造船所をつくり、開成丸を建造した。

「これは父上の碑文ですね」

「そうだ、松島湾で建造した船はすでに消えてしまった。だが、碑だけが残っておるのか。いまは、仙台藩で嫌われものか」

乾也は苦笑した。

「撰文と書は、姫路藩の儒者ですね。菅野潔という方です。江戸から北海道に渡るときに、この松島に下船し、建造に感銘し、後世に残すために、撰文《せんぶん》したと書かれています」

碑には三浦乾也と小野寺鳳谷らの略歴と関係者の名前が記されていた。

『藩公は大型船の建造を思い立ち、小野寺という者を江戸、伊豆、相模に派遣して探させた。江戸は大地震のさなかで、大混乱の中にあった。探し当てた造船技師は三浦乾也だった。藩公に報告し、とくに優遇して、召し抱えて、建造を任せることになった。千枚の板、万の釘、究極の精緻を込めて、建造に励んでいた。藩内に批判するものも多くあった』

撰文のなかで、

『三浦乾也はこう言った。他に先んじて新しい仕事をすると、遠くまでそのことが伝わっていくものだ。東北の諸侯にとってもこの造艦が新たな取組みのはじまりとなろう。これからは、建造の技術や航海に熟練した良工が多く出てくるだろう。私の造ったものなどは、人々の嘲笑にあうかもしれない』と。

この通りだった。実際に石巻で解体された。

「父上の先見性はすごい。三浦乾也を駿馬《しゅんめ》と称しています」

「駿馬が馬小屋に入らず、明日は牢獄だ。これが世の流れだ」

乾也が自分をあざ笑った。

浅草のお寺に詣でた健次郎は新調した着物に、麻裏の草履をはいて、恒例の正月の挨拶回りをはじめた。親戚筋、知人など範囲は広い。訪問先に子どもがいれば、お年玉、商家の小僧には祝儀をはずむ。浅草蔵前は百余り札差《ふださし》が軒を連ねている。門松が明ける前は、獅子舞が太鼓と篠笛《しのぶえ》でねり歩くのだが、慶応三（一八六七）年が明けたが、心なしか活気がない。

「不景気な風が吹いている」

札差は、旗本と御家人の棒禄の受け取りと換金をおこなう。武士にたいして金融もおこなっている。旗本・御家人らは禄米の一年、二年先まで、それを担保にして札差から金を借りている。となると、札差は力をつけて豪商になり、逆に旗本や御家人の暮らし向きは悪くなっていた。

札差の店頭の暖簾をくぐる武士の姿には、負い目というか、後ろめたさのような暗い影があった。

幕府は、旗本・御家人の蔵米を春二月、夏五月、冬十月の三回にわけて蔵出しする。米手形をもって幕府の御蔵《おくら》に行けば、蔵米を受け取れる。その代行手数料で、札差が御蔵から受けだし、換金し、武士に渡す。物価の高騰の生活苦から、その手形が金融の担保で手渡っているのだ。

「春二月になっても、幕臣の手元に、禄米《ろくまい》が渡らず、借金のかたでなにもない。気の毒といえば、気の毒だ」

家禄がある武士も、幕府の役につけない無役だと生活苦に襲われる。

ことしの冬は厳しそうだと、健次郎はそれを肌で感じた。この先は大川（隅田川）に沿っていく。

日本橋箱崎には加藤治助《じすけ》がいた。晁《じゅん》からみた叔父だ。樽の製造業だ。土間の作業場に入ると、木材の匂いが鼻孔をくすぐる。巨大な木製樽がならぶ。いずれもハシゴで上るほど高い。義叔父の治助も近隣の挨拶回りに出かけていた。家人に一通り挨拶してから、箱崎を後にした。

二月に入ると、寒風が路面の雪を凍らせている。

月が替わり、三月の雪が緑松の枝に乗っている。

日比谷健次郎の手元に、一通の書状が届いたのは、慶応三（一八六七）年丁卯《ひのとう》三月である。差出人は小普請組の山口近江守支配で、講武所世話心得の落合新三郎だった。斎藤龍太郎（二十八）、妻の多美（二十四）なる夫婦者の世話をしてほしい、という内容を記す書状だった。

『しかる上は、もし当人の身分について、いかような出来事がおきても、拙者は貴殿にいささかもご迷惑をかけまじく候、念のために、一札差し入れ申す』

という念書が添えられていた。

「落合とは北辰一刀流の道場でともに学んだ仲だ。断れないな」

健次郎はそうつぶやいた。第二次長州戦争のあと、大規模な軍制改革がくりかえし行われてきた。旧来型の組織は解体となった。総裁制度が導入されて陸軍が創設された。そして、講武所も改革の対象となり、関係者も篩《ふるい》にかけられた。優秀なものは奥詰銃隊や遊撃隊など陸軍に編入された。しかし、上役とそりが合わないとか、尊王攘夷に染まりすぎているとか、幕府に意見書をだすとか、なにかと目障りな人物はたとえ武芸に優れていても採用されなかったとか。落合新三郎などは陸軍に入っている。落合が責任をもって頼むくらいだから、おおかた斎藤龍太郎は優秀な人物に違いない。だが、なにかしら上司の受けが良くなかったのだろう。

「夫婦者を預かるとなると、晁の許しも乞うておく必要がある」

健次郎が庭の角で蕺草《どくだみ》の葉を一枚切った。指先で揉んで、ふいに晁の高い鼻先に近づけた。

「いやなお方ね。こんなきつい悪臭の草を、わたしにかがせるなんて」

晁が不快な顔をした。

「なにが言いたいか、わかるか」

「悪戯でしょ。ただの」

「毒草も薬になる。生薬は見た目には嫌な癖があるし、嫌われている物が多い。牛糞《ぎゅうふん》とか、紫蘇《しそ》とか、人参《にんじん》とか、芍薬《しゃくやく》とか。それに割にむずかしい漢字が多い」

「なにを言いたいのか。私には意味が解りません」

慶応二年の長州戦争の後遺症と、慶応の大飢饉とで、翌年には江戸の旗本・御家人の生活に打撃を与えた。世相は悪化するばかりだ。

「西南の雄藩の過激な行動が、この日本のために毒草か、薬草となるのか。日本を良くする薬草か。最悪は徳川様もおかしくなる」

健次郎はもんだ戯草葉を用水路の流れの中に捨てた。

「あなたの口ぶりですと、徳川さまが倒れる。まさか、そんなことはありません」

「じつはこんな書状が届いている。御家人の武士夫婦を世話してほしい、というものだ」

その書簡をみせた。

「反対です。断ってください」

「念書まで送られてきた。無下に断れないだろう。断る理由は？」

「決まっているじゃないですか。食客たちが増えるばかりで、どれだけ居候を抱え込めば、気が済むのですか」

「優秀な人物かもしれない。推薦する人物が落合どのだ。断れない相手だ。武士の面子《めんつ》はつぶせない。当座は、屋敷の離れを貸してあげよう。畳間と板間が一つずつの二間で、釜戸《かまど》もあるからな」

健次郎の腹は決まっていた。

三月末の桜が咲きはじめた頃、ひと組の夫婦者がやってきた。斎藤龍太郎と妻の多美だった。家財道具は売り払って生活費に充てたのだろう。両手に持てる程度の荷だけだった。

客座敷の畳間に通した。客人だからと言い、水仙を活ける床の間がわを勧めたが、夫婦は断っていた。健次郎が床の間を背にした。

「お世話になり申す。このたびはご無理をお願い申した」

袷《あわせ》を着た斎藤は角ばった顔であった。神経質な目つきだった。

「離れの別棟を用意しております」

そこには畳部屋と板の間、二間に土間台所がある。母屋の貰い風呂になる、と簡略に説明した。

「ご迷惑をおかけしますが、よろしく、お頼み申し上げます。精一杯、お手伝いします。御用を申しつけてください」

年上の内儀の多美は、色白で、思いのほか品が良かった。ただ、質素な袷の着物だった。

「まあ、しばらく、休んでください」

「手土産に、土手で摘んできました。花名はわかりませんが、とても美しく愛らしかったものですから」と多美が紫色の花を差し出してから、「お世話になってもお返しするものがございません。女中代わりにお使いください」

多美はかなり苦労している、そんな雰囲気が全身から感じられた。

「日比谷家には、剣道の道場があると聞いております。いちど道場を拝見させていただけますか」

「いまは、お相手できませぬが、見学ならばどうぞ。午後は、村の青少年が道場で励んでいます。話しを通しておきますから」

健次郎は女中を呼び、「離れ」の別棟に案内させた。

その数日後から、健次郎が声掛けをしても、斎藤はおそろしく沈黙しているかと思えば、妙に親しみのある顔で、幕府の将来について語ってくる。二十八歳にして、世相には強い関心をもっている。

「経済政策の失敗で、民が塗炭《とたん》の苦しみに陥っているのです。拙者のような下層の武士は、夜の灯の油さえも買えない」

「なにが原因だと思いますか」

健次郎が質問してみた。

「幕閣のなかに、経済に精通した政策通がいないのが原因です。慶応二年の長州戦争で、幕府も、諸藩も多大な出費をしました。その後、凶作、天災、火災と立て続けです。西洋との貿易が庶民の生活を苦しめているのです。徳川幕府には即効薬のような打つ手がなかった。それが最大の理由です」

幕府が西洋と貿易、通商を開始した。関東は生糸《きいと》の輸出で儲かっている。経済に貢献度が高い。綿糸の輸入で、畿内、中・四国、九州の農家は副業の綿花づくりが多いだけに、大打撃をうけた。綿糸（糸車）づくりの副業が奪われてしまったから、通商反対の狼煙《のろし》をあげた。それが攘夷運動を加速させたという。

「四国の雄藩は幕府の悪政、人災と見なしています。そればかりか、慶応二年には長州戦争という莫大な戦費の負担と、自然災害がありました」

慶応二年八月には大型台風が四国・近畿・奥羽諸国（とくに津軽）を襲う暴風雨があった。「寅年の大洪水」である。阿波では吉野川の大氾濫がおきた。下流は海のようになった。畿内では淀川の本流と支流が氾濫し、湖のようになった。京都では桂川の洪水で大勢が溺れ死んだ。紀州の南部では高潮がおきた。

津軽では春の冷害、夏の台風で、石高の七割が減収になった。米の有力産地を襲ったので、最大の凶作となった。

「全国に目配りされて、くわしい。感心する」

健次郎は木刀を持った姿で、ひたすら聞き役だった。

斎藤は話しはじめると止まらないのだ。大所高所から政治や世相をみる眼はあるのだろう。下級武士のお役目からすれば、語る話が大きすぎて、実務との乖離《かいり》が大きかったのだろう。あるいは、相手の立場へのきづかいが弱かったのだろうか。役所で、生き方が上手でなかったことはたしかだ。

数日後、秋風が木枯しに変わりはじめた。離れの別棟のまえをとおると、機織りの音が聞こえた。妙に物悲しくひびいた。母屋にもどると、晁との間で話題にしてみた。

「多美さんは、機織りをはじめたようだな。斎藤の旦那は天下国家を論じるが、内職のひとつも助けようとしない。奥さんの苦労がわかる。丸顔の女の顔はだいたい明るいのに、多美さんは沈鬱《ちんうつ》な表情が多い。おおかた結婚当初は明るくて活発だったと思う。貧しい暮らし向きがつづくと、寂寥感《せきりょうかん》がただようのだろうな」

「他人の女のひとの顔はよく見ているのね、あなたは」

「朝夕に挨拶に来られたら、当然、顔は見るだろう」

「あまり多美さんに関心を持たないでくださいね。齢は同じくらいでしょ」

「嫉妬《しっと》か」

この日、村民らが慌てたようすで日比谷家に駆け込んできた。ここから半里（二キロ）ほど離れた隣村の稲荷神社で、ならず者たちが賭場《とば》を張っている。北辰一刀流免許皆伝の健次郎の腕を借りたいという。ふだん神社の境内は、村の若い男女が集まり、談笑する憩いの場だ。よからぬよそ者に占領されたのか。おおかた素人相手の賭場だろう。

「縄張り争いですかね。境内で大喧嘩がはじまり、三、四人ほど傷を負っているだ」

「よし。ここは私がならず者を追い払おう」

「浪人者らしい用心棒がおるようです」

「使い慣れた木刀を汚したくない。新しい赤樫の木刀を持っていこう」

日本刀では人間を斬ってしまう。健次郎は、殺さずに追い払ってしまう算段だった。場合によれば、相手に傷害を与えるかもしれない。証言者として村役人三人ほどをあつめてから、現場に駆けつけた。

平坦地の中に小さな丘陵があり、疎林に囲まれている。白い夕霧でかすんでいる。稲荷神社に着くと、静寂で、その騒ぎなどなかった。ザンバラ髪で、二十歳前後の締まりのない顔の男がいた。木製の鳥居に寄りかかっていた。見張り役だろう。騒ぎは収まり、神社の中で賭場《とば》が開帳されているようだ。この村の住人とは限らない。賭け事が好きな人間は、農民、商人、身分や職業を問わず遠路からやってくるものだ。

「ここでの賭場は止めてくれ」

健次郎が前に出た。

「さっきの島あらしの片割れか。ここはわしらの島だ。帰れ」

見張りはいきがっていた。

「大名主と村役人だ。賭場をたたんで帰ってもらおう」

「わしらは盗っとの類じゃない。所場を借りておるだけじゃ」

物言いは荒い。

「村の衆の参拝場所だ。お前たちのためにある神社じゃない」

「てめえ。むかっ腹が立つ野郎だ。賽銭泥棒《さいせんどろぼう》と間違っておるんじゃねえか」

見張り役は足下に唾を吐いた。

「ここは村人がお祈りする敬虔《けいけん》な場所だ。すみやかに、出ていってくれ」

「失せろ。この野郎」

男の拳が突然、健次郎の顔に伸びてきた。さっと身をかわす。男の拳が空を切った。

「てめえ」

こんどは匕首《あいくち》の刃を出した。瞬間、健次郎は向こう脛《ずね》を木刀で払った。男はおもいきり転倒して痛がっていた。

「中にいる者に伝えろ。即座に出て行け、と」

痛がりながらも、男は神社の扉を開けて、二言、三言話を投げ込んでいた。すると、三十歳くらいの両刀をさす用心棒らしき武士が出てきた。無精ひげで、目つきが鋭い。石段の上から、「帰れ、さもなければ、叩き斬る」と荒い言葉で威嚇《いかく》する。

「ここは神社だ。全員、退散しろ」

という健次郎の目の前に、用心棒が抜刀して、躍りでてきた。

健次郎は身をかわし、一、二歩後ろに引いた。剣の冴えがある用心棒は、刀を水平に構えて突きを入れてきた。健次郎はおおきく一歩右にかわし、下段に構えた。こんどは上段から襲いかかってきた。

健次郎は下から跳ね上げて相手の左腕を叩いた。

「木刀でも、頭を叩き割れるぞ」

片腕が痺《しび》れた顔の男は、狂暴な闘志をむき出し、右手で刀を高く振りあげた。健次郎は故意にすきを見せ、相手に踏み込ませた。用心棒の刀が切り下げてきた。俊敏な健次郎が身をかわした。用心棒は猛烈な勢いで、刀を左右に振ってくる。

「息切れをしたか。受けてみろ」

健次郎は鋭い気合で、用心棒の脛《すね》を打つ。男はよろめいて泳ぐ。がら空きになった胴の脇腹を思いきり叩いた。用心棒はそのまま前にのめり込み、横倒しで倒れた。

健次郎はさっと男の日本刀を奪うと、相手の肩を右足で、強く踏んづけた。そして、その剣尖《けんせん》を用心棒の首にあてがった。「くそっ」うめき声をあげていた。

「皆の者、すぐに村から出ていけ。賭場を続けたいものはここに残っておれ。この刀で、そなたらの腹を一人ずつ突き刺そう。応じなければ、容赦しない」

健次郎が冷ややかに言った。

他の者は、我を忘れたように、夕陽の落ちる方角に逃げていく。

「浪人者、ただの雇われの身だろう。身体を張る義理はないだろう。そなたも、村から出ていけ」

健次郎が、背中の右足を外すと、用心棒は素手で逃げて行った。

「これで、しばらくは、この小石衛門新田村で賭場を開かないだろう」

「日比谷様がいるから、村は安心です。なにしろ、北辰一刀流の名人ですから。いつまでも村を守ってください」

「この村を愛している。先祖伝来の土地だ。世情がどう変わろうとも、守る。それが使命だと考えている」

健次郎は、村役人と引き揚げた。

＊

慶応三（一八六七）年十月十四日に、徳川慶喜《よしのぶ》が突如として朝廷に政権を奉還した。翌十五日には大政奉還の勅許《ちょっきょ》が下った。ここに徳川幕府二六四年に幕が引かれた。幕閣も諸藩の大名も、いったい何が起こったのか、実態はほとんど理解ができていなかった。

十二月九日の小御所会議で、「王政復古」の宣言が出された。徳川慶喜の官位辞退、所領返納が決定された。

翌一月三日に起きた鳥羽伏見の戦いは、薩長側からみれば実に大きくみえる戦争である。

慶応四年（一八六八）正月三日午後五時に、薩長勢と旧幕府軍が激突し、寡勢《かぜい》（四千五百人）ながら、薩長は武器と装備に優れており、また、なによりも官軍の標識の「錦の御旗」が大きな闘志になった。四日間の戦いの末、幕府軍はなだれを打って敗走したと見なされている。三日間の犠牲者の数は、旧幕府軍二百八十人、新政府軍は百十人で併せて三百九十人だった。双方が二万人の兵をもって戦ったのに、戦死者が二％の数からして、大戦争だったといえるのか、と疑問が生じる。

鳥羽伏見の戦いの発端はなにか。徳川側の立場からみれば、慶応三年十月の大政奉還のあと、薩摩藩の西郷隆盛がしかけた赤報隊が江戸や関東一円で、秩序破壊を行った。当時の江戸は、世界で最も安全で平和な百万人都市といわれていた。そこに無抵抗な非戦闘の民を襲う、「騒擾《テロ》で政権を奪う」

とテロリストが現われたのだ。庶民を恐怖に陥れる略奪、強奪、放火、さらには二の丸炎上などのテロが多発した。

西郷隆盛はなぜそんなことをしたのか。民衆を犠牲にしてはいけないという倫理観の欠如だろう。

さらに、治安維持の役目をもった江戸・芝赤羽橋の庄内藩警備屯所にも、銃弾が撃ち込まれた。おなじく江戸・三田同朋町の屯所も銃撃された。いまふうに言えば、警視庁の交番に銃が撃ち込まれたのだ。罪もない町人が流れ弾で死んだ。

「これ以上、市民を犠牲にさせられない」

旧幕閣はとうとう堪忍袋の緒が切れた。顧問のフランスの教官らも、市民生活を破壊する卑劣なテロリズムであり、国家騒乱罪にあたり、狼藉の行為はこのまま許さない方がよいと助言したのだ。

小栗上野介ら幕閣は、庄内藩など諸藩に十二月二十五日に、約千人で薩摩邸を包囲させた。フランスの教官らが大砲の攻撃を指導している。そして高輪薩摩藩の屋敷に大砲を撃ちこんで焼打ちにした。逃げだす薩摩藩士らは、市街戦で四十九人が死んだ。残りの藩士らは品川沖から薩摩艦で逃げた。

榎本武揚らの幕府軍艦は執拗に追う。慶応四年元旦、兵庫湾に停泊する薩摩の軍艦「春日」「平運」と海戦状態になる。翌二日、江戸湾から脱出してきた薩摩藩の「翔鳳」が兵庫湾に入ってきた。薩摩艦の三隻は遁走《とんそう》した。榎本武揚海軍は、「翔鳳」を撃沈した。他の二隻は逃げてしまい、大坂湾の制海権は旧幕府のものになった。

横浜に駐留する英、米、独、和蘭、伊の公使たちは、朝廷の裁許《さいきょ》『討薩《とうさつ》の表《ひょう》』を取った上での、市民生活破壊のテロ活動を行う薩摩藩への攻撃は、国際法上からも合法性がある、とみなしていたようだ。

元幕閣たちは討薩《とうさつ》をきめた。「討薩の表」をもった陸軍は軍艦「順動」に乗り大坂湾に向かった。

そして、旧幕府軍として大坂城に終結した。一万五千人の旧幕府軍だった。『討薩の表』を持って京都に入り、朝廷の裁許《さいきょ》をもらってから、薩摩藩だけを討つ、順序よく手順をきめていた。

鳥羽街道の道路の幅は、幕府の規定から二間（約三・六米）である。

旧幕府軍の兵士は、縦隊の二列で京都に進んでいた。大目付役の滝川具挙《たきがわともたか》は、騎馬が得意ではなかったようだ。薩摩藩からの大砲におどろいて、馬が街道を逆走したのだ。縦隊列の兵士たちを跳ね飛ばす。馬の蹄で圧死する。大混乱になった。当時、狂った馬が何頭いたのか、確認できない。

なにごとも最初が肝心である。統率の乱れた幕府軍は不統一のまま、それぞれが戦闘を開始した。

徳川方はテロリストたちの「討薩」が目的だった。だが、薩摩藩に加勢する藩が次つぎに出てくる。かたや、徳川方にも味方する藩があった。狭い路地で撃ち合う。敵味方の判別識別がつかない戦争状態に陥ってしまったのだ。夜の戦闘では同士討ちもある。

戦闘は、兵士の精神的な苦痛から三日から四日が限界だという。

品川薩摩屋敷から追ってきた討薩隊は、戦端を開いて四日も経ったし、もう止めて帰ろうか、軍資金もかかることだし、江戸に妻子もいるし、となった。そして、陸路、海路から総引き揚げになったのだ。かれらにすれば、『討薩《とうさつ》の戦《たたか》い』の切り上げだったのだ。

薩摩藩の西郷隆盛には、おどろくべき報告があがってきた。

「徳川の敵影は見えず」

各地の斥候《せっこう》たち、いずれも徳川軍が消えて、戦う相手がいなくなったという。

「総力をあげて華城（大坂城）に籠城《ろうじょう》するはずだ。よく探すのだ」

西郷は次なる戦略を練っていた。どこを確かめても徳川兵の姿がいないという。びっくり仰天だった。徳川一万五千人の全兵が畿内からあっというまに消えてしまったのだ。戦争の常識ではあり得ない。徳川兵たちには、江戸の薩摩屋敷の撃ち払いからつづいた「討薩の戦い」に過ぎなかったのだ。

『慶喜が兵士を見捨てたから、総崩れになった』

この学説は実にもっともらしい。

『錦の旗に恐れをなした』

そんな歴史観が江戸人にあろうはずはない。将軍は知っていても、天皇の存在すらほとんどが知られていないのだ。錦の旗とはなにか。鎌倉、室町の時代に、天皇の治罰論旨《じばつろんし》がくだされた一門が使えるものだった。それすら国学者の一部が知っているていどだ。

日本人はとかく勝者と敗者に明瞭に分けたがる。引き分けという中間色は嫌う傾向にある。

鳥羽伏見の各地の戦況を調べると、おおむね新政府軍が押していたようだ。歴史は後から創られるものだから、大勝利と誇張されたのだろう。いずれにせよ、徳川家の家臣は、西郷隆盛が仕掛けた江戸騒擾に頭にきたから、場当たり的な出陣だったことはまちがいない。

当時の江戸市民の情報は「かわら版」である。戯作者、絵師、彫師たちによって作られる。無届の出版である。だから、真実はどのていど伝わっていたのかわからない。おおむね『城州伏見大火の図』として市中に出回っている。その内容は、「慶応四年辰正月三日、申の刻より、出火いたし、同五日に鎮火いたし候、伏見や淀そのほか所々にあって竈の数およそ四、五六七軒、土蔵およそ三八か所という。神社仏閣もあまたある」と大火の扱いだ。

なかには合戦だと、面白おかしく揶揄《やゆ》しているかわら版もある。

当時、制海権を持っていたのが、幕府海軍である。榎本武揚の采配する軍艦が、品川から逃げた薩摩艦を追って紀州沖で沈没させている。

榎本武揚は江戸っ子で無頓着な性格であるが、のちに戊辰戦争・箱館戦争について、

「ドイツ留学から帰国したばかりで、長州人と言われても、どこの馬の骨かわからなかったから、抵抗してみた。いまなら、あんな幼稚なことはしない」

と語っている。撃沈された薩摩海軍の死者は発表されていない。軍艦の海兵まで入れると、百人はゆうに超えているだろう。となると、「討薩の戦い」では旧幕府軍と新政府軍の戦死者の数はさほど変わらないか、あるいは逆転しているかもしれない。

慶喜にしても、天皇親政に反対していたわけではない。半月前の十二月十四日、新政府の出納係・戸田忠至《ただゆき》が、大坂城にきて、「新政府の国庫に金がなく、孝明天皇の一周忌に、職員の弁当代も払えない」と泣きついてきた。慶喜は気前よく五万両を貸しているのだ。

その慶喜は後年、「長州は許せても、薩摩は許せない」と語っている。それは西郷隆盛がしかけた江戸騒擾《そうじょう》の非人道的なテロ行為が許せなかったのだ。その行動にたいする報復が、「討薩の戦い」と考えた方がしぜんである。当時の徳川家の陸軍は、フランス式の洋式軍隊に変身するさなかだった。

陸軍奉行が不在だった。指揮統一が欠けていた。中隊長、小隊長の判断に任せた戦闘だった。どの隊が勝っているのか、負けているのか。情報が一か所にあがってこない。

旧幕府陸軍の歩兵隊長の松平太郎は、計略にすぐれた策略家（謀将）であった。

「薩摩の意表をついて、一夜にして京の都を攻め落とす。形勢を一変させる」

松平太郎の奇策の進言にたいして、会津藩の松平容保が、もう少し待ってくれ、と延期を申し込んでいた。待ちくたびれた松平太郎が、大坂城にきてみれば、慶喜公も容保の姿もなく、おどろいたという。これでは会津藩を中心とした京都への総攻撃などできるはずがない。

「勝算がなければ、大坂城に踏みとどまる理由などない」

陸軍の松平太郎たちは、海上の榎本武揚《えのもとたけあき》と図り、大坂城内の銃や刀剣類、十八万両を軍艦に積み込み、海路で江戸に移した。その折、大坂城内の書類はすべて焼かせている。残りの全兵は紀州の港から海路、引き揚げさせた。

「大坂城は秀吉以来の名城だが、関東武士には不要だ。度胸がある旗本の妻木頼矩《つまきよしのり》がこの城に残り、一泡吹かせて爆破せよ」

そう言い残しおいた。

新政府軍の長州藩兵らが、華城（大坂城）に入ってきた。敵影がみえず。応対に出てきたのが江戸旗本の妻木だった。

「一日間の猶予をもって、大坂城は尾張、越前藩に引き渡す。受領書をもってきてほしい」

と妻木に言われるし、城兵の影はいない。

無人の城だと知った大坂市中の民は、三里五里の近郊からも、我もわれもと広大な大坂城に入り込み、思いおもいに貴重な金品をもちだす。そうは甘くなかったのだ。

徳川の巧妙な仕掛けは、だれも気付いていない。引き渡し式で、尾張、越前藩の立ち合いの下で、城は長州藩に引き渡された。突如として、城内で地雷が爆発し、同時に火災が発生し、火薬庫が大爆発を引き起こしたのだ。大阪城は数日間にわたって燃えつづけた。

被害はそれだけではなかった。大坂一円の諸奉行など為政者・統括者がすべて消えていたのだ。行政と治安の引き継ぎすらない。商都で豊かな大坂が、無政府状態の大混乱に陥ってしまったのだ。

西郷隆盛はまさか、こんなかたちで江戸騒擾の報復があるとは信じがたかっただろう。軍費を使って得たものは焼け落ちた華城である。そして、収拾がつかない商都大坂だった。

大政奉還、小御所会議の王政復古を経て、「討薩の戦い」をもって徳川幕府がみずから幕引きしたのだ。徳川宗家の慶喜は水戸藩の皇国思想で、当初から朝廷と戦う気すらなかったのだ。

大坂城から逃げただの、慶喜追討令だの、といわれている徳川慶喜だが、明治三十五（一九〇二）年には公爵に叙せられ、六年後の明治四十一年には勲一等旭日大綬章が授与されている。

唯一言えるのは、明治時代になってからの国家への寄与・功績ではない。

＊

慶応四（一八六八）年三月に入り、心の臓まで冷えこむ寒さの厳しさが峠を越えてきた。

日比谷健次郎は中川の八潮まで来ると、速足で下流に向かって折れた。いつもならば、対岸の戸ヶ崎の加藤家に向かう。きょうの足の向きはちがっていた。夕暮れ前の中川の土手道には、名のある川魚料亭がならんでいた。老舗《しにせ》らしい鯉、鯰《なまず》をなぞった看板も出ている。

割烹《かっぽう》『水元屋』が健次郎の視界に入ってきた。二階の座敷障子がふいに開いた。ここだ、とばかりに五十三歳の義父加藤翠渓が手をふっていた。このごろは白髪が目立つ。晃の実父だった。健次郎は軽く手を挙げて、ちょっと遅くなりました、と合図を送った。

水元屋の暖簾《のれん》をくぐると、お客様が二階でお待ちです、と仲居が階段を指す。三十歳前で、白粉《おしろい》が派手で客の目を惹いていた。黒髪に毛ぼたを入れた高い髪型だった。

履物をぬぐ健次郎の視線が、階段口にながれた。

「ご予約は、都合三人様で承《うけたまわ》っていますが、お待ちなのは、加藤の大旦那さまだけです」

「え？　四人ではないのか？」

「はい。加藤様のご子息の謙光《かねみつ》様が急用とかで欠席なさるそうです」

謙光は翠渓の子で、加藤家の跡取りだった。晃より五歳下の弟である。謙光も北辰一刀流の免許皆伝の腕のたつ剣術師だった。

「すると、私が最後ではなかったわけだ」

健次郎は履物を脱ぐと、紙に包んだ心付《こころづ》けを手渡した。奥の調理場がちらっと見える階段から上がった。料亭にしては急な傾斜だった。

二階の廊下沿いの部屋は、わりに静かな客らしい。なかには男女の逢引もあるようだ。

「健次郎、待っておった。挨拶などいい。駆けつけ三杯だ」

「三杯でなく、一杯で。急いできたので、酔いがすぐに回りそうですから。出かけ間際に、居候の斎藤が夫婦喧嘩で、仲裁に入っていたので……」

健次郎は向かい合わせに坐った。

「まあ、ご足労だった。どうせ喧嘩の原因は些細なことだろう」

翠渓が銚子を持ちあげた。

「かたじけないです。些細といえば、まさにその通りで、機織りの音がうるさいとか、甲斐性がないとか。当人は真剣でしょうけれど」

「ところで、健次郎と晁の方はどうなんだ？」

「まだです。……」

「ずばり訊《き》くが、晁が夜な夜な嫌がっておるのか。そうだとすれば、けしからん。日比谷家の跡継ぎも産めぬようだと、吉宗公からつづく『内密御用家』の三家の強固な絆《きずな》が緩んでしまう」

「そこらは問題ありません。どうも、新しい子が母体にしがみ付いてくれないもので、流産つづきで晁には難儀させています」

「次の子が産めないようだと、晁の妹のよ弥《ね》あたりも、後妻として考えねばならぬな。内密御用家の三家以外から、嫁に入ってもらうと困るからな」

「義父どの、夫婦仲はうまくいっておりますし、後妻なんて話を晁の耳に入れるのは、可哀そうすぎます。苛立った晁の顔を毎日みる羽目になりますから。この話はこの辺で」

「さようか。本題に入ろう、このたびの慶喜公が、こうも意気地なしとは思わなかった。水戸藩の御曹司だから、性根はあると信じて疑わなかった。情けないやら、悲しいやら、そうは思わないかね。わしは、五十過ぎて、幕府の瓦解《がかい》がどんな惨めな心境になるのか。このたびはじめて知った」

老瞼がたれぎみの翠渓が憤慨と虚しさを重ねた表情をする。健次郎はひたすら聞き役だった。

「感じておるだろうが、浮浪者や乞食や無宿者がわしらの村にも増えてきた。野原で小屋掛けして、夜はたき火をして不始末からボヤ騒ぎを起こす。寺社の縁の下、石段のわき、土蔵のちかくなどに、異常なまでに流れ者が徘徊している。かれらは身体から悪臭を放つ。御大尽とはいえ、慈善の施しにも限界があるの。田畑の作物は盗まれる。犬や鶏までも口に入るものはなくなる。洗濯物も奪われる。男女の風紀の紊乱《びんらん》もある。語れば、きりがない」

昼間から、働かずして、川辺で男と女が裸でもつれている。常軌を逸している。その上、幽霊話とか、キツネ神とか、迷信が流布する。

「将軍家は一途に開国路線だった。関東は生糸で潤った。阿部正弘公、井伊直弼公、安藤信正公など、迷いはなかった。文久二年で慶喜公が将軍後見人になった。ここからおかしくなった」

一呼吸おいて、酒を飲んで、額にシワを寄せてから、

「慶喜は水戸の出だから、尊王主義から抜けきれなかったのじゃな。水戸脱藩浪士が、開国主義の井伊大老を暗殺した。慶喜公がそのうち『横浜の鎖港《さこう》』だと言いはじめたから、だれもが考える徳川家の将来像とは真反対になった。家茂公がなくなり、将軍になった。一橋家の養子になった慶喜公が、徳川幕府をつぶした。なさけないのう」

翠渓がくり返し失意を口にしていた。

「お注ぎします」

「良い酒にしたいが、愚痴になるな。西郷隆盛は、家定将軍の正室として篤姫の嫁入り道具をそろ

えた人物だろう。その西郷が臆面もなく、無頼者をつかって、江戸市中の混乱と騒擾を起こさせた。悪びれた感情はないのか。空恐ろしい奴だ」

翠渓が心を焼くように怒っていた。

慶応三（一八六七）年十二月九日に、小御所会議が開かれた。同年十月十五日の大政奉還をうけて王政復古の宣言が出された。皇室、公家、大大名による新政府が誕生したのだ。

徳川慶喜の官位辞退《かんいじたい》、所領返納《しょりょうへんのう》が決められた。

「辞官納地《じかんのうち》の理由が、よく解らない。将軍家の力を削《そ》ぐためだ。西の雄藩の悪意だ。武蔵国の郷士はそうとらえよう。討薩の戦いのあと、慶喜公に追討令が出された。西郷隆盛がこんど東征軍の総参謀だという。そして江戸城を取りにきた。権力に生きる男だ。討伐したいのはこちらの方だ」

と憤怒の色をなす。健次郎は、無言の聞き役だった。

「慶喜公は誰よりも、誠心誠意、朝廷の指示を仰いでいた。罪もない慶喜公など、朝敵、逆賊にされている。腹立たしい」

「よく見えないところです」

「昨年の暮から、今年の正月に、討薩の戦いがおきた。その余波から江戸や武蔵など関東一円に、大きな影響を及ぼした。武士も、町人も、百姓も、明日がわからない。なにも見通せないのが実態だ」

「確かに」

江戸に帰った慶喜公が、抗戦派の関東郡代を罷免《ひめん》した。代官所は全員が逃亡して、消滅した。政治と行政が空白になり、犯罪が頻発している。公事方勘定奉行所に関東取締出役《かんとうとりしまりしゅつやく》（八州廻り）が置かれて、無宿者や博徒を取り締まりはじめたが、それは実態のないものだった。

「薩長の戦力はわからない。骨董屋じゃあるまいし。もう鎖国などと、古い。それを掲げるやつが天下人になるのか。聞けば、急ごしらえの錦の旗をつくり「官軍」と称して、東征軍が江戸へ向かっている。けしからぬ。この地に生きて積み重ねてきた財産が、西側の奴らに戦利品として、奪われるかもしれぬ。このままでは、わが土地が薩長に取られるのか。無念というか、せつないの。それを考えただけでも、口惜しい。抵抗するべきだ。戦うべきだ」

盃を口に運ぶ回数が増えるほどに、義父の翠渓の感情がいつもながら強まってくる。

「遅れまして」

若武者のような十八歳の佐藤乾信《けんしん》が、帯から太刀を抜いてそばにおいた。健次郎と馬が合うさわやかな好青年だった。晁の実弟で、乾信は八潮村大名主の佐藤家に養子に入っている。秀才、美青年で、村娘らに追いまわされているらしい。

「大変な時代になりました。どんな被害が押し寄せるか、想像もつきませぬ。加藤家、佐藤家、日比谷家の『内密御用家』は強い絆でのぞんで行かねばなりません。健次郎兄さん、そうでしょう」

ハキハキした乾信が、青い磁器の盃を手にした。

佐藤家は伝承として源平合戦のころ、奥州平泉から、源義経が佐藤兄弟をつれて鎌倉に馳せ参じたときの、その兄か弟の末裔《まつえい》だという。

「幕府の土台が崩れ落ちた。幕政改革も後手にまわり、組織そのものが壊滅した。内密御用家という認識も、もはや不必要になったかもしれない」

健次郎は、徳川に尽くす、という義務にもそろそろ限界があると思った。

東征軍が箱根の関所を超えて、三月十二日には品川宿に到着した。

東山道先鋒隊の板垣退助らは勝沼で新撰組を破り、三月十三日に板橋宿まで侵攻してきた。

三月十五日には、江戸攻撃の開始の予定だった。

「徳川将軍の往年の権威はどこに行ったものか。慶喜公に総督府と戦う意思がない以上は、武蔵国としても闇雲には戦えない。もどかしい。しかし、黙っておれない。健次郎どのはどう思われます」

乾信が訊いてきた。

「いちばんの方法は戦争をしないことだ。乾信くんと、腹立たしい気持ちは同じだ。しかし、徳川宗家の慶喜公が恭順した。われら武蔵国の郷士としてはそれに従うべきだ。激怒し、衝突して、戦争に及んでも、そのあとにくるものはなにか。村や町の廃墟と、人心の荒廃だ」

「戦わずして引いてしまう。郷士として不甲斐ない」

「村人の生命と財産を守る。それには戦争回避だ。それに撤したい」

「健次郎兄は、かたくなな態度ですね」

乾信の顔は、憤怒の念をおぼえているような表情だ。

「わしも怒るぞ。健次郎。北辰一刀流の三家の剣術師がいっさい戦わずか。それでは不甲斐ないぞ」

頬にも白髪がある翠渓が、喝《かつ》を入れる口調で反発した。

「義父どの。いまの政局・政治は真っ黒な夜の土砂降りと同じです。先がまったく見えません。ここで内密御用家の三家が戦争など決めない方がよろしいかと存じます。太陽が昇ってから、方向を定めてもよい。仮に、江戸が三月十五日に攻められても、われら三家だけではなにもできない」

健次郎はいまが騒乱の入口だと思っていた。

「それも一理あるな。それが懸命かもしれぬ。今夕あつまる三人のなかで、健次郎が最も沈着冷静だ。ならば、ここはじっくり話し合おう。冷静に分析することだ」

翠渓の呂律《ろれつ》がやや怪しくなってきた。箱膳が運ばれてきた。川魚料理がきれいな器に盛られていた。てんぷらの盛り付け、焼き物、吸い物などだった。

「ここまで整理しておこう。乾信、そなたが話してきかせよ」

乾信は翠渓の実子である。

「はい。二月五日、幕府の伝習隊の歩兵四百人が八王子方面に脱走しています。この月十二日に、慶喜公が高橋泥舟らの意見で、上野寛永寺に謹慎《きんしん》いたしました」

そこからは一般には伝わっていない。

勝海舟が旧幕臣の山岡鉄舟を駿府に出むかせて、江戸攻撃を避けるために、東征軍と交渉に入らせている。山岡は西郷隆盛と交渉した。いくつも妥協したが、慶喜を備前藩に預けおくという東征軍の案にはつよく反対した。そして、軍艦・兵器の引き渡しにも、難色をしめした。

慶喜は別の動きもしている。上野東叡山寛永寺住職で皇族出身の輪王寺宮《りんのうじのみや》に、京都に出むき朝廷との労をとってもらうように依頼した。徳川将軍自身が新政府に謝罪し屈服する、というものだった。

輪王寺宮は京都に向かった。途中の駿府で東征軍と出合った。皇族の立場で交渉するが、総督府に完全に無視されてしまった。逆に、輪王寺は孝明天皇の弟という皇族の身だから、京都に還るように勧められるしまつだった。

西郷隆盛を参謀とする東征軍は、箱根の山を越えて品川宿まで押し寄せてきたのだ。三月十五日に東征軍の江戸攻撃がなされたら、江戸を火の海にする。いろは組の火消たちは風向きをみて火を放て。江戸市民は千葉方面に避難させよ、と勝海舟から指示が出された。

江戸の住民は戦争が起きると大混乱で、荷をまとめて逃げ出している。

「もはや東征軍の勢いは止められない。流れ落ちる滝の滝口を止めに行っても、その水圧には負けます。戦いは勢いです。急な川の流れを遡《さかのぼ》って泳ぐようなもの。ここは冷静にようすを見たい」

健次郎はしずかな口調だった。

ここに加藤家の跡取りの謙光がいれば、きっとかみついてくるだろう。佐藤乾信はちらっと横目で、実父なる翠渓をみた。

いつしか、畳に横たわった翠渓が腕枕でイビキをかきはじめていた。

三浦乾也《けんや》の養子の石井貞太郎《さだたろう》が、桜が開花するころ、日比谷家を訪ねてきた。女中頭のお雪が表の間にかれを通していた。貞太郎は父親の乾也の勧めで、横浜に仮住まいし、フランス人カトリック神父のジラールが運営する横浜教会の仏和学校で学んでいる。

「ずいぶん立派になったな。凛々しい。何歳になった?」

向かいあう健次郎が、眩しげに貞太郎の顔を見つめた。

「嘉永元年の生まれですから、ちょうど二十歳です」

貞太郎は、幼いころから律儀な顔つきで、それは変わらない。

「そうか、二十歳か。いろいろなことが解ってくる齢ごろだな。ところでフランス語は上達したか。その前に茶菓子か、酒か、どっちが良い」

「酒豪の父乾也が反面教師になりました」

「そうなれば、お茶だな」

女中には、お茶と干し柿を持ってくるように指図した。

「父からは原書を読めるまでになれ、とつよく要求されています。努力はしていますが、読む書がついつい好きなフランス絵画の本になってしまいます」

「それは血筋だ。貞太郎くんの実父は名画家の鵞湖《がこ》さんだからな」

「私もそう思います」

白く粉のふいた干し柿と、静岡のお茶が目の前にきた。

健次郎は陶器の湯呑み茶碗をもちあげた。三浦乾也がかつて茶碗ひとつで三十両（約三百万円）を借りにきて、晃が怒ったときの湯呑だ。乾也が浅草の露店で売れ残った唯一の貴重な陶器だと自慢げに言ったので、親戚筋になる晃がなおさら憤慨していた。そんな記憶がよみがえる代物だった。

「徳川幕府が瓦解《がかい》したこの時世でも、若者の将来の夢はたいせつだ。貞太郎くんはどんな希望を抱いておる？　聞きたいものだ」

「いま西洋では、硬貨よりも紙幣が主流で流通しています。紙幣の微細な版画がつくれる彫刻師になりたいのです。そのためにも、いまから海外の紙幣研究をおこなっています」

「紙幣か。幕府は瓦解したけれど、鋳造金にこだわり過ぎていた。諸藩の藩札は紙だった。これからの日本の通貨はどのような方向にいくのか、勉強のために、聞かせてほしい」

「はい。日本は近い将来は統一紙幣を作るべきだと思います。徳川幕府がつぶれた今、紙幣改革で国を統一するべきです。英ポンド、仏フラン、米ドルなど、いずれも紙幣です」

貞太郎の神経は繊細《せんさい》そうだが、明瞭な骨太の目標をもっていた。

「立派だな。紙幣の画家（デザイン）が貞太郎くんの天職になるかもしれないな。若いが尊敬する」

「健次郎兄さんは北辰一刀流免許皆伝で、すごい腕前じゃないですか」

「江戸の千葉道場に通わせてもらった。しかし、ひとを斬る剣ではない。こころの強い人間になりたかった。毎朝、木刀の素振りで、腕を磨くというよりも、精神を磨いている。私の剣はいつも自分のこころと闘っている」

「健次郎兄さんは強いんだな」

貞太郎がそれにまちがいないという顔をしていた。

「本ものの強さは、己の道を猛進できる三浦乾也さんだよ。私は心底から尊敬しておる。乾也さんの着想は素晴らしい。一度決めて走りはじめたら、もう怖いもの知らず、脇道がないひとだ。ところで、どうしている鬼才の乾也さんは？　今年は一度も顔をみせていないけれど」

「敷居が高いのです、日比谷家に」

「そういう神経があるのかな」

健次郎が首をかしげた。

「それは冗談です。たよる先は健次郎だ、と四六時中そう言っています。ひび割れした茶碗でも、気づかいないふりをして買ってくれるとか」

「そんな茶碗があるのかな、この館には？」

健次郎はいま手にする三十両の湯呑み茶碗をしげしげと見なおした。

「父は仙台伊達藩《せんだいだて》に改易されても、いまなお奥州が大好き人間です。奥州の鉱山を開発し、仙台藩の財政を潤《うるお》すのだと、藩に建白書を提出し、資金あつめに奔走しました。それで失敗したのです」

三浦乾也が、豪農・豪商・大名など、あらゆるところに鉱山開発資金の協力をもとめた。奥州の鉱山開発にはなお不足だと言い、銀の相場で儲《もう》けようと考えたらしく、横浜で銀を買いあつめたのだ。

「ところが討薩の戦いで、銀相場が大暴落したのです」

貞太郎が落胆したような口調で言った。

「運が悪かったとしか、言いようがないな」

「日比谷家には、迷惑をかけていませんか」

「それは考えなくてもよい。乾也さんにとって、きょうの大借金は次の飛躍になる。借金も財産のうちと言うじゃないかね」

「そうおっしゃって下さるのは、健次郎兄さんだけですよ。父の科学技術は素晴らしいと思います。しかし、金銭は商人の世界です。踏み込んではいけないところでした。それを見誤ったのです」

「本人に焦りがあったのかな。鉱山開発は時間がかかる。大政奉還のあとで、世のなかの大変革が早すぎた。焦りから銀相場に手をだして、大損をしたのだろう。たとえ、そうであったとしても、息子の貞太郎くんが案ずるほど、心を痛めてはいないと思うよ。乾也さんは、そういう性格だ」

「仙台伊達藩と会津藩が奥羽越列藩をむすぶとか、わたしの耳に入っています。父上が懲りずに奇《き》異《い》なことをしないかと、それも案じております」

息子の方が、親よりも数段しっかり者に思える口ぶりだった。

「仙台藩はいま派閥が割れている。将来が見えにくい。かつて水戸藩は全国の尊王攘夷の旗振り役だったが、天狗党が暴走し、政治から遠い存在になってしまった。仙台は、その道を歩まないかな」

健次郎はそうした社会の荒波を感じていた。

「私にはよくわかりませんが、新しい国家が生まれる陣痛かもしれません」

「陣痛か。鬼才の乾也さんは、こんな国家騒乱のときに役立つ人物だと思うけれど。借金で追われると、身動きがつかないだろうな」

いまはどこかに秘かに身を潜めて、窯で陶器でも焼いているのかな、と健次郎はつけ加えた。

「きょうは、健次郎兄さんに頼みを聞いてもらいたくて、横浜から訪ねてきました」

「嫁の世話なら、家内の晁《じゅん》に頼んだ方がよい。女の眼で、好みの女性を探してくれるはずだ」

健次郎は貞太郎の表情をみた。

「ちがいますよ。そう言えば、さっき晁姉さんに挨拶しましたら、いきなり、『貞太郎は、お富士しか、お嫁さんはいませんからネ。うちの旦那（健次郎）の話しに乗ったらいけませんよ』と、釘を刺されました」

「晁らしい。お富士はまだ十一歳の女児だ」

晁の立場からすれば、叔父（加藤翠渓の弟）の実娘だ。つまり、富士と晁とは従妹だった。

「お富士とは、幼馴染の存在でしたけれどね。嫁といわれても、実感がわきません」

「まあ、気立てのいい子だ。お似合いだ。華道や茶道も習っているようだし、十五歳になったら、娶《めと》ると良い」

健次郎としては偽らざる気持ちだった。

「この話しは、父上（三浦乾也）は知っているのですかね」

貞太郎は首をかしげた。

「知らないだろう、記憶の濃淡が極端なひとだ。乾也さんの頭脳は、天文学的な数字や計算はすらすらできるが、家系図はまるで頭に入っていない。いま話しても、そんな話題などすぐ忘れるに決まっておる。何年か先に、婚礼の日取りが決まって声をかければ、それでよいと思うよ」

「たしかに。そんな父上です」

貞太郎が苦笑していた。

「貞太郎くんが横浜からあえて訪ねてきた、本題の頼みはおおかた難儀な話しだろうね」

「頼みごとは、私でなく、旗本の松平太郎さんです。家禄は百五十俵の旗本で、いま二十九歳です」

健次郎は黙って貞太郎の顔を見て、先をうながした。

「私は横浜教会に移りましたが、松平太郎さんとはフランス学者村上英俊《ひでとし》先生の塾に学んだころの学窓です。フランス語で、談義した仲です」

村上英俊の塾には、とくに優秀な幕臣が多かった。徳川幕府が健在だったころ、幕府はフランス公使のロッシェと緊密な関係だった。科学と軍隊の近代化のために、フランスの援助をあおいできた。さらに、横須賀に製鉄所の建設をはじめるとか、フランス使節団も出していた。

こんな背景から、幕臣の間ではフランス熱が高まっていた。優秀な幕臣は、フランス語の第一人者の村上塾に入門していたのだ。

「松平太郎さんの簡略な経歴ですが、安政のころは表祐筆《おもてゆうひつ》でした」

表祐筆とは若年寄《わかどしより》の直属だ。最も優秀な人物がつく役職だから、頭の回転が速いのだろう。

「すると、桜田門外の変で井伊大老が暗殺されたとき、松平どのは江戸城の表祐筆だったわけだ」

「どうでしょうか。口が固い。それが表祐筆の条件でしょうから、事件の当日が登城日だったかどうかも、わたしにはわかりません」

「村上塾の帰り道、一度くらいは話題にならなかったのかい？」

「だからと言って、健次郎兄さんにはそれを話せません」

「それも、そうだ」

これはうわさの範囲内だが、薩摩藩士が討った直弼公の首が、大手町の若年寄の役邸に持ち込まれたらしい。井伊家の岡本半介家老が、身代わりの死体を若年寄邸に提供し、本ものの井伊大老の首をとりもどしたという。戦国時代は、殿さまの遺体のすり替えなど日常茶飯事だったらしい。お家第一主義で、なんでもありだった。藩主が暗殺されたならば、お家はお取り潰しだから、本ものの首は意外なところにあるかもしれない。

「井伊家はいまなお存続している。表祐筆ならば、ことの真相を知っていると思う」

「病死だと聞いています」

「それは表向きの理由だ。世間はみな暗殺だとわかっておる。やり手の岡本家老が病死に偽装工作したのかな。話しが横道にそれてしまったようだ。それで松平どのの頼み事とは？」

健次郎は上半身を立て直し、坐りなおした。

「その前に、松平太郎さんの経歴をもう少しお話ししておきます。優秀な方ですから、文久のころは奥祐筆《おくゆうひつ》に昇格しています」

「優秀な頭脳だ」

奥祐筆も若年寄に属し、幕府の実権をもった老中から依頼された調査や、また意見の具申《ぐしん》も行う。幕府の最高機密に関与する重要な役職であった。現在ならば、さしずめ内閣官房補佐官だろう。大政奉還から徳川瓦解《がかい》の裏の裏まで見てきた人物だろう。むろん、諸藩の内情や京都所司代の報告から、天皇家や朝廷の裏表も知っているはずだ。

「去年（慶応三年）六月には、外国奉行支配組頭《しはいくみがしら》（外務次官）になりました。徳川家の歩兵奉行《ほへいぶぎょう》に任命されて、討薩の戦いに出陣しています」

貞太郎が学窓として気負いなく松平太郎を聞かせていた。

討薩の戦いのあと、松平太郎は江戸に引き揚げてきた。江戸城内で、抗戦か、恭順かと大激論になった。幕閣の中心人物の小栗上野介は徹底した抗戦派であり、慶喜に外された。陸軍総裁は勝海舟、会計総裁は大久保一翁、海軍総裁は矢田堀讃岐守、外国総裁は山口駿河守として任命された。その一か月後の二月二十六日には、歩兵頭の松平太郎が陸軍奉行並に昇進した。勝海舟の直付きだった。

松平太郎は元奥祐筆の立場から、徳川の財宝など、超機密事項も知りつくす最大の人物である。勘定奉行の小栗上野介が外された今となれば、徳川家の資産、金銀財宝、通貨保有など知るものは、奥祐筆だった松平太郎の右に出るものはいないだろう。その松平太郎は抗戦派である。

東征大総督《とうせいだいそうとく》が箱根を越えた今、江戸城の進撃を三月十五日に決定していた。

「松平太郎さんが一昨日、ふいに横浜のわたしの住いに訪ねてきました。村上塾で、ともに学んだ仲ですから、横浜教会のフランス語会話の進みぐあいを訊かれました。良い意味のライバルですから、進捗《しんちょく》が気になったのでしょう」

「話すのはフランス語かい」

「もちろんです」

「極秘の頼みをうけた?」

「兄さんは良い勘をしていますね。内容は、東征軍が江戸に侵攻してきた今、総督府に徳川財宝を奪われるくらいならば、横浜の貿易商や外国公使に、それを貸し付けておけば利息がつくし、安全だと考えて、横浜に打診にきたそうです。しかし、江戸や関東が戦乱に陥ると、必要なときに大金が引き出せない。江戸のちかくに埋蔵金として、財宝を隠したいそうです」

「それで、貞太郎くんは松平どのに、この日比谷健次郎を紹介したわけだ」

「指定したのは松平さんの方です。嘘じゃありません。学窓のときに、健次郎兄さんが北辰一刀流免許皆伝の使い手だとか、日比谷家は豪族の館の造りとか、どうも『内密御用家』らしいとか、話題にしたことがあります。それを思いだされたようで、日比谷健次郎どのを紹介してほしい、と訪ねてきたのです」

「埋蔵金隠しか。成功しても、いのちを狙われる大仕事だな」

「だめですか」

貞太郎の顔が陰った。

「どうも、松平どのに引き受けたと言った、貞太郎くんはそんな表情をしている」

「そうです。内密御用の兄さんならば、承諾してくれると思いましたから。でも、危険な役目です。

無理しないでください。断るならば、この話は聞かなかったことにできますから」

「貞太郎の顔には、ぜひ引き受けてあげてくださいと書いてある。私は江戸防衛とか、武蔵国を守るとか、そんな大義で戦争などしたくない。しかし、埋蔵金隠しの場所ならば、『内密御用家』として、日比谷家、佐藤家、加藤家で、ひそかに協力しよう。隠し場所はこの日比谷家の館ではない。知れば、君のいのちも狙われるからな」

「わかりました」

「君の進む道は学術・芸術・科学進歩の世界だ。埋蔵金の隠し場所を知ったがゆえに、訊問や拷問をうけて耐えて貫き通しても、君の分野ではまったく自慢にならない」

「わかりました」

「内密御用家として承諾したと、きみから一言松平どのに伝えれば、会う場所と日時は先方から連絡してくるだろう。松平さんの都合を優先しよう」

「横浜への帰り路、松平家に立ち寄っていきます」

その貞太郎が帰る段になると、見送る晃が布袋にあれこれ手土産を詰めて持たせていた。

三日後、松平太郎からの書簡が飛脚便で届いた。指定場所は花菖蒲《しょうぶ》で有名な堀切菖蒲園だった。

書簡がきた日、健次郎はすぐに日比谷家で隠密御用三家の会合を開いた。この乱世で、埋蔵金を隠す。吉宗公の江戸防衛にたいする重要な密命につくす、という特務の役目を仰せつかった。それに該当する任務であると認識した。それぞれの役割と連携など諸々の密議を行った。

松平殿には、こちらが考える埋蔵金の隠し場所の吟味をしていただく。その役は健次郎と加藤治助にきめた。加藤治助は翠渓の実弟で、四十一歳だった。内密御用家として、かれも武術に優れており、北辰一刀流免許皆伝だった。若いころから努力家で、面倒見がいい叔父さんと思っている。道場で手合わせをすると、人が変わったように、危険をかえりみない大胆な技をつかう。

貞太郎が将来のお嫁さんよ、と言われたお富士の父親である。

いまは桜の開花がはじまった。花菖蒲は六月になると、着物や髪を飾った女中付きの御大尽など大勢がやってくるけれど、それはまだ二か月先だ。

菖蒲の田は乾いており、あるいは水張りの農事だろう。視界が広い菖蒲田ならば、怪しげな動きがあれば、即座にわかるはずだ。松平太郎は、上手い場所を選んだものだ。

当日は、薄曇りの霞んだ空だった。健次郎は小右衛門新田村から千住宿に出て、やがて古隅田川の橋を渡り、葛飾郡に入った。「お花茶屋」という茶屋に向かった。八代将軍の徳川吉宗が、鷹狩のさいに腹痛を起こし、茶屋の娘の『おはな』に看病されて快気したという言い伝えがある。

茶屋の赤い毛氈《もうせん》の長腰掛（縁台）に腰を降ろした、四十歳の義叔父の加藤治助がすでに待っていた。治助は大柄で二刀をさす。

加藤治助は箱崎にある樽屋の主で、妻の晁からみれば、父の弟、叔父だった。ふだんは酒造用、醤油製造用の巨大な樽を製造している。箱崎の作業場では大勢の小僧や職人をつかう。深川木場の製材をつかい、完成した樽は川や運河を利用して搬出している。酒蔵や醤油屋に運び入れている。

「叔父さん、お待たせしました」

「いつもは商いに徹しているが、ひさしぶりに二刀を刺す。我としてはやりがいがある内密御用のお役だ。腕が鳴るが、緊張気味だ」

治助の眼光は鋭い。ふだんの柔らかな顔とはまったく違う。

「内密御用として、これほどの大仕事はない。緊張感がなければ、人間ではない」

「叔父さん、三河島の村田家に先回りして、あの口達者な伯母さんを、芝居でも、歌舞伎でも遊びに出させてもらえますか」

「このご時世に浅草の芝居小屋は開いているかな。ともかく、承知した」

「私は松平太郎さんとこの先で合流してから、三河島の村田家に行きます」

健次郎は堀切の方角を指した。

「松平さんは幕府陸軍の、勝海舟に次ぐ大物だ。敵は総督府だけでなく、身内からも反目をうけやすい。このたびは埋蔵金の話だ。世のなかには金の臭いに怖ろしく敏感な、野犬よりも鋭い臭覚をもった人間がいるものだ。周りには用心しろよ」

加藤治助が鋭く険しい目つきをした。

「はい。十二分に注意をはらいます」

「健次郎の欠点は、人柄が良すぎで、人間を信じすぎるところだ。疑いが少ない」

「そうは思っておりませんが」

健次郎には、その認識はなかった。

「時おり、御大尽の日比谷家に立ち寄ると、母屋の廊下ですれ違う食客だが、こいつは本物か、と思うことがあるぞ」

日比谷家には逗留《とうりゅう》する絵師、書家、文人、占い師、公家の旅人、大名家の大身など長期の逗留者が多い。拙者の目でみて、偽物じゃないか、怪しいな、という類が少なからずおる、とふたたびつけくわえてから、さらに、

「健次郎は、そうした者も長々と逗留させておる。剣士たちは三十数人いて三度のメシを食べておる。剣術関係は健次郎が手合せしておるから、そちらを吟味できておるがな」

「私は学ぶ気持ちが強いので、言われたら信じるのかな？」

「泥棒から学んで、それを使わなければよいのだ。家屋の用心には役立つ。ものは考えようだ」

そう言い残してから、お花茶屋の桟橋に着いた客用の舟に乗って、先に去っていった。

健次郎は徒歩で堀切村に入った。この村は堀切氏という郷士から村名ができていた。日比谷家と同様に村を開墾してきた。長い歳月の間には、両家の間で婚姻があり、親戚だといえる。

綾瀬川に沿う道から、菖蒲園に向かう道に足を踏み入れた。菖蒲田《しょうぶた》では、農夫らが農水路から水をとりこむ光景があった。ちかくの曳舟川には、客を乗せた川舟が上り下りで行きかう。岸辺の強力《ごうりき》五、六人が麻縄で舟を曳いている。旗本の松平太郎がその川舟でやってきた。堀切菖蒲園前の板張りの桟橋には、小舟から六人ほどが上陸した。五人は行商と僧侶らで、笠をかぶった武士は一人だった。

その笠を指で心持ちあげる。旗本の松平太郎だろう、細面できりっとした、見るからに利巧な顔立ちの好男子である。眼と眼で相手を確認できた。ふたりはごく自然に花菖蒲のあぜ道に近づいた。

「貞太郎から用向きはうかがっております。内密御用家としてお役に立ちたいと考えています」

「江戸防衛の内密御用家は、鳥見役の組織のなかの隠密組織、若年寄の下にあった。しかし一昨年、

慶応二年に廃止になり、いまや幕府そのものが瓦解《がかい》した。無理に協力せよ、とは申さぬ。ただ、協力を仰ぐからには、口止めを討らねばならない」

「二年前に内密御用のお役が消えたからと申せ、精神は生きております。ご案内する場所は三河島の植木屋です」

「そなたとの関係は？」

「私の伯母が嫁いでいます。夫は二年前に亡くなり、長男は十歳たらず。私は伯母に頼まれて、植木屋の管理も行っています。ただ、村田家一か所に集中するのでなく、鷹狩の場所もご利用されるとよろしいかと存じます」

「さようか」

「まだ、尾行がついています。話題をそらします。貞太郎とフランス語の同窓と聞いておりますが、養父の（三浦）乾也も洋学好きです。ご存知ですか」

二人はなおも埋蔵金の隠し場所の本題に入らない。二人の眼は曳舟からすでに上陸した人物を一人ずつ追っている。

「拙者が江戸城につとめていた初期（表祐筆）のころ、乾也どのとは面識がある。掃部頭《かもんのかみ》が乾也どのを陶芸の師とされていた。乾也どのは奇才だ。軍艦を造る。焼き物を焼く。井伊家から将軍家に献上された、古今雛《こきんびな》の五段『雛人形』はとても素晴らしいものだ」

「乾也本人が作ったものですか」

「それはちがう。掃部頭《かもんのかみ》が乾也どのを介して、外部に特注されたものだ。公方様（家茂将軍）がとても歓ばれておった。桜田門外で大変な事件が起きましたから、江戸城内の雛人形の鑑賞は幻になったけれど」

「幻ですか」

健次郎の眼が舟から上陸した錫杖《しゃくじょう》をもった僧侶を追っていた。農家の前で、読経をあげて托鉢《たくはつ》しているが、それは見かけだけのようだ。同じ曳舟できた行商人は、背負う荷が不自然に軽そうだ。

松平太郎が横目で追う。尾行されている。まちがいない。

「もう少し、世相を語るか。十五代将軍の慶喜公で幕府が瓦解してしまった。西郷隆盛は妖怪です。昨年末には江戸に騒擾《そうじょう》を起こさせた。それが『討薩《とうさつ》の表《ひょう》』となり、鳥羽街道・伏見街道で、討薩の戦いのあと、西郷はなおも暗躍《あんやく》している。慶喜追討令《よしのぶついとうれい》とか、錦の旗とか、総督府《そうとくふ》の東征軍《とうせいぐん》とか、なにかと画策《かくさく》し、武力をもって『薩摩幕府』をつくろうとしておる」

健次郎は周辺に注意を払いながら、黙って聞き入った。

「暴力でうばった政権は、かならず戦争国家を作る」

松平太郎はさらに、こう話す。

「豪雨のあとは、支流から本流に濁流がそそぐように、西国の諸藩が、いま薩長のながれに加わり、本流の川幅を広げている。本流の激流に恐れをなしたのか、勝海舟、大久保一翁すら、新政府の西郷隆盛と手を組みはじめた。江戸城を無血開城するという」

松平太郎は三河武士の流れをくむ。松平家としては許せない。松平の胸中には上司の勝海舟にたいして、憤懣《ふんまん》があるようだ。

菖蒲田のほうでは、僧侶や行商がわざとらしく行き来している。

「慶喜公はもはや戦う気などまったくない」

元勘定奉行の小栗上野介は、慶喜に退けられている。この三月初旬に、一家そろって権現村の東善寺に移りすんでいる。『徳川の知能』と言われる松平太郎がいまや抗戦派の筆頭格かもしれない。

「さっき乾也どのの話が出たが、拙者が奥祐筆になった慶応初年に、乾也どのから貨幣の改鋳の提案があった。どこまで鬼才なのかと、おどろいた。貴殿は存じておるか」

「足立のわが家にきたとき、幕府に貨幣改革に関する建白書と、『目録見図面』（貨幣デザイン）を添えて提出したと語っていました。息子の貞太郎が横浜在住ですから、そちらに出むいたときに、異国の貿易商から話しをきいて、ぱっと貨幣の改革を思いついたのでしょう、奇人、天才ですから」

幕府が鋳造《ちゅうぞう》した金小判、銀貨、通宝は年代によって形状がまちまちだ。千両箱の大きさがそれぞれにちがう。保管も持ち運びも不自由だから、統一通貨を造った方が良い。西洋諸国のように紙幣を中心にして、国内に流通させる、それがあるべき姿だ。紙幣は長方形に統一する方が良いと、三浦乾也は幕府に図案《デザイン》も添えて詳細な提案をしたと言っていた。

歌川広重「千住大橋」の図

「それがし（奥祐筆）が、老中に図った。誰もが通貨改革の必要性を認識しておったが、幕府にはもはや体力がなかった。残念至極だ」

松平はハキハキして歯切れがよい。

「僧侶と行商人の尾行人はどこまでもつきまといます。ここは千住大橋に誘い込んで、橋の上から奴らを大川に突き落としましょう」

そう言った健次郎と、松平はともに菖蒲田に背を向けた。この間に、松平太郎から新撰組の話題がでた。勝海舟・大久保一翁は総督府と戦う気がない。浪士組から転じた新撰組が、討薩の戦いから江戸にもどると、勝海舟はすぐさまかれらを甲府城の鎮撫《ちんぶ》へ向かわせた。

勝海舟にすれば、江戸城を総督府に明け渡すためには、抗戦派の草莽《そうもう》の志士「新撰組」が目障りだったからだ。陸軍奉行並の松平太郎は、勝海舟の指示で、新撰組の土方歳三に五千両をわたしたと語る。新撰組の戦力は約二百人、大砲二門、小銃は五百挺で、甲州鎮撫隊《こうしゅうちんぶたい》として甲州に向かった。

「ところが勝沼で、新撰組は東征軍の板垣退助の軍隊に惨敗しておる」

千住大橋の中央までくると、二人は目と目で合図し、松平太郎がその場で足を止めた。健次郎は急に振り向いて忍びの者らしい二人の方へ駆けだした。近づいたときに、編み笠の僧が勢いよく錫杖《しゃくじょう》の仕込み刀を抜き、健次郎に斬りかかってきた。すかさず、健次郎は抜いた小刀の峰《しょうとう》で、相手の刀を受けた。すると、僧の刀がすべり、勢いあまって僧が前のめりになった。その瞬間、健次郎は右に回り込み僧の背後から、ボンの窪《くぼ》（首筋の後ろ）を小刀の柄で突いた。僧は崩れ落ちた。

荷を背負う行商人が仕込み刀を抜き、健次郎に斬りかかってきた。健次郎は右に、左に身体をかわしながら、欄干の方に後ずさりし、誘い込んだ。なおも商人の刀をよける。

相手は思いきり上段から斬りかかってきた。瞬時にしゃがみ込むと、健次郎は商人の両足を抱え込んだ。そして、背負い投げのように、商人の身体を大川へと落とした。水の音が大きく響いた。

僧侶はなおも気絶している。健次郎は念のために、細ひもで後ろ手にして欄干に縛り付けた。この一瞬の出来事のあと、野次馬があつまりはじめた。

「お待たせしました」

二人は何食わぬ顔で、千住大橋を渡りきった。

「ごくろう」

「この度の役目において、内密御用の三家が極秘裏に動きます」

健次郎はその三家をあらまし説明した。

「では、埋蔵金計画の概要を話しておこう。江戸城と金座、銀座から、別の場所に移す。本来は慶喜公に指図を仰ぐべきだが、謹慎で逃げまわっておる。討薩の戦いのあとも、肝心なときに寛永寺に謹慎という。生涯になんどみずから謹慎したのだ」

二年間も無役だった勝海舟《かつかいしゅう》が陸軍総裁、隠居の身で剃髪《ていはつ》していた大久保一翁《いちおう》が会計総裁、慶喜は十五代将軍の在職中は京都に張りついて、一度も江戸城に入っていない。こんな江戸城内本丸を知らない連中ばかりが仕切っている。

「この顔ぶれを見て、これで徳川政権が完全に終った、徳川宗家《そうけ》はもはや盟主《めいしゅ》にならず、とわれわれは見切ったのだ。知能の優れた元幕臣が江戸には多くいる。慶喜は水戸に帰ればよい。二年間も無役の勝海舟や、隠居していた大久保一翁は、江戸城の金庫の内情すら無知だ。だれも、勝や大久保には教えていない。われわれで新しい政権を擁立しよう、と考えておる」

奥祐筆《おくゆうひつ》だった松平太郎は朝廷や天皇家の動きもしっかり視野に入れていた。慶応二年十二月二十五日に孝明天皇が崩御《ほうぎょ》した。いま天皇は空白だ。睦仁《むつひと》親王は践祚《せんそ》だけで、即位《そくい》・大嘗祭《だいじょうさい》もしていない。親王は元服していないので、摂政《せっしょう》として二条斉敬《にじょうなりゆき》がついていた。

かえりみれば、源平合戦で幼い安徳《あんとく》天皇が、平家に都合よく政治に利用されたあげくの果てに、六歳の若さで壇ノ浦《だんのうら》に身を沈めて崩御された。この事例があるので、睦仁親王は践祚していても元服するまで天皇になれない。二条摂政は天皇の代行ができる。ところが、慶応三年十二月九日の小御所《こごしょ》会議で『王政復古の大号令』が出された。天皇親政《しんせい》をうたう。かたや、摂政・関白が廃止された。京都において天皇不在で、その上、代行執務《しつむ》の摂政すらなくなったのだ。

「われわれはここに目をつけた。天皇親政ならば、われわれは輪王寺宮《りんのうじのみや》を天皇に擁立《ようりつ》しようとうごいた。睦仁親王は元服するまで天皇にはなれない。輪王寺宮をおいて他にはいないだろう」

輪王寺宮能久《よしひさ》（京都生まれ二十一歳）は寛永寺貫主《かんえいじかんじゅ》、日光門主《もんしゅ》、全国天台宗《てんだいしゅう》の座主である。つまり、京都の比叡山《ひえいざん》も統括するほど、絶大なる権限がある。上野にある東叡山《とうえいざん》寛永寺の貫主は、徳川家光《いえみつ》の時代から二百余年間にわたり、京都の皇子《おうじ》（親王殿下）が就任している。そして歴代、輪王寺宮としてきた。その目的は、

『西の藩が京都で、勝手に天皇を立てたならば、東では輪王寺宮が天皇になり、対抗する』

と南北朝時代の再来があると、つねに警戒していたのだ。

「ついに、その時がきたのだ」

松平太郎は強調した。

「睦仁さまはまだ皇太子だ。天皇に即位して初めて元号ができる。無名の天皇の勅許《ちょっきょ》や詔書《しょうしょ》を乱発している。これは『君奸《くんかん》の賊《ぞく》』だ」

かつて孝明天皇は文久三（一八六三）年『八月十八日の変』で、これまでの勅書《ちょくしょ》、詔書は毛利家による偽書であり無効とした。これと同様に、睦仁親王が天皇に即位するまで、すべてが無効である。

こうなると、東征軍としては、江戸侵攻《しんこう》の大義がない。それなのに、三月十五日を江戸攻撃の日としておる。薩摩の陰謀だ、許せない。金庫蔵は空にして引き渡してやる。先に華城（大坂城）を爆破したように、こんどは江戸城の金庫蔵ばかりか、新鋳造金《しんちゅうぞうきん》をつくる金座・銀座もすべて空にしてやる、と松平太郎は憤っていた。見るからに、実行力のある人物のようだ。

「無名の天皇を担《かつ》ぐならば、われらは東武天皇《とうぶてんのう》として、元号を「延壽《えんじゅ》」とし、偽装の東征軍と戦う。軍事には戦費が必要だ。埋蔵金は関東・東北の各拠点に移動させる」

「となると、江戸城、金座、銀座から移す、仮置き場、と秘としておけば、よろしいのですね」

「さよう。中継地点の役割として捉えていただきたい。総督府には金をわたさぬことが、西軍の士《し》気《き》を落とし、武器の購入を減らし、幕臣の血をながす数を減らすことになる」

健次郎はひたすら聞き役だった。

「拙者は自分の目で、年初に『討薩の戦い』を見てきた。洋式の徳川陸軍はけっして薩長に劣るものではない。薩摩を中心とした総督府《そうとくふ》は、政権欲の烏合《うごう》の衆《しゅう》だ。どんな国家を作りたいのか、目標もビジョンもない。それらに天下を任せれば、民の安堵はない」

松平太郎は言い切った。

先般、寛永寺で慶喜公に会った。輪王寺宮を東武天皇に奉《ほう》じる、と知れ渡っていた。慶応四年は三月十四日で終わり、三月十五日から東武天皇として元号は『延壽』と布告したいと話を通した。

『東と西に天皇を立てる気か。松平太郎のやっていることは、余の頭に刀を振り下ろすことと同じだ』

と言い放った。

『徳川政権を瓦解させたのはだれだ、こんなぶざまな徳川家にしたのはだれだ、と腹のなかが煮えくり返った』

文久二年に慶喜は家茂《いえもち》公の将軍後見人《こうけんにん》となり、京都に行けば孝明天皇にいい顔をして、攘夷《じょうい》だの横浜の鎖港《さこう》だの、と叫びつづけた。阿部正弘公からの徳川政権の『開国への絆』という一本の綱が、水戸藩の徳川斉昭《なりあき》と慶喜によって切断されてしまったのだ。慶喜が京都と江戸にふたつの幕府をつくったのも同然だ。東と西の天皇をあれこれいう資格があるのか、とにらみつけたと語る。

「いま、京都の朝廷から慶喜公は大罪と脅《おど》されている。それを怖がり、命拾いしたくて恭順《きょうじゅん》・謝罪している。伏罪《ふざい》とはなんたることか。京都の朝廷側に、官軍が江戸を平定するという口実を与えた」

松平太郎の怒りからすれば、慶喜の恭順《きょうじゅん》は単に個人的な命乞《いのちご》いにしか映っていないのだろう。

「京都よりも先に、東日本で東武天皇が即位《そくい》されると、かれら総督府は、京都の無名の天皇を担ぎだした賊軍《ぞくぐん》として討つことができる」

（京都に天皇がいない以上は、官軍にはならない）

健次郎にはそう理解できた。

「お引き受けする以上、覚悟はできています。そろそろ三河島の村田家です」

「ずいぶん、大きそうな植木屋だ」

三河島の二大植木屋は他よりも抜きんでていた。一つが伊藤七郎兵衛（七郎兵衛の継承）であり、もうひとつがこの村田平十郎（平十郎を継承）である。

村田家の庭には梅が多く、松、桜、桃、萩などの若木が育てられて出荷されていく。植栽地には築山、吾妻亭、周囲三百町（三百米）の池がある。植木は水を多く使うので、井戸は三カ所あった。

植木職人が屋号入りの法被で、剪定したり、梯子を運んだり、肥料を撒《ま》いたり、出荷前で藁を巻いたりと働く光景があった。眼をむける職人たちに、

「お役人の立入検査だ、ふだん通り仕事をしておればよい」

お勤めご苦労さまです、と職人のいずれもが挨拶していた。

出荷待ちの束ねた植木、造園の土、植林の苗木など、松平太郎は園内をつぶさに観察していた。

「売り物の若木が目いっぱいありますが、低木ですから夜間の搬入が望ましいかと存じます。穴を深く掘り、物（埋蔵金）を収め、その上に樹木を植えておく。地植えしている木々には番号があります。搬入は干鰯《ほしか》の箱で、農作物・植木の肥料に見せかける。それも方法のひとつかと存じます」

「それを含めて検討しておこう。彰義隊が籠もる上野山の裾野だ。上野の彰義隊が埋蔵金の番兵のようなものだ」

「たしかに」

健次郎は苦笑した。

「鷹狩の場所は？」

「いまから叔父の加藤治助がご案内します。お目通しを含めて、入れ替わります」

健次郎が目で合図すると、母屋の横手から治助が現れた。そして、やや距離を置いて、治助が先に村田家から出た。

「現地にご案内します。しばらく先です。お鷹狩場は巨木が多く、繁みが深いところです」

「なかなか連携が取れている。たのもしい」

松平は明るい声で言った。

治助は気持ちが強まった。江戸城の金銀を隠す。大胆な作戦に参加できる喜びがあった。

村田を出て、大八車が通る道があり、馬も通っている。脇道へ入った。

「村田家は、将軍の『鶴《つる》お成《な》り』のとき、代々、お役目を賜っていた家です」

狩場では、鶴が飛来してくる頃に、餌付《えづ》けをする。鷹匠頭《たかしょうがしら》が、鶴が人間を恐れなくなったと判断すると、若年寄を介して、老中と協議のうえ、日程が決められていた。

松平太郎は奥祐筆だったころ、若年寄、老中、将軍の日程調整役もつとめていた。

「私は箱崎で樽屋を営んでいます。『鶴お成り』の午後には菰樽《こもだる》二挺《てい》を収めさせて頂いていました」

獲れた鶴は、鷹匠が刀で腹を裂いて、臓腑《ぞうふ》を鷹の餌にする。そこに塩をつめて、昼夜兼行で京都の朝廷に贈る。公方様が鏡を開いて、鶴の血をしぼって入れた鶴酒を供《とも》の老中とか、上級幕臣とかにふるまっていた。

「さようか」

「鶴の飛来の餌場は二年前の廃止で、朽ちはじめていますが、住民はいまだ将軍様の管理地として一歩も入っていません」

「案内してもらおう」

「余計な質問かもしれませんが、世間の噂では、総督府が彰義隊を攻めるのではないか、と案じています。いかがでしょう」

治助の視線が上野山にながれた。そこには彰義隊が構えている。

「質問の趣旨は?」

警戒されているな、と治助は感じた。

「内密御用家といたしましては、埋蔵金の隠し場所を植木屋の村田家と、お鷹狩場の二か所を推奨《すいしょう》いたしました。三家が昼夜交代で、盗賊、野武士のたぐいを見張る予定です。戦えるのは盗人、野武士などのたぐいです。総督府の小隊、中隊など軍隊と戦うのはむりです」

「保管できる期間が欲しいのかな?」

「東叡山《とうえいざん》に彰義隊が駐屯《ちゅうとん》しているかぎり、期限は必要といたしません」

治助は笹を切ると、それで目の前のクモの巣を払いはじめた。

「加藤どのは上野山で、総督府と彰義隊が激突もしくは戦争があると予測しておられるか」

「はい。一般論ですが、西の諸藩は新政府が有利だと言い、江戸にあつまっておると聞いております。うわさ通り江戸城が無血開城したからと言い、遠い西国から武器と弾薬を運んできた諸藩に、戦わずに引き揚げてくれ、と総督府は言えないと思います。それでは総督府の示しがつかない。無理をしてでも、戦端を開く。大義として『江戸の治安は総督府がやる。解散しろ』と声を大にする。応じないから暴徒《ぼうと》あつかいで攻撃する、とみなしています」

「目的はそれだけではない」

背後から松平が語りつづけた。

「さきほど日比谷どのにも話したが、東征軍の最大の目標は寛永寺にいる輪王寺宮の抹殺だろう。唯一の目標と言っても過言ではない。しかし、皇族の殺害は正面から目的にできない。ならば、東叡山寛永寺を本拠地とする彰義隊を討つ。その戦いのなかで、輪王寺宮を亡きものにする。手順として、加藤どのと同じで、総督府はまず彰義隊に解散命令をだす。むろん、彰義隊が応じるはずがない。おかた些細な殺傷事件などを理由にして、大規模な上野戦争を仕かけてくるだろう」

「目的は輪王寺宮ですか」

加藤治助がなおも深い密林に進む。倒木も多く、跨《また》ぐが、手が濡れるほど幹が苔《こけ》むしている。頭上からは陽が斜めに射し込む。

「江戸に輪王寺宮がいなければ、かれらは江戸を素通りし、奥州征伐《せいばつ》とすればよいことだ。江戸は軍政で収められる」

「軍政。つまり、政治的に、彰義隊は総督府の傘下に治められる、という意味ですか」

「さよう。近いうちに、二十一歳の輪王寺宮が北日本の天皇になられる。さっき日比谷どのにも話したが、慶喜公はもはや視野にない」

「すると、東西朝時代ですか。北日本と東日本が分裂する。南北朝時代の後醍醐《ごだいご》天皇の戦争と同じですね」

「加藤どのが、後醍醐天皇の話を出されたが、彰義隊が皇軍として戦うためにも、はやくにも輪王寺宮を東武天皇として奉り、元号を『延壽』として宣明《せんめい》する。ならば、賊軍は西軍だと正義の抗戦が展開できる」

治助は踏む枯葉を深く感じた。木々には茸《きのこ》が生えている。白、赤、茶、黄色など毒が多そうだ。

（松平さんは、輪王寺宮を奉じて戦う軍師・参謀のような存在だろう）

「輪王寺宮が東武天皇になられたならば、京都には天皇はいない。『錦の旗』も、官軍を名乗る西軍もにせもの、賊軍として追い払う。西郷隆盛や大久保利通は、皇太子をさも天皇のように仕立て上げた「君奸の賊」だと私は考えておる。徳川家の金銀が奪われて、西郷たちに渡って武器を買われると、我々に大勢の死傷者がでる。それは避けねばならぬ。金座、銀座の新鋳造金はすみやかに隠す」

兵站《へいたん》には金銀が重要だ。食糧がなくなれば、兵士が戦場で飢えてしまう。統率が乱れる。軍規がなくなる。これは避けねばならぬ、と松平がつけ加えた。

「埋蔵金のご趣旨は十二分に理解できました。なおさら、東叡山の輪王寺宮様をまもる彰義隊との戦争は避けられない、と考えます。三河島の埋蔵金の保管は、激突する前日までに、他所に移されるのが賢明かと存じます」

「承知した」

「この森林に、幕府の陸軍隊をお使いになり、通路の長い地下壕を作り、奥の奥に埋蔵金を入れますと、長期に隠せます」

「短期決戦のつもりだが、東征軍との戦いが一年、二年と長引けば、この森林の地下壕も検討しよう」

「こちらを見てください。落雷で割れた樹とか、樹洞《じゅどう》とかがあります。一日、二日と短期に隠す金銀ならば、樹洞に埋蔵金を入れて、泥と土をかぶせれば、一部は見つかったにせよ、全部が全部、発見されることはないでしょう」

密林で、昼間なのに薄暗く、二人の気配で野鳥が羽ばたく。

「長短期の二段構えも検討しよう。最大の目的は東征軍が江戸城に入り、金庫蔵が空、鋳造する金座、銀座もすべてが空だった、という衝撃がいちばんの目的である。敵に心理的な打撃をあたえ、戦意をくじく。と同時に、北関東、奥州に運ぶ。検討してみよう」

「一年、二十年の長期間ならば、この鷹狩場の地下壕が有効です。巨樹ともなれば、育った根っこが埋蔵金を包み込んでくれます。地下掘り人足を使っても根っこは避けて掘るのが人情です」

「たしかに。吟味してみよう。健次郎どのと相談して決めよう」

この翌日から、日比谷家、佐藤家、加藤家から、二か所の見張りがでた。

旧幕府陸軍の軍人たちが、村田家と鷹狩場に入ってきた。「塹壕《ざんごう》掘《ほ》り」を指示されたようだ。先刻は穴掘りの集団で入ってきた。短時間で任務が終ると、一団が引き揚げていく。ふたたび静寂になった。まだ、埋蔵金は運び込まれなかった。闇夜だった。周辺の家屋は眠りについて静寂だった。

健次郎が植木屋の村田家に入った。樹の影から透かして、庭内を見ていた。家紋のない提灯が五、六個ほど村田家の庭に入ってきた。屋号の入った法被「村田屋」を着込み、荷馬に俵を運んできた。身なりは植木職人風であったが、頑強な体躯の男もいた。肉体労働の金座・銀座の職人たちかもしれない。

「きょうから、埋蔵金だな」

健次郎がつぶやいた。

別の集団は馬に干《ほ》し鰯《いわし》の箱を積んでいた。夜露の穴に埋蔵金が収まると、植木が乗せられて土がかぶせられる。植木が枯れないように、水もまかれる。事前に訓練したのか、と思うほど手際が良い。おおかた綿密な計画が立てられていたのだろう。

次は植木の肥料だ。肥料なのに、井戸のなかに沈めていた。

夜半を廻って、あらたな提灯の列がやってきた。お鷹狩の場所に移った。健次郎はそちらに向かった。闇の森の間から、微かな光がちらちら動いている。物音を立てず、静かである。木の葉を踏む音が時おり響く。これらの作業は明け方に終了していた。

健次郎が見た光景はこの一日だけであった。「徳川の頭脳」といわれた元奥祐筆の松平太郎は、闇夜のわずか一日で極秘の行動を成功させたのだ。

＊

松平太郎が浅草鋳銭座、金座、銀座で「陸軍奉行である」と名乗り、百万両の新鋳造金を押収したのである。かれの堂々たる気迫、度胸、智謀《ちぼう》は幕末史のなかでも特に傑出した行動だった。

新鋳造金の十七万五千両が、上野の彰義隊にわたっている。さらに、伝習隊の大鳥圭介が立てこもる日光にも軍資金として送られた。途中で、馬荷が東征軍の検問に引っかかり、一部は奪われている。しかし、二十万両は日光にとどいている。

元老中など幕臣と奥羽越列藩同盟は、松平太郎の機才で徳川家財宝が移せたことから手を結び、東日本政府の樹立を目指した。輪王寺宮能久を「東武天皇」として奉り、元号を慶応四（一八六八）年三月十五日から『延壽』として布告することに決定したのだ。

勝海舟と西郷隆盛との話し合いがついて、東征軍が無血開城で江戸城に入ったとき、金庫蔵はすべて空だった。他の金座、銀座、鋳銭座も同様だった。彼らは徹底的に探した結果、発見できたのは正貨二十六万両と金銀の地金がわずかだったと記録されている。

新政府軍の大村益次郎は、あてにしていた軍資金が欠乏し、苦慮したのである。

＊

植木屋の「村田屋」は昭和に入ると稼業が不振になり、土地の一部が下谷の魚政に渡った。その魚政が庭内の改造中に、未使用の新品鋳造金が百枚出てきた。それは松平太郎の埋蔵金の取り残しだろう。

第8章　新撰組　足立屯所

大名主の日比谷家の周りには、早朝から大勢の地元農民があつまっていた。口々に騒いでいる。ムシロを掲げる農民一揆が発生したのだろうか。不穏な雰囲気だ。三十人以上はいるだろう。あいてが農民ならば、日本刀は必要ない。むしろ、不要な恐怖を与えてしまう。凶作にからむ要求でも、話せば、解ることだ。健次郎は着流しで、室内から庭に出ると、長屋門のほうに向かった。

「健次郎さんは、この村から出て行かないでくださいまし」

みな顔見知りの村人だ。若者から老人老婆まで、子連れの親子もいた。竹籠を背負った農民も多い。

「私が逃げだす、そんな気配が感じられるのか」

「健次郎さまは学もあり、北辰一刀流の剣士でもございます。この村を守ってくださる。大切な人です。出て行かぬ、とお約束をおねがいします」

一歩前に出た若い百姓は、このたび村役の一人になったばかりだ。

「私は武蔵国足立郡の郷士として、周辺の村々を守る。決して村を見捨てぬ」

「ほっとしました」

代表の若者の顔には、安堵の表情が浮かんだ。

「安心していい。落ち着いて、仕事をしなさい」

「ご存知ですか。昨晩、五兵衛新田《ごへえしんでん》（綾瀬）の金子家で、急にかがり火が焚かれたことを」

「それは知らぬ」

「新撰組が、名主見習の金子家に屯所《とんしょ》を構えたようです」

金子健十郎は分家でも、屋敷は約五百坪の広い土地だった。

「新撰組が足立にきたのならば、うわさ通り、勝沼の戦いで東征軍に敗れたのだな。だから、足立にながれて来たのだろう」

健次郎は前々からの嫌な予感が当たったと思った。

「おらたちが、考えるのに、新撰組は足立の剣の使い手を誘い込むためです。今朝からのもっぱらのうわさです」

「ねらいはそうかもしれぬ。しかし、私は郷士として足立を守る、それに尽きる」

「足立の剣豪は、健次郎さまの意見に従います。だから、ぜひとも、新撰組とともに戦場に行くのはやめてくださいまし。おねがいしますだ」

「どこにも行かぬ。約束する。ふだん通り、仕事場にもどってください」

三十人ばかりが、田畑のあぜ道に散っていく。

慶応四年三月十三日夜から、新撰組の近藤勇（大久保大和）ら四十八人が金子家に来たのが最初である。つづいて土方歳三（内藤隼人）らが第二陣として十五日に到着した。この段階で百人を越えていた。

こうした状況の報告が、健次郎の下にとどいた。かれは春の庭に面した廊下で、腕を組んだ。健次郎は日比谷道場で土方歳三と竹刀を交わした日々、さらに池田徳太郎との会話を思いうかべた。池田が自作の「急務三策」を示した。それは浪士隊の隊員を募集するものだった。

『腕に覚えがあるもの、文武に優れた者、犯罪者でも農民でも、身分や年齢を問わず参加できる』

幕府の想定よりも、入隊希望者が多く、予想以上に膨れ上がったと聞く。絞り込んで二百三十四人が浪士隊となり、京都に向かった。健次郎は入隊を断わったが、それは数少ない一人だろう。

京都についた浪士組は、清河八郎の画策から、幕府に即時、江戸に呼びもどされるはめになった。江戸に帰還した直後、清河八郎は暗殺された。残る隊員たちは新徴組として、江戸市中取締役として庄内藩の預りになった。京都に残留したものは、会津藩の松平容保《かたもり》の下で、新撰組を起《た》ち上げた。武蔵国多摩の剣豪の近藤勇、土方歳三、中には文久二年に麻疹に罹患して生死をさまよった沖田総司などもいた。かれらは池田屋事件、禁門の変、過激尊攘派の一掃など、京都の治安部隊として活動してきた。京都では、かなり恐れられていたらしい。

長州戦争、大政奉還、小御所会議で時代が変わった。

慶応四年正月三日からの「討薩の戦い」では、四日間にわたり死闘をくり返した。そして、江戸への総引き上げ命令で、海路でもどってきた。新撰組は、『尊王佐幕』、あるいは尽忠報国《じんちゅうほうこく》（忠義に尽くして、国家にむくいること）を掲げている。それは明治新政府が容認できるものではないはずだ。大久保一翁は、江戸市中で総督府と新撰組が戦うのを嫌ったらしい。

三月に入ると、大久保は新撰組を「甲陽鎮撫隊《こうようちんぶたい》」として甲府に向かわせたのだ。軍資金は二千三百九十四両である。甲府勤番は別名「山流し」と呼ばれるもので、新撰組はていよく江戸から追い払われたのだ。ところが、東征軍が一日早く甲府城に入っていた。そのうえ、板垣退助の先祖が旧武田家臣であったことから、甲府の領民は喜んだ。甲斐の郷士らは、板垣隊に積極的に協力を願い出ていたのである。新撰組は途中の多摩で、歓迎会に臨むなど後れを取っていた。

三月六日、新撰組は甲府の手前の勝沼で、東征軍の好戦的な板垣退助から専制攻撃をうけたのである。三百人はいたはずの新撰組だったが、いざ戦闘の段階になると、百二十一人に減っていた。わずか二時間で撃破されてしまったのだ。山中を逃げてきた新撰組だが、どこでどう判断したのか、七日後の十三日夜に武蔵国足立郡の五兵衛新田（綾瀬）の金子家に屯所をつくったのである。

健次郎は、かれら新撰組の逃亡の背景を考えた。

西軍（東征軍）は東海道の品川宿、中山道の板橋宿まで攻め入っている。しかし、日光街道の千住宿には、まだ足を踏み入れていない。つまり、千住は旧幕府方の支配下にあるのだ。新撰組は千住を安全な地と見なしたのだろう。

健次郎は翌日、新撰組副長の土方歳三に会いに行こうと決めた。

夜が明けると、健次郎は日課の木刀の鍛練《たんれん》をこなし、朝餉《あさげ》のあと帯刀姿ででかけた。麦畑には農作業の親子がいる。挨拶を交わしながら、門構えの大きな金子邸に向かっていた。敷地の内外には、大勢の武装した浪士たちの異様なざわめきがあった。

健次郎は門前の若々しい男に、土方歳三への取り次ぎをたのんだ。若者は建物の奥に消えた。その間、庭内の様子をのぞくと、大樹の側では、小銃の手入れをするもの、相そろって刀の素振りをするもの、戦闘の講釈を語っているもの、さまざまな緊張感がただよっていた。

土方はかつて薬を売りながら、剣法の修業で日比谷家にしばしば訪ねてきていた。二人はともに細身だが、筋肉質なからだだった。心が通じ合っていた。政治談義もした。さらに、二人に共通するのは、折り目の正しさだった。

「日比谷どの、きょうにでも、貴殿に会いに行くつもりだった。ちょうどよかった」

土方歳三は総髪で、鉢巻をした武装の姿だった。好男子の顔には変わりがなかった。

「すぐそばの、綾瀬川の土手を歩きながら、話そう」

蝶が飛びかう方角に向かった。

まだ店を開けていない茶屋の横から、土手の坂を上ると、流水のおだやかな綾瀬川だった。土手路は直線でつづき、両岸の路肩には桜が点在する。

「ここからみる秩父連山も良いものだが、京都の祇園の桜が懐かしい」

「京都では、なにかと苦労も多かったと、風の便りに聞いておる」

健次郎がそう語った。

「京都で、見苦しさ、愚かさはさんざん見てきた。八月十八日の変のあと、孝明天皇がこれまでの勅許《ちょっきょ》、詔書はすべて偽物だとおっしゃった。いま、東征軍が慶喜追討を掲げ、箱根の山を越えてきた。孝明天皇が慶応二（一八六六）年末にご崩御されたあと、天皇は不在だ。摂政もいない。追討令すら偽勅書《にせちょくしょ》にきまっておる」

「それが許せないのか。土方どのは」

「新政府に楯突く、大きな理由のひとつだ。われら郷士は軽い身分だ。しかし、地獄の戦場でも、最後の一人となろうとも、徳川家のために戦う。戦って忠義をつらぬく」

「死の美学か」

綾瀬川の陽が光のさざ波を作って反射していた。

「美学というほど、大それたものではない。戦って勝てばよし、負ければ屍《しかばね》になる。その程度のものだ」

「慶喜公は追討令で侮辱されたからか、上野の寛永寺で謹慎されておられる。徳川家の抵抗は放棄された。土方どのの意気込みとは、ずいぶん違っておられる。そう思えてならない」

「われらは慶喜公のためでなく、徳川宗家に最後まで忠誠を尽くす」

十方の信念を聞いた健次郎は、もはや戦わない道はないのだな、と思った。

綾瀬川には、上り下りの荷舟がちょうどすれ違っていくところだった。健次郎は、ちらっと視線を流してから、

「土方どの、この足立からどちらに向かわれるのか」

「徳川方は市川・国府台に集結しようと考えておる。新撰組はそちらに合流する」

「国府台ならば、ここからまっすぐ向かうには、水戸街道を使うのが近いが。ただ、主要な街道は総督府と出会う可能性が高い。注意はした方がいいだろう」

「日比谷どの、巧い手があるか。あれば、教えてほしい」

「ふつうならば、水戸街道を下り、松戸宿の手前で国府台に向かう。これはまずいな、選ばない方がいい。むしろ、注意しながらだが、間道を抜けて、流山あたりに行けば、江戸川沿いに一気に国府台に集結している徳川方と合流しやすいだろう」

「そうか、ありがたい」

土方の心の中はありし日の日比谷道場の練習試合が横切っているな、と健次郎はそう感じた。ちょっとの間をおいてから、土方はいつもの顔にもどった。

「ところで、日比谷どのは、この先どうするつもりだ」

「私にはこの地域を守る責任がある。時代は刻々と変化している。これからはわが国が外国の勢力に追いつき、新しい文明を導入する、そのために今何をするべきか、と深く考えている」

「そうか。ぜひ、この国の将来のために尽くしてほしい」

土方は希望を託す口調だった。

「日本人が西洋人に早く追いつく。肩を並べられる時代になるように、私なりに頑張ってみよう」

「貴殿ならば、何かをなしとげるだろう」

土方が期待する表情から、寂しげな顔にかわり、

「お別れだな。さらばだ、日比谷健次郎どの」

「ご武運を。……土方歳三どの」

健次郎は朝陽が当たる土方の背中をじっと見ていた。その輪郭がしだいに遠ざかっていった。

第9章　上野戦争　輪王寺宮

武蔵国郷士の日比谷健次郎は、日光街道の千住大橋をわたりはじめた。この五月に入ると、ほとんど毎日が雨だった。橋上の川風はやや強く、斜雨で目に飛び込んでくる。足下も雨水が勢いよく流れている。健次郎は気がかりな三河島の村田家へと向かっていた。

松平太郎が、植木の広い庭から、どのような密な方法で埋蔵金を他所に移動させたのか。どのくらい埋蔵金が残っているのか。それは知り得ないし、健次郎は知ろうともしていない。ただ、その情報を知る何者かが、村田家に忍び込み、わるさをしないか、家人に危害を加えないか、と案じる気持ちはぬぐえなかった。かれは用心を兼ねて三日に一度くらい村田家を訪ねているのだ。

植木屋特有の広い敷地内に入ると、百数種類および数千本の植木が茂っている。出入口には、出荷前の束ねられた植木が、数多く雨に濡れていた。初夏のくちなしの花が甘い香りをただよわせている。

村田家の母屋の軒下には、小舟が吊るされていた。川の氾濫や大雨の時には移動用につかう。このところの長雨で、健次郎の眼がごくしぜんに三艘の田舟にながれていた。

土間の台所からは、伯母の寿美《としみ》が、五、六人の女中らを仕切る声が聞こえた。酢飯の匂いがする。

コハダの寿司だな、と健次郎はおもった。日持ちがするので、伯母が植木職人の弁当や、手伝い人に好んで作る料理だった。

「あら、三日ぶりじゃないの。健次郎の顔をみると安心するよ。まあ、よく来たね。寿司を食べない。好きでしょ」

伯母の寿美は、むかしながら愛想は良い。

「ちょいと、ちょいと」と母屋の土間からでて、軒下に入ると、「夜な夜な、変な武士が庭に入ってくるし。気味が悪くてね」

「ここは辛抱してほしい。松平さまからの頼まれごとだから。あと二か月間ほど、目を瞑《つむ》ってもらいたい」

「それを聞いているから、辛抱しておるけれどね。夜中も一度や二度は起きるし、そのたびに庭で不審な陰とちいさな灯が動いていると、心の臓には悪いよ」

依頼者はおなじ松平家だが、ちがう松平家だ。寿美が、そこらを勘違いしてくれている。機密保持のためにはその方がよかった。

「見てみぬふりが、一番だよ」

「殿さまも、厄介なことを村田家に押しつけたね。日ごろお世話になっておるし、むげにできないし、辛抱しかないのかね。ねえ、健次郎、知っておる？　このところ近所で、昼間から総督府の兵士が殺されておるのよ。この江戸はどうなるのかしらね。不安で、不安で、仕方ないわ」

「兵士の小競り合いから、江戸の戦争が起こらなければよいが。ここで戦争がおきたら、なんのための無血開城だったか、わからなくなる」

「そうよね。公方（慶喜《よしのぶ》）様が、なんでも勝さんと大久保さんに、江戸を戦禍にするくらいなら、新政府に江戸城をくれてしまえ、とおっしゃったんでしょう。そして、水戸に行かれた。それなのに、残ったものが江戸で戦争したら、公方様の思いが無になってしまうじゃないの」

「そういうことだな。帳簿を見ていくから」

健次郎はいつもどおり座敷に上がり、手代がつけた大福帳などに目を通しはじめた。寿美がコハダの寿司をはこんできた。この伯母は、作業指示はそつなくやるが、帳簿の数字はからっきしだめだった。説明しても、上の空である。健次郎は経営の補助に手を貸すが、ときには地域の行事の打ち合わせに、家主代行として出むくこともある。三河島、尾久、浅草など横の連絡から、大名主や町役人とも顔見知りになっていた。

「ね、健次郎。手を止めさせるようだけれど、なんでも総督府が彰義隊を攻撃する布告を出すらしいの。ただの噂ならいいんだけれどね。心配で、心配で。健次郎が毎日、村田にきてくれないと困るわよ」

「伯母さんの気持ちはわかるが、足立の家でも大名主としてやるべきことが多いし、三日に一度が精一杯ですよ」

「実はね、きのう、戦争が心配で、上野山の彰義隊をのぞきに行ったの。三河島から近いしね。この齢になっても、二十歳前後の勇ましい武士にほれぼれするね。みんな意気込みが盛んだし、良い顔しておる」

「色は年齢に関係ないんだな。戦争の心配は口実で、男を見にいくなんて」

健次郎の眼が帳簿に張りついていた。

「そりゃあ、良い男となれば、こころは弾むよ。健次郎だって三十二歳だろう。脂がのっていい男だよ」

「つけ足しだな。無理をして、気を使わなくても良いさ。でも、上野山がきな臭くなった、若い男たちが良くても、のぞきにはいかない方がいいよ」

「昼間だと、浅草の若い芸者や、日本橋の大店の可愛い娘らも彰義隊を見にきて、声援を送っているわよ」

「いつ戦争が起きてもおかしくないんだから」

上野山は東叡山《とうえいざん》寛永寺といわれる（京の比叡山、東の東叡山）。

寛永二（一六二五）年に、徳川三代将軍家光《いえみつ》が開基《かいき》した。初代は慈眼大師《じげんたいし》の天海大僧正《てんかいだいそうじょう》（初代住職）である。十七世紀半ばから、京都の皇族を迎え、住職としてきた。輪王寺宮《りんのうじのみや》という。

東叡山寛永寺は、日光山、比叡山の三山を管掌する、強大な勢力をもった大寺院である。徳川御三家とならぶ格式である。四代将軍の家綱公から、将軍家の霊廟《れいびょう》となり、六人が寛永寺に眠る。子院は三十六におよぶ。寺領は一万一千七九〇石で、東叡山の全域は約三十万五千坪の広大な敷地だった。

徳川家はなぜ代々、皇族から住職を迎えているのか。

西国の諸藩が、京都の皇族を擁《よう》して倒幕に決起すれば、この関東で輪王寺宮を天皇として擁立《ようりつ》することができる。裏を返せば、徳川家を朝敵にさせない、という狙いがあるのだ。埋蔵金隠しの約二か月前、松平太郎から聞いた『輪王寺宮を東武天皇』という諸々の策が思い浮かんだ。

徳川慶喜公が勝海舟と大久保一翁らに、江戸市中の戦禍を回避するために、江戸城の無血開城をやらせた。当日の慶喜は、遊撃隊頭取の高橋泥舟《でいしゅう》の護衛の下で、生まれ育った水戸へ下って行った。

しかしながら、松平太郎の予想通り、江戸城の無血開城にたいして旧幕閣、関東・東北の諸藩から強い反発がおきた。皇族の輪王寺宮を東武天皇として擁立しよう、という動きを加速させた。元号「延壽」が発布された。東武天皇は、西軍の薩長を『君奸の賊』の朝敵だと攻撃している。

「帳簿はとくに問題ないよ。この際、彰義隊の情報収集でもしてくるかな」

「だれに？」

「下谷根岸に道場を持っている、直心影流の榊原鍵吉《さかきばらけんきち》さんがいいかな」

根岸は、上野山の丘陵の崖下にあった。日暮里や三ノ輪からも近い場所で、音無川が流れている。

「あの変わり者ね。彰義隊に参加しないなんて」

「それなりの考えがあるのだろう。経歴からしても、元幕閣《もとばっかく》に豊富な人脈をもっているし。情報は集まるだろうから」

健次郎は、母屋で蛇の目傘を借りた。傘の和紙の油が、雨をはじく音を立てている。かれは江戸の治安状況を見るような眼で、雨の中をいきかう男女たちを見ていた。かたや、江戸随一の剣豪の榊原を思いうかべた。榊原鍵吉は二十七歳にして、講武所の剣術指南、三十歳で家茂将軍の個人教授もつとめている。慶応二年に新設された遊撃隊の頭取になった。同年十一月に、講武所が陸軍所と改称され組織替えになると、職を辞して下谷車坂に道場を開いたのである。いまは三十八歳だった。

「ごめん」

健次郎が道場の戸を開けて、おおきな声で呼びかけた。

「北辰一刀流の日比谷か。めずらしいな。その顔は剣の手合せじゃないな。話しなら、茶碗酒でもやるか」

大柄な榊原鍵吉は着流し姿だった。

「昼間から、私は飲まない」

「そうか。浅草吉原帰りか。それで直心影流の道場に立ち寄ってみたというわけか」

「まさか。こんな真昼間から吉原には行きません」

「そなたの真面目な性格からして、あり得ない話だな。まあ、上がれ」

道場の正面上段には、『征夷大将軍家茂《いえもち》公』と毛筆で大書した額がある。家茂の木像もおかれていた。健次郎は拝礼した。

「きょうは彰義隊の動向を聞きたくて、おじゃましました」

「拙者は、彰義隊のゴタゴタなど肌にあわぬから連中から誘われても、入隊は断ってきた。心配なのは輪王寺宮様だ。主《ぬし》に手伝ってもらいたい」

「なにを?」

健次郎はやや身構えた。

「まあ、急《せ》くな。道場で腰をすえて、彰義隊を語ろうじゃないか」

榊原鍵吉が奥の部屋から、陶器の徳利と茶碗をもってきた。家茂公に拝礼してから、その前に腰をおろした榊原は、茶碗に半分ほど酒をそそいで、小皿に盛った塩を肴に飲みはじめた。そして、彰義隊を語るのだ。

慶応四（一八六八）年二月二十三日に浅草本願寺で、一橋家にゆかりのある有志が、慶喜公の復権と助命のために立ちあがり、「尽忠報国」と「薩賊《さつぞく》の討滅《とうめつ》」をうちあげた。結成式では、隊名を「大義《たいぎ》を彰《あきら》かにする」という趣旨で、彰義隊と名づけられた。頭取は渋沢誠一郎であった。

副頭取には農民出身の天野八郎（直心影流・家茂上洛のときの護衛）が、胆力の大きさから選ばれている。天野が農民ならば、と江戸の町人、博徒、任客、お調子者まで参加してきた。

千人を超える規模になり、彰義隊は浅草本願寺が手狭となり、四月三日に上野山に移ってきたのである。

四月十一日、徳川慶喜が水戸へと退去した。

「彰義隊はもはや江戸を退去し、日光に退《しりぞ》こう」

そう提案した一ツ橋家の渋沢誠一郎にたいして、天野派の一部が渋沢の暗殺を謀《はか》った。そこで渋沢は、彰義隊と縁を切り、飯能の能仁寺《のうにんじ》に移り、振武隊《しんぶたい》を結成したのだ（のちに飯能戦争が起きる）。

彰義隊はそのまま上野寛永寺を拠点としていた。

総督府の兵士が自分たちの江戸城下を闊歩している。彰義隊の隊士らのこころが荒《すさ》んでいった。中には集団で総督府兵士に暴行し、喧嘩が高じて殺害にまで及んだ。

「彰義隊を解散させなければ、総督府を怒らせる。それが勝海舟の判断だ」

榊原鍵吉は茶碗の底まで舐めてから、あらたに徳利からそそぐ。一滴も無駄なく飲んでいる。

「松平太郎は、頭から勝海舟は薩長に毒されていると強く批判している。勝は陸軍総裁に昇進したが、もともと海軍畑だ。陸軍の気持ちや彰義隊のこころの奥底が解っておらん。ここに問題がある」

かつて講武所の陸軍教官だった榊原鍵吉は、微妙な海陸の対立が底流にあるとみなしていた。

「本来ならば、陸軍総裁の勝が彰義隊を解散させたければ、輪王寺宮様にお会いになり、まとめるべきだ。それなのに、使い人として山岡鉄舟をさしむけた。ここにおおきな誤算があった」

立ちはだかったのが寛永寺の執当《しゅうとう》の覚王院《かくおういん》義観《ぎかん》だ。格がちがう。覚王院が大関ならば、山岡は幕下力士だとつけ加えていた。覚王院とは東叡山の真如院《しんにょいん》の住職である。と同時に、皇族の輪王寺宮の庶務（秘書）をつとめていた。それを背景にして寛永寺の全権をにぎる。

勝海舟や大久保一翁から使い人がさしむけられる。覚王院はだれ一人として輪王寺宮に直接会わせない頑固な態度だった。

「山岡。なにを寝ぼけたことをいうのだ。総督府とか、東征軍とか、薩摩の覇道《はどう》だとわかっておらぬのか。薩摩は昨年末に、江戸市民に暴虐のかぎりをつくしただろう。それで『討薩の戦い』が起きた。薩摩は、尊王とは名ばかり、島津幕府を作りたい腹黒い野心だ。元服してない睦仁《むつひと》親王を思いのまま悪用しておる」

「お怒りはわかります。慶喜公も水戸に下りました。状況は変わってきております」

「薩長の奴らの腹黒さは変わっておらぬ。薩摩は傀儡《かいらい》政権の先鋒《せんぽう》となり、江戸に侵攻してきたのじゃ。勝にしろ、そなた山岡にしろ、そんな単純な悪事の時事も見抜けぬのか」

覚王院はつよい態度だった。

「輪王寺宮様に、いちど直接お会いさせてくださいませ。いまの大総督府の軍事力の巨大さを知って頂きたいのです」

「ならぬ」

「新政府に加担する諸藩の数は、数倍にもまして、東征軍の兵力が江戸に結集されております。総督府は彰義隊の解散を申しています。解散にはひとえに宮様の力が必要です」

「彰義隊の解散だと。なにを考えておる。それでも徳川家に仕えてきた身なのか。西の薩長が政権欲からしかけた策略《さくりゃく》の倒幕だったのだ。徳川家はまじめで純真だから、その権謀術数《けんぼうじゅっすう》の怪異《かいい》たちに打ち負かされたのじゃ。いま、われわれは輪王寺宮様を東武天皇に奉じた。元号は『延壽《えんじゅ》』と布告された。そなたは認めていないのか」

「延壽元年になった、三月十五日から、と輪王寺宮様が布告されたと聞き及んでいます」

「傀儡《かいらい》の総督府の手先となった山岡だ。口上手く、東武天皇様を言いくるめるに決まっておる。そなたの腹の底は見えておる。いっさい、お断り申す」

「総督府と彰義隊がもしや戦争になれば、その責任は如何いたします」

山岡が粘っていた。

「総督府の軍隊は見かけ倒しだ。恐れるに足りず。そなたは、跳梁跋扈《ちょうりょうばっこ》という諺《ことわざ》を知っておるか。悪人がのさばり、蔓延《はびこ》っている世情をいうのだ。いまの東征軍がまさにそれだ。おぬしたちが総督府に尾っぽをふっておるから、江戸の秩序と治安が一段と悪くなってきたのじゃ。そもそも徳川家は二六四年間も秩序と安定の世界を作ってきた。なぜ、破壊せねばならぬ。貿易と通商は西洋の大きな流れだ。世界の流れに乗った徳川幕府は、悪しき政策だったというのか。応えてみよ」

「ご言い分はわかりますが、ここに及んだ今となっては、徳川政権は戻りませぬ」

「たわけもの。ここに及んだ認識そのものが、まちがっておる。徳川政権に戻したいと、だれ一人言っておらぬ。徳川家はもう見棄てたのだ、いまわれらは輪王寺宮を奉り東武天皇とした。わが天皇の存在を認めぬのか」

「それは……」

「山岡。そなたたち一部旧幕臣が東武天皇を認めず、薩長の腹黒い連中の尻馬に乗っておるのだ。江戸の治安の乱れが彰義隊にあるなぞ、まさに本末転倒だ。顔を洗って出直せ」

覚王院は頑迷な人物だった。

「江戸が戦禍になる寸前です。宮様に、それをお耳に入れて、現況の危機を知って頂く必要があるのです」

「たわけもの。宮様は軍事に関係せぬ。勝海舟は戦わずして、江戸城を渡してしまった。裏切り者だ。関東武士の風上にもおけない」

「とは申せ」

「よいか。勝海舟がもともと彰義隊に江戸警備の任を与えておったのじゃ。勝海舟に、こう伝えよ。西には天皇はいない。少なくとも九月の元服まで、名もなき、存在のない天皇だ。ならば、東は先の孝明天皇の義弟であらせられる輪王寺宮を東武天皇として奉じる。無名天皇の総督府そのものを認めない。それが東叡山の回答だと伝えよ」

山岡鉄舟による彰義隊の解散勧告は失敗した。

五月一日、総督府は、正式に勝海舟と西郷隆盛を職務上の権限から外した。同時に彰義隊には江戸市中取締りの任を解いた。再度、武装解除せよ、と通告してきたのだ。

五月三日、奥羽越列藩同盟が締結された。輪王寺宮を東武天皇として奉載して国家の柱にする。その目的のための結成だった。

大村益次郎（長州藩・徴士）が、新政府の軍事局判事（兼、江戸府判事）に着任してきた。大村には、彰義隊と双方が真摯《しんし》に話し合う姿勢などみじんもなかった。東武天皇から総督府が賊軍とされた以上は、いきなり武力行使で彰義隊を討つことに決定したのだ。

榊原はここまでを詳しく語った。

「戦端はもう時間の問題ですか」

日比谷健次郎は訊いた。

「事態が切迫しておる」

榊原は家茂将軍の剣術指南役で、講武所の元教官でもあり、いまは江戸一の剣士と言われている。勝海舟や大村益次郎など講武所時代の同僚である。

「総督府のあせりですか」

「当然のあせりだろう。この国に、二人の天皇ができた。すぐに東武天皇を壊滅してしまう作戦だ。……山岡鉄舟を介し、執当職《しっとう》にある覚王院義観に説諭したが、虚勢を張って聞き入れてくれなかった。もう和議が不可能、という体裁がととのえられた。総督府から五月十五日に攻撃として最終通牒《つうちょう》がだされるだろう」

と聞いて健次郎の視線が、道場の窓の外にながれた。戦争で、金銀珠玉《しゅぎょく》の寺院が砲煙につつまれるのか。彰義隊が敗ければ、重要な財宝が燃えて、灰塵《かいじん》になってしまう。

「新政府には表の顔と裏の顔がある。表向きは彰義隊の壊滅だが、裏の顔は輪王寺宮をつぶす、狙いはそこにあると想像できます」

「日比谷どのの言うとおりだ。本音はそこにある。攻撃は五月十五日が濃厚だ。彰義隊と奥羽越列藩が手を取り、輪王寺宮様を天皇にして挙兵するまえに、叩くつもりだろう」

「この連日の長雨のなかでも、彰義隊の壊滅作戦が強行されるとお思いですか」

「まちがいない。日比谷どの、ここからはお主《ぬし》との相談になる。戦争が勃発《ぼっぱつ》し、東武天皇の皇族の輪王寺宮様が罪なく命を失くされたら、それはお気の毒というもの。宮様救出の道筋をつけてさしあげる。そこでお主に手を貸してもらいたい」

「東武天皇を総督府に渡すためでござるか」

「それはちがう。宮様が東叡山から脱出されたあと、生まれ育った京都に行かれるか、東武天皇と奉じる奥州に政治的な立場で行かれるか、それはご本人の判断だ。拙者は個人として崇拝する宮様のお命を守護申しあげる。その一点につきる」

健次郎は腕を組み思案していた。政争に巻き込まれる。これをどう判断するか。

「実はな。家茂将軍の正室の和宮様から、直々に、輪王寺宮を救出してほしい、と頼まれた。その前に、彰義隊との戦争を察知された和宮様が、奥女中を介して、総督府に懇願しても、たってここに及んで輪王寺宮の命だけを特別扱いにできない、と袖にされたらしい」

榊原の目が道場の正面上段の、『征夷大将軍家茂公』と毛筆で大書した額と、家茂の木像に流れた。じっと見つめていた。

「和宮様は、二十歳にして夫君の家茂将軍を大阪城で亡くされた。公武合体で、どれだけ多くの反対を受けて結婚されたことか。それでも、とても仲の良いご夫婦だった。死に目にも会えない。和宮様の失意と悲しみの目を、拙者は知っておる。『おなじ宮家の輪王寺宮の命を助けてあげてください』という眼は濡れていた。拙者は火の中に飛び込んでも、輪王寺宮を助けようと思った。日比谷どの、この気持ちをわかってくれぬか」

「わかりました。和宮様の気持ちを最大限に汲んで、味方してさしあげましょう。輪王寺宮の救出には、協力させて頂きます」

健次郎の脳裏にはすぐさま上野、浅草、三河島などの地形図が広げられた。

「きょうは、良い人物が道場に訪ねてきてくれたものだ。北辰一刀流の免許皆伝で、敏捷《びんしょう》なお主ならば期待できる。お玉が池の道場にも長く通って、上野界隈《かいわい》の地理勘も確かだろう」

「双方の戦力は？」

「数だけで言えば、総督府が約一万五千人、彰義隊が四千人。広大な上野山だから、戦う場所として狭くない」

「江戸市中の市街戦にならず、上野山で勝敗が決まる、と榊原どのは考えておられるのですか」

「戦いはやってみないとわからない。拙者は彰義隊の隊員でも、参謀でもない。当座の戦場をすばやく読み取る。それに尽きる」

「かしこまりました。わたしは千葉道場に通う若いころ、湯屋のオヤジの言いつけで、薪を拾いに東叡山によく入ったものです。とてつもなく広い敷地のなかで、約二万人が戦う。宮様を救出する作戦は、蝶々の大群から、一羽の美しい蝶を得るよりも難儀に思えますが。如何でござるか」

「宮様の顔は知らなくても、高僧の法衣でわかる」

榊原鍵吉は彰義隊と縁を持っていない。戦火でも、寛永寺の境内に入らず、あくまでも寺門の外で待つ、と強調していた。

「もうひとつお伺いいたします。覚王院義観が輪王寺宮様を楯《たて》にして、総督府の官兵と最後まで戦う玉砕《ぎょくさい》作戦にでたら、これまた救出は難儀でござる」

「作戦として、寛永寺の中に宮様を特別に護衛する寺侍《てらざむらい》が十数人ほどおる。戦況が悪化すれば、寺侍たちに東叡山寛永寺から極秘で、寺外《そと》に連れだしてもらう。拙者が事前に、寺侍と内通しておく」

寺侍の身分は低いが、徳川幕府の中でも、特別に選ばれた剣の達人たちである。いまの時代でいえば、大統領、王室、貴賓の警護をうけもつシークレットサービスである。

宮様の護衛頭（寺侍のリーダー）は麻生将監《あそうしょうげん》である。麻生は、緊急時にすぐ駆けつけられるように、東叡山にちかい根岸に住まいを構えている。

「寺侍が寛永寺の門外まで、輪王寺宮をお連れ申したら、そこに拙者が待ち構えておる。そして、宮様が最初に逃げ落ちる先は麻生家の住まいとする」

第二の逃亡拠点はどこにするか。

榊原鍵吉と日比谷健次郎の話し合いになってきた。

「ぱっと思いつくのが、村田家の出入り植木職人の門右衛門です。義勇の心がある職人です。段取りをつけます」

「首尾よくたのむ」

「彰義隊がもし敗北すれば、総督府の兵士らは、敗残兵の掃討《そうとう》作戦を行うと思いますが？　この情報はありますか」

「三日間ほど行うらしい。この間は裁判なくしても、射殺、斬首できる、ときめたようだ」

「榊原どの、ここは裏の手をつかわれては……。講武所の教官時代の同僚大村益次郎に面談して、根回しされたら如何ですか。東武天皇として認知するか否かは別として、皇族の宮様に逃亡の猶予の時間を与えず、死に至らしめれば、その責任は大村益次郎にあるぞ、と脅してみる。佐賀藩のアームストロング砲は射程が長い。御本坊に直撃し、輪王寺宮が殺傷を負う可能性がある。午前中は臼砲《きゅうほう》しかつかわない」

健次郎はそう提案した。

「それは妙案だ。射程の短い臼砲ならば、寛永寺の御本堂まで、とどかない。昼までは、アームストロング砲をつかうな、と申し出しよう。問題は宮様の逃げ道だ。北の根岸方面は総督府の兵をおかず、開けておく。四方を全部とりかこんだ壊滅作戦は、『窮鼠猫《きゅうそねこ》を噛《か》む』のたとえから、攻める側も大きな犠牲をだす。それは避けるのが兵法の常道だ。徴士の大村は京都から江戸に来て、わずかな日取りだ。総督府の中で、親身に語れるあいても少ないだろう。拙者が、総司令官の大村益次郎の参謀になってやるか」

榊原が高笑いをしていた。

総督府は西側の雄藩らの戦闘部隊である。半年前まで朝敵だった長州藩の大村益次郎が、江戸に来て、総司令官だと偉そうな顔されたら腹が立つだろう。相談あいての参謀はいないはずだ。

「講武所の教官時代、大村も拙者も変わり者どうしだった。二人は妙に馬が合った。大村は、勝海舟と相性が悪いけれど。拙者とは酒もよく飲んだ仲だ」

という榊原は元将軍ご指南役、講武所の教官仲間、攻撃目標の彰義隊に入っていない、となると大村は会って耳を貸すだろう、と健次郎には理解できた。

「輪王寺宮の逃亡には時間を要する。逃亡者の残党狩りは、当日には行わず、翌十六日の明け方から一斉に行え、と拙者が暗に大村に申し出ておくとするか」

「そこはぜひとも、頑張っていただきたい。逃亡者の残党狩りが、当日と翌日では雲泥の差がでます。翌日ならば、逃亡計画はより緻密《ちみつ》に練ることが可能です」

健次郎の脳裏には、輪王寺宮逃亡の道筋がとっさに幾通りもうかんでくる。

きょうから三河島の村田家に泊まり込み、長雨による田畑の水没、河川の水量、間道の陥没状況、よき隠れ家などを克明に調べてみよう、ときめた。

徳川将軍家のお鷹狩に名を借りた千住・三河島軍事練習は、実に広域だった。雨が降っても戦場と見なす。自然林の多い、お鷹狩の場所も逃亡計画に加えようと決めた。

＊

慶応四（一八六八）年五月十五日の午前七時ころから、総督府軍が正面の黒門《くろもん》、背面の谷中門《やなかもん》から攻撃をしかけてきた。雨の中で、彰義隊との戦闘がはじまった。臼砲（射程の短い大砲）の地響きの音、狙撃兵の小銃の連続音が響く。

午前中は彰義隊の方が優勢だった。昼過ぎて、総督府軍が黒門を突破したことから、形勢が逆転した。境内はすこぶる激戦になり、双方の抜刀隊《ばっとうたい》が入り乱れる。腕が飛び、血肉が散る。

遊び人、鳶《とび》職、商人の倅《せがれ》、お調子者などは彰義隊の見た目の格好よさから屯集していただけに、早ばやと戦意を失くし、満足な防衛の戦いもせず、恐れをなして逃げている。まさに烏合の衆であった。彰義隊の徳川武士の方は意地で、大半が踏みとどまっていた。

御本坊の銅板の瓦には、小銃の弾丸が当たり、激しい音で響きわたっていた。荒々しい音が、しだいに御本坊に襲いかかってくる。

寛永寺の境内には子寺があり、その一つの林光院には四十九歳の住職竹林坊《ちくりんぼう》（光映）がいる。輪王寺宮が最も信頼する僧侶だった。竹林坊は、もはや彰義隊が不利とよみとった。これまで胸をかすめていた敗北の予感が的中した。

ここは危険だと判断した竹林坊は、林光院の霊屋から飛びだした。堂の庇《ひさし》や樹木の枝からも、大粒の雨だれが落ちてくる。

衣を雨で濡らし、かれは輪王寺宮のもとに駆けつけた。御内仏《ごないぶつ》（本尊）の前で、法衣姿の輪王寺宮様が読経をあげていた。

「黒門が破られました、宮様、総督府軍が境内に乱入しております。ただちに、ご本坊からお立ち退きになってくださいませ。三河島方面へ抜け出られる北門へまいりましょう」

竹林坊は、その方角を指す。砲弾や銃声の音が鳴りやまない。ここで詮議する余裕すらなかった。ひたすら、宮様の身辺の安全をお守りするのが第一のつとめだった。

「ひどく激しい音じゃな。竹林坊の申す指図に従うぞ。危険じゃで東叡山には留まれんな」

皇族の輪王寺宮は二十一歳で、美しい顔立ちでも有名だった。聡明で卓識《たくしき》な宮様は迷わず、断を下された。学識は深く、温厚な性格の宮様に接するだけでも、快い気持ちになれる人柄だった。

浄門院（邦仙）、常応院（守慶）の僧侶が、雨具をもって宮様のお側にやってきた。法衣の上に雨具をまとわれ、足袋にワラジを召された。

「火の手もあがりました。われら寺侍が、お守り申し上げます」

宮様の身辺護衛の武士「ご家来衆」らが、御本坊に駆けつけてきた。大小を差す麻生将監をはじめとして、鈴木安芸守、小林右近、安藤直記（清五郎）など心強い顔ぶれであった。ここはおびえてはいられない、ともに行動する。

「わたくしは落ちましょう。世話になります」

宮様のお言葉から、落人《おちうど》の覚悟の一端がよみとれた。

「何としてでも、ご無事にまいりましょう」

竹林坊は輪王寺宮のしなやかなお手をとった。浄門院、常応院も連れ添《そ》う。

「裏手の根岸口から、北側へ脱出します」

先頭は麻生将監で、雨のぬかるみを跳ねながら行く。竹林坊は宮様の手をしっかり握っていた。火薬の臭いがたちこめ、黒煙が森のまわりにただよう。

「われらも、同行いたします」

前評定所の「留役《とめやく》」（現・検察庁事務官）の河野大五郎、お付添え医師の柴田某も陪侍《ばいじ》として参じてくれた。寛永寺の石垣は二段の守りで、二重になっていた。このたびの防衛策の一つとして彰義隊が、あらたに幅三十間にわたる大きな木柵を構えていた。一行はその木柵に阻まれてしまった。

麻生らご家来衆が機敏なる行動で、日本刀で柵の一部を壊し、逃げ口を作った。

「徳川も滅びたからには、もう寛永寺にもどることはありませぬな」

宮様は悲しげに後ろを振り向いた。林光院は応えるすべを失くしていた。

敗戦濃厚とみた彰義隊の兵士らが、三方より大勢して根岸方面への逃げ口にやってくる。

「約束どおり、榊原鍵吉さんがご門の外で待機しております。それに松平康平さん、大江紀さんらもご一緒です」

竹林坊が指して宮様にお教えした。頑丈な寺門の外には、剛毅な榊原らが待ち構える姿があった。

「宮様を、いったん中根岸の麻生将監どのの屋敷へお連れ申す。そこで宮様の着衣を変えて変装していただきます。その段取りはすでに用意しておりますから。参りましょう」

榊原鍵吉は剛毅《ごうき》で、重たげな長い刀を差していた。

「宮様を背負っていただけますか。お足もとが難儀ゆえに」

「それは気づかなかった。失礼つかまつった。宮様、背中にどうぞ」

「わたくしのために、かたじけない」

宮様を背負った榊原鍵吉が、水たまりの坂道を下っていく。雨が目に染みて痛いほど激しい。宮様の周りは、ご家来衆と僧侶がお守りする。

竹林坊はいま逃亡の身ながら、頭の中で歴史をひも解いていた。朝廷と武士が戦った事例はいくつもある。……後醍醐天皇が、鎌倉幕府の追撃をうけて落ちて行った。輪王寺宮様も、同じ境地であろうか。（お痛々しい）竹林坊はこころの底から悲しみに襲われた。

雨の坂道を下ること、中根岸までわずか四町（約四百米）の距離だが、追われる身となると、ずいぶん遠くに感じられてならない。

「執政の覚王院《かくおういん》様が、宮様のお供になっていませぬが？」

榊原鍵吉がふしぎそうに訊いた。最も権限をもつ覚王院義観《ぎかん》はどんなときにも、輪王寺宮から離れない人物だった。それなのに、この逃亡の一行に、覚王院義観の姿がなかったのだ。

竹林坊は黙していた。かたや、昼前に覚王院に面談し、つよく抗議した自分を思いうかべていた。

「覚王院様、今朝から総督府の攻撃がはじまり、三方から大砲が東叡山に雨のごとく撃ち込まれております。このありさまはなんぞや。これまで、彰義隊は強い戦力で、腰抜けの総督府とは戦いにならぬと言い切られておられた。きのうは寛永寺の重要な宝物や経典、位牌などを持ちださなくとも良い、と立ちはだかった。この始末をいかにされましょうぞ」

竹林坊は腹立たしく怒りを投げつけた。

「奥州から、いまに応援がくる」

「何をおっしゃる。きょうにも東叡山の伽藍《がらん》が焼かれて灰になってしまう。責任は重大ですぞ。あなたがこの大惨事を引き起こしたも同然でござる。旧幕臣が、宮様にお会見をしたいと申し出でても、執政のあなたが立ちはだかり、面談すら叶わなかった。罪はここにありますぞ。お解りか」

傲慢《ごうまん》な覚王院が無言になった。独断でいっさいを仕切ってきた覚王院だけに、過去にこんな落ち込んだ姿を見せることはなかった。

「皇族の宮様は、総督府と旧幕府の仲介役として、存在はとても大きかったはずです。慶喜公もみずから宮様に頭を下げて、駿府の総督府まで足を運んでもらいたいと願い出られた。あなたも駿府《すんぷ》まで同伴されたでしょう。彰義隊と総督府の和解には、宮様しかなかった。それを傲慢にもあなた覚王院様が、断ち切られた。その結果がこの有様です。この戦争に仕向けたも、同然ですぞ」

「不覚であった。この罪は独り拙僧にあろう。宮様にお詫びしたい」

「もう、お詫びは遅すぎます」

竹林坊は突き放した。

……先刻、覚王院義観様が本坊で偽装工作をされていた。御紋章、紫縮緬の幕を張り、簾《すだれ》をたらし、輪王寺宮がさも在坊するかのように、体裁を取り繕《つくろ》っている姿であった。総督府の軍勢が来た折りに、その場で宮様にひれ伏す工作であろう。

「そんなことして、なんの役に立とう」

宮様一行が落人になられる。竹林坊はあえて黙然として、それを覚王院に教えなかったのだ。

逃走する山兵、彰義隊などすこぶる多かった。榊原が背負った輪王寺宮のうしろには、蟻が甘いものに集まるように、幾十人、いや百人を越えてつづいている。彰義隊が敗北とみなし、山兵が雪崩《なだれ》てやってきたのだ。

「竹林坊どの、こうもぞろぞろ多人数では、総督府の目につきますぞ。宮様のためにならず」

「榊原さま、策を講じてほしい」

「わかり申した」

榊原鍵吉が輪王寺宮を背負ったまま、中根岸の麻生将監の家に入った。居間で、宮様が学僧の僧衣に着替えはじめた。白木綿の単衣、白羽二重の袷を着る。そして、墨染の衣をまとった。手甲、脚絆に足袋の姿になったところで、榊原鍵吉があらたな助け人がきました、という。

「わしは、三河島の植木屋に出入りする、植木職人の門右衛門です。たのまれて、わが家に案内いたします」

門右衛門は日焼け顔で、三十歳前後に思えた。野外の仕事柄だろう、両手も浅黒かった。

輪王寺宮が高僧の法衣から、学寮《がくりょう》（学僧）のみすぼらしい身なりにおなりになった。

「この網代笠《あじろ》をおかぶりください」

門右衛門が自分のそれを差しだす。

「これでよろしいか」

左手に数珠をかけた宮様が、笠の紐を結んだ。粗末な網代笠だけに、学僧らしく見えてきた。

「宮様と、お付きの僧侶三人だけで、お逃げください。ご家来衆の武士がおりますと目立って、かえって危険です」

榊原の策に、ここは乗った。門右衛門の案内で、輪王寺宮の一行がこっそり麻生家の裏口から抜けでた。一方表口では、ご家来衆の一人が高僧の法衣を着る。榊原が偽装した人物を背負った。麻生将監の家を出たとたんに、かれは勢い良く坂道をかけ下っていく。

「散れ、離れよ。宮様のじゃま立てをするな」

榊原が大声を張りあげる。ご家来衆たちも、そのあとを追う。

「お供をさせてください」

と願いでるものが、あとを絶たない。

「宮様のお許しがでない。みな退散しろ」

榊原がなおも怒鳴りつづけていた。大雨にもかかわらず、砲弾、銃声の響きを背にして、大勢の群れがさらにふくらんでいた。

その後の榊原鍵吉は、なにくわぬ顔で、下谷の道場に帰っていたという。

かたや、案内役の門右衛門の一行は、水没した間道を進んでいた。……、中根岸から三河島まで、五町くらいである。連日の豪雨で、水田も、道路も、陥没している。大川が決壊したのか、と思わせるほど泥水が深いところで膝上、腰上まであった。

草屋根の家屋が、水上に浮かぶような光景がつづいていた。路がまったく見えない。地理勘がないと、とても歩けたものではない。斜め後方をふりかえると、上野山が真っ赤な大火災となっている。強い雨でも、こうも燃えるものなのか。寺院から火の粉が吹き出す、花火のごとく天に飛んでいる。

時折り、堂が爆発し、雷鳴のごとく耳をつんざく。宮様一行の誰もが顔に心痛を浮かべている。

「わしの家はむさ苦しく、狭く窮屈です。穢《けが》れたぼろ屋でございます」

門右衛門が、深刻で無言となった一行に、言葉を向けた。

「かまいませぬ。当座は逃げ落ちる安全な場所が欲しいのです」

竹林坊は応えた。

「女房には武家づとめの経験がねえし、作法もねえ。人前でも平気で赤子に乳を与える女でして。宮様のおもてなしなど、まったくできません。あしからず。なにしろ、急な頼まれごとでして」

門右衛門の眼が浸水の浅いところを選んでいる。両手で水面の浮遊物を左右に押し分けていた。

「そなたに依頼した、出入り先の植木屋の名前は？」

「名前は出さない約束でして。あしからず」

「それなら、植木屋の特徴だけでも、教えてください？」

「三河島には植木屋の大所が三つあります。敷地の広さからだと、二番手だが、造園の技量はまちげえなく江戸一です。もう一つ、特徴は、名工の緒方乾山《おがたかんざん》がむかし素焼きした植木鉢がぎょうさんありましてね。格の高い客筋、たとえば讃岐高松藩の上屋敷、中屋敷の庭園にならぶ盆栽につかわれております」

職人らしく、歯切れがとても良かった。

「緒方乾山といえば、尾形光琳《おがたこうりん》の弟です。皇族の輪王寺宮公寛《こうかん》さまが享保十六（一七三一）年に東叡山に入られたとき、知遇をうけて江戸に移り住まわれた名陶芸家ですね」

「そう聞いております。江戸に来られたが、良い土がねえので、上野山の下で窯を造り、三河島の植木屋相手に植木鉢を造っておったとか。勿体ねえ話じゃないですか。いまは（血縁に関係なく）六代目として、三浦乾也さんなる陶芸家が継いでおります。わしの出入りする植木屋の遠戚らしい」

「さようですか」

「聞いたところ、六代目は茶の名人の井伊直弼大老から、ずいぶん贔屓《ひいき》にされたとか。でも、大老は桜田門外で、水戸浪士に襲われて、いのちを落とされた」

「その暗殺で、徳川家の土台が一日にして傾きました。おそろしい事件でした。こうして東叡山から落ちるのも、桜田門外の変からの歴史の流れです」

「お気の毒と申しておきますか。六代目ですが、この方が鬼才でして、陶芸家なのに、仙台伊達藩で巨大な洋艦を造られたとか。これにはわしもおどろいたものです。もう、しばらくすれば、わしの家です。ご辛抱を。中根岸からこの三河島に真っ直ぐくると、足がつきやすいと思い。念のために迂回しておりますから」

竹林坊はその配慮に礼を言ってから、雨の疎林《そりん》の中にきたので、門右衛門の足を止めさせた。

「宮様、遅くなりましたが、ご昼食をご用意いたしております」

供の浄門院、常応院が背中から荷を下ろし、竹網の包みをひろげた。

「欲しゅうない」

輪王寺宮は首を横にふった。

「お一口でも、食された方がよろしいかと存じます」

食の進まない輪王寺宮が、握り飯に手を伸ばすと、濡れた袖から雨のしずくが落ちた。宮様の美顔の蒼ざめた唇は、握り飯を入れても、寒さから震えており、口はさして動いていなかった。

「その二番手の植木屋は、東叡山の出入り業者ですか」

竹林坊は屋号に拘泥していた。

「それはねえな。聞くところによれば、覚王院の義観さんが袖の下で、業者をお決めなさるとか。腕を競う植木屋とすれば、本意でないと言い、頼まれても断っておる、と女将が言うておったから」

「覚王院はそういう賂《まいない》をなさっておったのか……。けしからぬ」

竹林坊はあらためて怒りが募り、より腹立ちを覚えた。宮様の口が動かないので、ここは追手がくれば危ないと、竹林坊は昼食を早そうに切り上げた。あぜ道は凹凸しており、なおも水面下が、ぬかるんだ道だった。

「植木屋の甥っ子には、お玉が池の千葉道場に通った北辰一刀流の免許皆伝の方がおります。あっ、江戸っ子は口が軽くて、いけねえや。こっちの藁葺きの家屋《いえ》の角を曲がってくだせえ。浸水が腰高まで来ております。ご用心を」

輪王寺宮が不意につまずき、ワラジのために痛みを覚えているようだ。一歩前に進むにも、足もとが上らない様子だった。

（金枝玉葉《きんしぎょくよう》の尊き身でありながら、宮様の惨めな境地をご推測するに、あまりにも痛々しい）

竹林坊が袖を涙で拭った。

「わしの家はここだ」

植木職人の門右衛門の家は実に狭かった。わずか二間で親子が七、八人はおりそうだ。赤子を抱いた女房がおどろきの眼を向けた。その上、赤子が泣きだすし、三歳児くらいの女児が柱の陰に隠れた。

（宮様が落ちた先が、こんな惨めな場所では……）

竹林坊は困惑して言葉を失っていた。付き添い僧侶三人が潜むべき部屋などない。とても収容しきれないだろう、と竹林坊が屋内を見まわしていた。

門右衛門がそれを察知したらしく、

「わしの家がだめなときは、上尾久村の名主の江川佐十郎様方へ、お移りするように、仰せつかっております。いまから、そちらにご案内します」

「上尾久村まで、距離はどのくらいありますか」

「なあに、かれこれ半里（二キロ）もねえです。日光街道の千住大橋よりも近いし」

「近いと申されても、数日の霖雨にて道は水没し、濁って足下が見えず、田畑との境もわからず、徒歩にはすこぶる難儀です」

「わしの足とちがい、宮様には難儀だな。ここは知恵のつかいどころだ。近くの村田家から田舟《たぶね》を借りてきましょう」

「屋号は村田屋ですか」

「あっ、聞かなかったことにしてくだせえ。植木屋の納屋の軒下には、大水のときの職人用に、小さな田舟を何艘もつるしております。いま、ここに引っ張ってきますから、お待ちくだせえ」

小時すると、門右衛門が小舟の舳先の紐を引っ張ってやってきた。三、四人乗りだった。

いつ現われたのか、彰義隊の逃亡者たちがわれ先に、と争って田舟に乗り込む。七、八人の重量に耐えずして沈没した。

「みな降りて、早く降りて」

門右衛門がそれら大勢を一人残らず追い払った。そして、自家の台所から瓶の水をすくう柄杓《ひしゃく》をもちだし、田舟の浸水をかい出していた。

（さあ、どうぞ）

門右衛門が学僧姿の宮様に手を貸す。身分が低い僧が優先して小舟に乗る。勘の良い総督府の密偵がいると、これは輪王寺宮の変装だと気づくかもしれない。皇族の輪王寺宮だから、総督府の密偵がいきなり日本刀で襲いかかる暴挙はなかろう。しかし、なにが起こるかわからぬ。

門右衛門も乗り込み、櫂《かい》で田舟を漕ぎだす。

厄介なことに、彰義隊の逃亡者が田舟のまわりに幾人も付いてくる。かれらの様子からして、輪王寺宮だとわかっているらしい。水没した道なき道でも、輪王寺宮の災難を手助けしたい。そんな想いがよみとれた。このままだと、追手を呼び込むようなものだが、他に策はないのか。

雨の五月半ばは、夕暮れが早く、周辺が薄暗くなってきた。櫂《かい》を漕《こ》ぐ門右衛門は手慣れており、おもったよりも小舟は速くすすむ。船外の徒歩の者が水圧で遅れぎみになっていた。

「ここが江川佐十郎さまの家屋《いえ》でございます」

五十歳代の名主が出てきてていねいに挨拶をする。竹林坊が一晩の隠れ宿の提供を申しでると、承っています、と輪王寺宮一行を母屋の裏手に案内した。そこには土蔵があった。すでに茣蓙《ござ》で仮の奥座敷が用意されている。竹林坊が見たところ、宮様と僧侶三人が足を伸ばせる寝床くらいは取れる空間があった。

「ここならば、ご休息遊ばすことができます」

「よろしければ、母屋でもお貸ししますが、依頼主から、あくまでも隠れ家だと申されましたから」

「ここで結構です。密なる行動ゆえに、出入はされぬように」

竹林坊は名主に礼を言い、そう念をおした。

名主は承知して扉を閉めた。

しばらくすると、周辺の騒々しさが耳についた。竹林坊はそっと屋外に出てみた。見たところ千坪を越える江川佐十郎家の敷地内には、上尾久村の住民を含めて群集が続ぞくとあつまっていた。

（宮様をひと目見たい）

群衆は、遠慮なく、好き勝手に母屋や納屋の扉を開けて、のぞきこんでいる。興味津々《きょうみしんしん》というか、まるで家探しのようだ。裏蔵の扉には、内から突っ支い棒を斜めにあてた。外から扉を叩いて、開けようとする者がいる。

「これではまずい。……。総督府の軍人がいずれ名主の家に、兵糧《ひょうりょう》の米穀の確保や、人夫の徴発のためにやってくるでしょう。ここに長居はできませぬ」

竹林坊は、学僧姿の宮様の考えを聞いた。

「わたくしも、同じ考えじゃ。退散せずば危険であろう。長居はできん」

「宮様におかれましては、大変お疲れとは存じますが、面倒でも、真夜中にここからご退去いたしましょう。いまは身の安全が第一です」

「忙《せわ》しいことじゃ。じゃとて、総督府に捕縛されるは嫌《いや》じゃ」

「ご承諾、ありがとうございます」

五月十五日深夜ころには、砲弾や銃声の音が止んで、真夜中のぶきみな静寂だけが屋外を支配していた。群衆も消えたらしい。ただ、総督府の手の者がどこからか様子を見ていてもふしぎではない。

蔵の外にでた竹林坊が、先刻の田舟を見つけて土蔵の前に引いてきた。

「宮様、名主の家を抜けでます」

常応院（守慶）、常門院が宮様に手を貸して、その身体を田舟にお乗せした。燃える東叡山から焼け焦げた臭いがただよう。そこから遠ざかる方角を選んだ。

多年にわたって住みなれた素晴らしい大伽藍《だいがらん》が、いま火焔につつまれて焼けている。雨の闇の水面だが、大火災が赤々と映る。そのうえ、顔を照らす。皮肉にも、闇の中の明かりとなっていた。

雨はなおも降りつづき、視界が悪い。衣が不快に濡れる。さすがに空腹で腹が鳴る。全身を気怠《けだる》さが襲うが、僧侶は交代で櫂を漕ぎつづける。

宮様のお顔をうかがうと、東叡山の猛火の火焔を凝視しておられた。きのうまで黄金や朱玉で飾った豪華で美しい建物が燃えている。宮様は落涙《らくるい》遊ばされているようだ。

「追懐《ついかい》するほどに、なげきの涙がでてきてなりませぬ。東叡山の炎で、みな灰塵《かいじん》になるほどに、よき想い出までも焼かれて無念じゃ」

輪王寺宮の嗚咽《おえつ》が僧侶たちの耳にとどいていた。

（お気の毒な、御心中をご察し申し上げます）

他の二人の僧侶も、頭を垂れたまま無言だった。

東叡山の火災からすこしでも離れる方角へと進む。漕げども、思いのほか遠ざからず、漕いでも、漕いでも、なれぬ手では一町、二町ていどだった。夜はしだいに更けてくる。

（宿る家さえ定まらず、まさに前途はいかに）

やがて田舟を岸辺につける。そこには農家があった。

「山内《さんない》の僧侶です。焼きだされた者です。一夜の宿を借りたい」

と切に乞うても、

「別にあたってくれ。うちはダメじゃ。二間で、祖父母、孫まで、十三人が住んでおる。一人の余地もない」

さらに二軒目、三軒目の民家の戸をたたいた。

「関わりたくないだ」

いずこも、すげなく断られた。いかんせん策がない。竹林坊は材木が高く積まれた場所で、田舟を止めさせた。宿も取れない四人は角材の上に腰かけて、いずれも茫然《ぼうぜん》としていた。濡れたからだが震える。追手に捕まるのか。だれもがその恐怖で顔がこわばっていた。

「お手助けいたします」

手拭いを被った町人風体の男が、敏捷《びんしょう》に忍びやかに近づいてきた。闇に染まる濃紺の着物を尻っからげにして、脚には股引《ももひき》をはいている。

「卿《きょう》さまらの一行を最初より、一部始終、見届けておりました。ただいま、お宿をご案内いたします。お出でなさいまし」

男の声は低いがキビキビした口調だった。

「そなたは誰か。名乗られよ」

「名乗るほどの者ではありませぬ。吾《われ》は賤《いや》しき身分のものです。こちらの方角に参りましょう」

頬被りの顔はしっかり確認できないけれど、目鼻立ちの引き締まった容貌に思える。

「さあ、どうぞ」

男は右手を田舟にさしむける。

「町人とは思えぬ身のこなし。罠《わな》かもしれぬ。手拭いで髷《まげ》を隠しておられる。身分を明かされよ」

常応院が詰問の口調になった。頭髪を見れば、商人の髷か、武士か、およその見当はつく。竹林坊も同じような警戒の目をむけていた。

寛永寺を脱出してから一部始終を見ていたことが事実ならば、公儀隠密のように、特別に鍛錬された、強靭《きょうじん》な精神力がある武士にちがいない。

「いのちにかけても、お付添いいたします。ご安心ください」

男は名を明かさず、断然と言い放つのみであった。

「見た目は町人のようだが、総督府の手のものか」

「吾のご詮索《せんさく》よりも、まずは身の安全を図ることでしょう。この材木置き場にいれば、やがて追手がきて、難なく発見されてしまいます。この近くに、よき隠れ家があります。ご案内いたします。一同の草鞋《わらじ》はもう朽ちておられるでしょう。田舟のなかで、穿《は》きかえてください」

男が新品の草履を四人分さし出す。

「夢か幻か。そなたを信じてみよう」

一行は濡れた足袋《たび》に、草鞋の紐を結んだ。

町人姿の男は、船先の紐を引っ張る。水の中を行く。腕力は強い。とても町人の技とは思えない。

近ごろは豪農・豪商の子弟が剣術も習っているが、そうした剣士だろうか。

ある農家の敷地に入った。母屋の裏手に回り込み、納屋の前で止まった。

「ここで一時、お隠れ下さいませ」

四人は田舟から降りた。

案内された納屋は穢《きたな》くて狭い。座敷すらない。農具、肥桶《こえおけ》、藁《わら》などが混在する。不潔さ、むさ苦しさ、肥桶のひどい悪臭が鼻につく。なんとも言葉がなかった。三人の僧は協議した末に、無言で難色をしめすと、町人風の男は、奥にもう一棟の納屋があるといい、そちらに案内してくれた。納屋風だが九尺ほどの板の間あり、前は三尺の土間であった。宮様が板の間に重そうに腰をかけられた。

「夜が明ければ、総督府の残党狩りが入ります。ひとまず、夜明けまでここに身を置かれたし」

男はいっときの隠れ家だと強調した。この納屋で夜を明かすことに決めた。

宮様は「寒い」と震えている。

「ここは下尾久村の長兵衛と申す家です。卿様は寒気をおぼえられておられるようですから、母屋から布団を借りてきます」

男は布団を二枚取り寄せてきた。その綿が薄くして硬い。そのうえ、垢《あか》が染みて、異臭が鼻を突く。

竹林坊は困惑したが、宮様はその布団に伏せられた。

すっかり夜は更けて午前三時であった。数百の蚊の大群が押し寄せて、絶え間なく血を吸いにくる。宮様は終始、蚊を叩いており、すこしも眠りにつけないようだ。

（ご災難つづきで、いかにご困難にあらされても、油断なく、輪王寺宮を護衛することにつきる）

そこに気持ちを持っていった。

翌十六日の早朝だった。竹林坊は場所確認で戸外に出てみた。母屋を正面にして盛り土の小丘に、この草屋根の納屋があった。四方が荒壁塗りで、東側は二尺（約六十センチ）のちいさな引き窓がある。この窓を閉じていたから、真っ暗闇になっていたのだ。一行は農具と肥桶の側で一睡していたのだとわかった。母屋をみると、極貧の農家だ。食事にはありつけないだろう。空腹のまま、宮様をいかに過ごさせればよいのか。一行四人は井戸の側にて、手を洗い、口を漱《すす》いで身を清めた。

「お握《にぎ》りをお持ちしただ。さっき名主の江川佐十郎さまの手の者が来て、お米が届いただ。さっそく釜で炊いて、お握りにして、塩をつけてきただ」

竹林坊の視線が、家主の長兵衛の薄汚れた身形《みなり》に流れた。骨と皮膚だけのような細身で、極貧の小作農だと知れる。十指だけはゴツゴツと太い。握りを乗せた器すらも、かなり不潔な感じである。

「案内してきた町人風の男は名乗らなかったが、いずこのものか」

竹林坊が訊いた。

「さあ？　尾久の者じゃないだ。夜明け前にやって来て、名主の江川佐十郎様と関係がある口振りだったから、納屋を貸した。わが家は貧乏で、米穀などないし。案じておったら、名主の江川様から、お米がとどいただ」

米粒は盆暮れに食べるくらいだ、とつけ加えた。

「そなたは、三河島の植木屋村田家と関係があるのか」

「ないだ。植木職人のように手に職があれば、少しはましな暮らしもできるが、わしは水呑み百姓だ。こんな身形で、大名屋敷のお庭などには入れてくれん」

「さようですか」

「うちには、味噌はあるから、カカアがみそ汁を作っているだ。いまお持ちします」

薄汚い長兵衛は、いちど母屋に引き返した。汚い木椀から、味噌の臭いがただよう。

糞尿の臭いのなかで、宮様は手にしたお結《むす》びを一口、二口と召し上がられる。よほど空腹だったのか、とても美味しそうな表情になった。

「わたくしは、かように美味なる結びを食すは初めてじゃ。この味は生涯忘られぬものとなろうぞ」

小銃の音が響いた。納屋の小窓より外をのぞき見た。

東叡山の僧侶や彰義隊の隊士とおぼしき者が、種々の物品を携え、周章《しゅうしょう》して、東西に駆けだす光景があった。小銃をもった兵士らが追う。緊迫した光景だ。響く銃声の数は計り知れない。

「朝から、彰義隊の残党狩りがはじまったようです。ここも危ない」

ふたたび、小窓から見れば、総督府の兵士は増えて、軍旗をもった膨大な数の兵が行きかう。

家主の長兵衛が、納屋にやってきた。……総督府の軍人が、鉄砲を放ち、逃亡中の彰義隊員を射殺しておる。残党が潜伏する疑いのある家々は、容赦なく、踏み込み、梁と床下の差別なく槍で突いておる。聞こえる銃声は、そのためだという。もう少し情報をあつめてくると言い、家主は立ち去った。

「宮様をいかにして、ご守衛なさるや」

竹林坊は、ビクビクした僧侶たちと顔を見合わせた。妙案などない。恐怖のなかで、重苦しい空気に包まれていた。納屋の戸だけは閉め切っているけれど。なんの役に立とう。

「御免なさい。昨夜の案内人です」

納屋の外から男が呼びかける。その声からして、町人風の男にまちがいない。竹林坊が納屋の戸を内側から開けると、火事装束の男がいた。町の定火消《じょうびけし》のいでたちだ。

（こんなにも敏捷《びんしょう》に着換えられる。並みの男ではない）

「精進鮓《しょうじんすし》の詰め折りを四つ持参しました。昼食に必要かと存じます」

酢の匂いがする。笹に包まれたコハダの寿司だという。

「かたじけない。朝食の米の差し入れやら、昼食の精進鮓やら、あまりある配慮に痛み入り申す」

「気になさらずに。ところで、今朝ほどから、総督府の立札が出ております」

定火消姿の男が口頭で、その説明をはじめた。

『上野山内の屯集《とんしゅう》する賊徒《ぞくと》を討伐《とうばつ》の折り、輪王寺宮、御立ち退きに相成った。行方がさらに相分からずにいる。右、お行方が分かった場合は、早々にも申し出るように、御沙汰いたす』

と「お触れ書き」を口ずさんだ。

「卿様、ここは危険です。早々に立ち退かれた方がよろしいかと存じます。安全な地にご案内申し上げます」

「わかりました。わたくしの身は、そなたに預けよう」

輪王寺宮が逃亡の身支度をはじめた。雨が染みる書き物、手紙、経典など大半を棄てる決意を持たれたようだ。

「卿様の痕跡になりますゆえに、処分いたしましょう」

定火消姿の男が、肥桶の中にそれらを入れてから、棒切れで底に押し沈めていた。

「東叡山の中堂や、諸々の寺院が焼け落ちました。目下のところ下谷の坂本町（現・上野北）へ延焼しつつあります。そこで、卿様ご一行を浅草にご案内いたします」

「浅草とは意外」

「そこまで往来は計りがたいほど、一面が水没しております。これが幸いし、総督府の探索方は浅草に進めておりませぬ。一遇《いちぐう》の逃げ道です」

（この男は何者なのだ？　昨日から一睡もせず、戦禍の類焼の状況、浅草への道筋を調べてきている。昨夜の町人姿から、今朝は火事装束に着換えている。火事装束ならば、火焔の街中を動きまわっても、不自然に思われない）

素晴らしい判断力と言える。

（宮様の逃亡をお手助けし、朝食の段取り、昼食の寿司を入手している。機敏な行動からしても、鍛錬された武士にちがいない）

一行は定火消姿の男を信用し、急ぎ納屋をでることに決めた。

やがて、総督府の標札《ひょうさつ》が目についた。

『上野で打ち洩《も》らした賊徒《ぞくと》は、掃討《そうとう》するべし。各藩の持ち場において、精々《せいぜい》（念入りに）吟味《ぎんみ》し、残党たるあやしき者と認めれば、訊問《じんもん》に及ばず、ただちに斬殺《ざんさつ》するべし』

それは見つけしだい裁判もかけず、打ち首だという御達しだった。

尾久から浅草への道は歩くには深く水没していた。うっかりすれば背丈まである。しかし、腰高以下の道筋には、笹を立て、紙を結んで目標物としている。

一行は、揺れる木の葉にも、追手が木陰に潜んでいるのではないかと警戒していた。だれもが心の中には晴れ間などない表情だった。

三ノ輪より太郎稲荷の脇にでてきた。稲荷の祠の前で立ち止った。定火消姿の男が忍ばせる小刀で、孟宗竹《もうそうだけ》を伐り、背丈ほどの杖《つえ》を器用に拵《こしら》えた。それは、宮様に捧げられた。

「痛み入る。これでずっと運びやすくなろうぞ」

学僧姿の宮様は微笑み、杖を突きながら水没の道を進む。

行く手には目印の竹と紙が効率よく、無駄なく、立っていた。それもやや傾ける工夫などをしている。それ自体は「祭りの笹のしめ飾り」が乱雑に、道端に刺されている感じだった。一見すれば、雨に濡れた古い注連紙《しめし》が笹にからみついている感じだ。ひと月ほど前の浅草祭事に使われた笹の残物に見える。巧妙に目印が工夫されていた。

一行は、定火消姿の男に案内されて、人通りのない間道を進む。尾久《おぐ》、箕輪《みのわ》、浅草などの地理に精通しているようだ。無人の間道を通り、建物の陰を利用しながら、用心深く進む。

途中で、酢飯の昼食をとった。そこから一刻（二時間）ほど経った。

「浅草に入りました」

「さようですか。この浅草には末寺の薬王山東光院があります。住職は、（竹林坊の）法類に当たります。そこに匿《かく》ってもらいましょう」

「薬王山東光院はよく存じています」

浅草合羽橋《かっぱばし》までやってきた。

「私は、これでお役を果たしました」

「学僧の身形《みなり》の方はどなたか、存じているか」

竹林坊が訊いてみた。

「寛永寺の卿様。高僧のお方のおひとりでしょう」

「感づかれておられると思うが、輪王寺宮様です。秘密の名をお告げもうした。ならば、そなたも名乗られたし」

「聞かずとも、解っていました。どうしても、吾の名を申さねばなりませぬか」

「さよう、応えられよ」

「下谷竹町で屋号越前屋と申す、湯屋渡世の佐兵衛です。先祖から七代に渡り、東叡山のお掃除ご用をうけたまわっており、かきあつめた枝葉を頂戴し、薪にして湯屋商売をやっております。そのご恩沢《おんたく》のお返しです」

「あなたの昨日からの行動は、まさに神業です。湯屋とは不可解。ふだん利用している湯屋の越前屋をかたったのであろう」

「正真正銘の湯屋です」

「ここまで縷々《るる》に逃亡の細工ができる、その敏捷さからして剣術師のように高度の技術を持っておられる。神業が湯屋とは信じがたい。村田家の甥っ子、北辰一刀流の剣士ですか」

「お坊さまの書付には、塚谷佐兵衛と記しておいてくださいませ」

「わかり申した。薬王山東光院で書き物をする折、榊原鍵吉、塚谷佐兵衛、門右衛門、江川佐十郎、長兵衛らにより、宮様が東叡山から難を逃れたと記しておきましょう。それで悔《く》いはないですね」

「結構です」

「もうひとつ、若干の金を慰労して遣わしましょう。そなたは生命を投げだし、弾丸をくぐり抜け、これまでお供してくれたのですから」

「滅相もございません。金銭欲しさのためではありませせぬ」

男は両手を伸ばし衝立《ついたて》のごとく拒絶した。

「金もいらぬ、実名も明かさない。まるで狐か狸に化かされた、奇異な気持ちしか残りません」

「卿様のご難儀を見るに耐えがたく、身を挺《てい》して報じました。赤心《せきしん》として、金子《きんす》は私から献上致したいくらいです」

と断じて受け取らなかった男は、浅草の薬王山東光院の前から忽然《こつぜん》と消えた。輪王寺宮一行は、浅草の東光院に一泊をきめた。

長兵衛の家は、明治の土地台帳には「北豊島郡尾久村元下尾久一八八一番地」と記載されていた。輪王寺宮（のちの北白川宮能久親王《きたしらかわみやよしひさしんのう》）は側近に、長兵衛の家で食べた握り飯の美味しさをいつも語っていたという。

＊

格式の高い寺には、護衛団の剣客がいる。かれら寺侍《てらざむらい》は剣の護衛のみならず、事務も執るのである。朝の読経がながれていた。武士姿の加藤治助《じすけ》が頃合いをみていた。提灯の明かりが必要なくなった。加藤家跡取りの加藤謙光《かねみつ》、佐藤家跡取りの佐藤乾信《けんしん》に、さあ、いこうか、と合図した。三人は、内密御用家の力量の見せ場だ、と気持ちをひきしめていた。

総督府の官兵はこの浅草の界隈《かいわい》にも探索を入れるだろう。輪王寺宮が東武天皇になるか、斬殺されるか。正念場である。すべてがこの一日にかかっている。

身だしなみの良い武士姿の三人が、浅草の東光院を訪ねた。水が引かない境内に入り、若い僧に住職を呼んでもらった。庫裏《くり》から住職が袈裟《けさ》姿で現われた。

「寺侍としてお勤めにきました。宮様の護衛に参りました」

加藤治助が一歩前に出て、そう言った。

「どなた様ですか」

老僧は怪訝《けげん》な顔をした。いまひとつ意味が解らない表情だった。

「きのうの風呂屋を名乗った男から、われら三人が引き継ぎにきました。寺侍として、宮様を護衛し、次の場所へお連れ致します。浅草は決して安全な場所ではありません。つきましては、こちらの東光院さんの寺侍のお名前を貸していただけませんか」

理解に苦しむ顔の住職が、竹林坊《ちくりんぼう》なる僧侶を呼びだしてきた。治助はやや早口で、村田家の出入植木職人の門右衛門、商人、火消装束の男の足どりを語った。そのうえで、こう説明した。

「きのうまで浅草界隈は沈没し、大川との境目も見えず、官兵は近づけませんでした。もはや水が引いてきました。早めの移動とお仕度を。お望みの場所までご案内いたします」

「信じてよろしいのですね。市ヶ谷の自證院《じしょういん》まで、宮様をご案内してください。いま最も信頼がおけるのが自證院の住職です。私もいっしょに参ります」

ほかの僧侶（浄門院、常応院）は二時間後の出発とした。

加藤治助が、もういちど寺侍の名まえを貸してほしいと申しでた。

「意味がわかりました。この寺の剣客伊庭軍兵衛《いばぐんべえ》をおつかいください。このものは彰義隊の支援に行って、いまだ戦いからもどってきていません」

住職はやっと信頼してくれた表情になった。

「では、私が伊庭軍兵衛を名乗りましょう」

加藤治助はすべて自分が仕切ることに決めていた。

東光院の本堂から、ここで一泊した輪王寺宮が学僧姿で出てきた。数珠《じゅず》と杖をもっていた。理知的な好男子の顔だと、治助は魅せられた。

「宮様、さあ参りましょう。私は伊庭軍兵衛です」

「おたのみ申します」

慶応四年五月十七日四ッ（午前十時）頃だった。

東光院の門から、笠を被る五人が出てきた。先頭から伊庭軍兵衛（治助）、輪王寺宮（学僧）、竹林坊（光映）、加島新之丞《しんのじょう》（加藤謙光）、疋田《ひきた》次郎（佐藤乾信）の縦隊であった。

この浅草東光院はその後、官兵に輪王寺宮を匿《かくま》ったことが知れて数々の圧迫を受けている。

伊庭軍兵衛はちらっと真後ろの宮様を見た。目に眩しさを感じた。その視線を前方にもどすと、太陽がまだ濡れた路面の水面で光っている。泥水の足もとは滑りやすい。

「道順を申し上げます。上野山を北に迂回するのは、検問も厳しく、強い嫌疑をうける怖れがあります。高僧の宮様の顔は、凡兵には知られていないでしょう。大胆でありますが、上野山下を通り、本郷より、小石川の水戸家邸まえ、そしてお濠に沿って市ヶ谷にまいります」

「よろしう、おたのみします」

「宮様は宮言葉ですから、耳が聞こえない、口が利けない真似をしてください。竹林坊さんはひたすら合掌につとめてください。加島新之丞は気が短いから官兵の挑発に乗らず、刀の柄《つか》に手をおかぬこと。最後尾の疋田次郎は追手がきたら、かるく口笛を鳴らせ。宮様と竹林坊さんは、口笛が聴こえましたら、ひときわ大きな声で読経を挙げてください」

伊庭軍兵衛が、そのように簡略に指示した。

向かう上野の方角には、戦禍から二日も経ったにもかかわらず、なおも仏舎の火災がおさまらず、煙がたな引いて青空を汚している。焼けた悪臭がただよう。大砲・小銃の火薬がにおう。死体が散乱している。足下にも死体が転がっている。治助は四十歳代にして初めてみる惨《むご》い光景だった。

西軍が小隊ごとに検問をおこなっている。ほぼ十人前後だ。怪しまれたら、問答無用で殺される。

「どこの僧侶だ」

「泉岳寺です。浅野さまの菩提寺です」

伊庭軍兵衛が用意していた、忠臣蔵に出てくる寺名だった。相手も知っている方がよかろう、と考えていたのだ。

「浅野家か。官軍側だな。よし、通れ。待て、来た道は泉岳寺と方角が逆だ。本当はどこの僧侶だ」

「いま申しましたように、泉岳寺です。浅草東光院に仏事の応援ででかけていたところ、突然、この戦争です。二日間は帰れませんでした」

「僧侶の顔をみせろ」

官兵が強引に宮様の笠をもちあげた。

「若そうだな。名まえは？　……耳が聞こえないのか。次の坊主は胡散臭《うさんくさ》いが、手配書と年齢がちがう。通れ」

上野山の象徴だった黒門が焼け焦げていた。

蓮の葉が緑色の不忍池《しのばずのいけ》が見えてきた。池の縁の、料理茶屋の横を通る。若い者どうしが斬り合って死んだままだ。武士の四肢《からだ》がバラバラで、肉片が飛び散っている。刀や鉄砲が無造作に転がっている。

死にもの狂いで戦ったのだろう。苦しんで死んだ顔ばかりだ。髷《まげ》が崩れ、顔が割られた遺体も多い。殺気がなおもただよう空気を感じさせた。

水田のように泥水が踝《くるぶし》まである。血の色だ。歩けば歩くほど、足袋が血と泥で汚れる。五月の日差しが強い。自分のからだが汗臭い。家のまえに坐り込んで、泣きわめいている若い女がいる。老婆が当り散らしている。家財道具が放り出されている。

官兵のひとりが両手をひろげて止めた。

「寺僧の供頭でございます。伊庭軍兵衛です」

毎回、恭《うやうや》しく低頭する。相手は気が立っているし、怒らせないことだ。

「寺侍は徳川の手のものだろう」

こうした検問では、輪王寺宮と竹林坊がひたすら読経をあげている。

「江戸の侍のだれもが、彰義隊ではござらぬ。城勤めでもなく、寺づとめでござる」

「それもそうだ。通れ」

盗賊も多い。みるからに旗本だと思える死体の袂から財布を物色している。

神田川の側も、官兵の数は減らない。

冠木門《かぶきもん》を構えている屋敷があるが、なかは荒れていた。小大名の上屋敷には門番もおらず、まるで空屋敷だ。逃げ込んだ彰義隊員が路地に追い詰められて捕まっている。いきなり斬首《ざんしゅ》だった。

（殺戮《さつりく》を見た宮様の足がすくんで動けなくなると、こまる）

「得体のしれない坊主と侍の集団だ。調べてみるか」

「くだらねえ。止めておけよ。賊軍は北に逃げているんだ。南にくるものか。真面目にやるほど、くたびれるだけだ」

風呂敷を背負った男が逃げていく。官兵はそちらに気を取られている。

神田川の水際の船宿がつづく。満ち潮のにおいがする。軍旗からわかる九州の藩兵たちが、米蔵を荒らしている。老舗の呉服屋は戸を閉めている。その前で検問に引っかかった。

「こいつは、寛永寺の坊主かもしれないぞ。容赦なく殺してしまうか。お裁きなしで、三日間は死罪にできるんだ」

「おまえは血のめぐりが悪いな。坊主を一人ふたり余分に殺しても、手柄にはなるまい。三途の川をわたるときに、言い訳が多くなるぞ」

伊庭軍兵衛の視野のなかに、戦死体がほとんどなくなった。その分、検問の兵士らは、こんなところに彰義隊が来るはずがないと、手持ちぶさたの顔である。義務で立つ、というよりも、まったくやる気がない態度だった。

小石川の水戸家を過ぎると、大名たちの参勤交代がなくなり、おおきな屋敷も空洞に思えた。

「手筈どおりに、事はうまく運んだかな」

加藤治助たちは、宮様を自證院《じしょういん》におくりとどけた。

宮様と竹林坊からの感謝のことばを背にして、加藤治助たちは品川、神奈川、横浜へと向かった。武士の格好で、とても武蔵国足立の方向には行けない。

「名が残りませんね」

「内密御用家はこれでいいんだ。宮様は松平太郎さんたちに引き継がれて、新しい天皇として奥州で立ち上がるのだ」

加藤治助は徳川政権の次なる社会に期待していた。

＊

市ヶ谷の自證院《じしょういん》へと入った輪王寺宮はご滞在中、表向きは同寺の徒弟《じゅうてい》に徹していた。粗末な机に古びた経巻《きょうかん》をのせ、座布団も使わず勉学していた。

元評定所の留役が画策《かくさく》し、軍艦提督の榎本武揚に交渉し、奥州への脱走を図った。鉄砲州船松町二丁目には、回漕業《かいそうぎょう》の「松坂屋」がある。屋主の星野長兵衛には義気《ぎき》があり、極秘に手を貸した。五月二十五日の夕刻、宮様一同は松坂屋の裏手から伝馬船をつかって、首尾よく長鯨艦《ちょうげいかん》に乗り込んだ。総督府が目の色を変えて、京都に連れ戻そうとする皇族の輪王寺宮能久《よしひさ》は、奥州に向かったのだ。

当時のアメリカ公使は「いま日本には二人の帝《みかど》がいる。現在、北方の政権の方が優勢である」と伝えている。ニューヨークタイムスの一八六八年十月十八日に、「北部日本は新たなミカドを擁立した」と報じている。

奥羽越列藩が輪王寺宮を擁《よう》し、東武天皇に推戴《すいたい》した。「延壽《えんじゅ》」元年という史料も現存する。

戊辰戦争は一般にいわれている新政府と旧幕府軍の戦いでなく、南北朝の戦乱時代のように、東西朝という国家分断の戦いだったのである。

第10章　深夜の怪しい賊

戊辰戦争のさなかに、輪王寺宮が新しい帝《みかど》として即位し、「東武天皇」と称して、元号を「延壽《えんじゅ》」とした。延壽元（一八六八）年が一般にも広くつかわれはじめていた。

仙台藩がやがて延壽元年八月に激戦つづきの駒ケ嶺《こまみね》の戦い、旗巻峠《はたまきとうげ》の戦いで、新政府軍に敗北した。奥羽越列藩《おううえつれっぱん》同盟のなかには和睦《わぼく》の意見が台頭してきた。輪王寺宮はみずからの意志で九月七日に新政府に帰順《きじゅん》すると決定した。ここに東武天皇が元号を定めた「延壽」は九月七日で終了したのである。同年九月八日から一世一元をもって「明治」に改元された。

奥羽越列藩同盟は敗戦つづきで米沢藩、仙台藩、棚倉《たなくら》藩、同月二十二日には会津藩までもが降伏した。輪王寺宮は伊賀上野《いがうえの》藩の藤堂《とうどう》和泉守の兵一大隊に警護《けいご》され、十月十二日に仙台を出発した。そして、十一月二日には御輿《みこし》にのった輪王寺宮が千住宿の玄長寺の境内に到着した。元天皇の高貴な扱いであった。晩秋の風が、木々の葉を吹き飛ばし、裸木にしているさなかだった。

千住宿の玄長寺の警備は厳重だった。寺門の外には農民、町民を問わず人が集まりはじめた。日比谷健次郎は寺門の外の茶屋で、参拝者を装って境内のようすを見ていた。輪王寺宮の前途を気づかい、健次郎の心は休まらなかった。輪王寺宮はどうなるのか、と気をもんでいた。

「東叡山の寺院が大砲で燃える危ないなか、宮様はよう逃げられ申したな。奇跡じゃった」

「輪王寺宮様が殺されなくて、本当によかったな。私らの心の支えだった人だ」

「宮様は気の毒じゃ。江戸に侵攻してきた西軍に捕まってしまった。京都に、天皇を名乗った罪人として、しょっ引かれるらしいぜ」

参道にあつまった大勢は、ここぞこそ語り合う。町人たちのあわれむ声が聞こえる。

「戦争は勝てば官軍じゃのう。延壽の元号はもう使うな、というお達しが出たらしいな」

「それはおかしいな。慶応四年の初め、京都の睦仁《むつひと》親王が若年で元服できず、天皇になられておらない。だから、輪王寺宮が東武天皇になった。別に問題なかろう」

大店の主らしい人物が博学ぶりを発揮していた。

「そもそも、西の雄藩は、慶喜公が大政奉還しておるのに、三百人余りが江戸や関東に騒擾《そうじょう》（略奪、強奪、二の丸放火）を起こし、わしら住民を恐怖のどん底に陥れた。かわら版にも書いておったぞ。京都に正式な天皇がいないのに、西軍は勝手に官軍をかたり、江戸や飯能、奥州まで攻めてきた、と」

「官軍って、偽物かい」

「滅相なことは言えないぞ。怖い奴らだからな」

そうした民の声を、健次郎はひたすら無言で聞いていた。

文久三年「八月十八日の変」のあと、孝明天皇は長州藩・毛利家が勅書《ちょくしょ》や詔書《しょうしょ》を乱発していたから、『これまでのものはすべて無効』とした事実がある。

睦仁親王が明治天皇に即位《そくい》したのは慶応四年八月二十七日、大嘗祭《だいじょうさい》は十一月十八日である。

孝明天皇の弁を借りれば、慶応四年八月二十七日に睦仁親王が天皇に即位するまで、摂政・関白が廃止されているし、「明治天皇」の存在はなかったのだ。『明治天皇が即位するまで、「明治天皇の証書、勅書」などはすべてが無効になる』。それなのに、この間に、慶喜追討令、東征令などを乱発し、官軍と称して江戸攻撃や奥州戦争をおこなってきたのだ。

さらに厳密に解釈すれば、同年九月七日に東武天皇が退位する一方で、八月二十七日に明治天皇が即位した、この十二日間は、わが国に二人の天皇が存在したことになる。わずかな日数とはいえ、東西朝時代があったのである。

「この先は、ずる賢い奴らの国になるのかな。世も末じゃ……」

「寛永寺でいっさいを仕切っていた覚王院義観が東北で捕縛されて、囚人用の唐丸駕籠《とうまるかご》に押し込められ、東京《とうけい》に帰ってきた。伝馬町の牢屋に入れられるらしい」

ほかの見物者からも、小声のうわさ話しが聞こえた。

玄長寺の境内がざわめいた。宮様が神輿でなく、粗末な駕籠に乗せられた。その上、役人が駕籠のまわりを縄でしばっている。宮様が天皇を名乗った罪人だ、と群衆に教えようとしているようだ。

(もう宮様に会うことも叶わないな)

健次郎は胸の中で呟いた。

「輪王寺宮は、京の都で謹慎《きんしん》させられるらしいぜ」

町人たちの会話が流れてきた。

小右衛門新田村《こえもんしんでんむら》に帰ってきた健次郎は、庭に出て木刀を振りはじめた。輪王寺宮の想いが強くて、こころは静まらなかった。

午後から箱崎の加藤治助《じすけ》がやってきた。輪王寺宮の見送りに間に合わなかったと悔やんでいた。

「叔父さん、会われなくて、よかったです。気の毒で、こころが痛みました」

健次郎が千住で見た一連の光景を語った。

「御輿から粗末な籠で荒縄か。口惜しいけれど、敗者の宿命だろう。この先は延壽の時代がきっと消されるだろうな」

治助が切ない表情でそう語った。健次郎はそっとうなずいた。

「一目会いたかった。上野下の数百の死体の間を通り抜ける、あの五人の一行は忘れられないだろう。いや、生涯消えないだろう」

治助は胸の痛みの中で、あの情景を思い浮かべていた。隠密御用家としては、お命はお救いできた。結果が無念だった。健次郎は黙って叔父のこころの奥底をのぞき込んでいた。

「叔父さんは、荒縄の籠を見られなくてよかった……」

「どうかもしれない。江戸がいまや東京《とうけい》になった。睦仁殿下が明治天皇に即位された。『慶応四年を改めて、九月八日より明治元年と為す。今より以降、旧制を革易し、一世一元、もって永式と為す。主者施行せよ』と発布されている。これは慶応と明治の中間に延壽《えんじゅ》という元号を入れないと、明言したものだ」

天皇一代かぎり元号ひとつ『一世一元の制』の下で、いまご存命の輪王寺宮の延壽を認めれば、二つの天皇が争う分断国家を認めたことになる。

しかしながら、慶応、延壽、明治という時代の流れはあったのだ。

「戊辰戦争は、つまるところ、二つの天皇の争いだった。慶喜公は水戸にいてわれ関せずだ。輪王寺宮様は戦禍の中で、日本の将来のために戦われた。これは事実だ。二つの元号の戦争だったと、いつか解ってもらえる」

東征軍でやってきた西側兵士の従軍日記すら、「延壽元年」という日付の記載が現存するくらいだ。二人には未消化の話題だった。叔父は樽屋の仕事があると言い、日比谷家から立ち去った。

一人になってみると、健次郎の脳裏には、玄長寺の境内で粗末な罪人籠に乗せられた輪王寺宮の悲劇がよみがえってきた。そして、いつまでも離れなかった。

村役人からの通報で、浅草と上州の博徒が対立しており、今夜あたり淵江領内で血なまぐさい事件が起きそうだという。

(博徒の喧嘩など、きょうは気が乗らない)

健次郎は斎藤龍太郎がすむ「離れ」とよぶ別棟に向かった。

「博徒の喧嘩が淵江領で起こるような、怪しい気配らしい。剣術修行で道場に泊りこんでいる者ら三十六人を引き連れて、数手に分けて今夜中、見廻ってくれ。家紋の入った提灯をもって」

このところ剣術関係の長期滞在が増えている。幕府の瓦解で参勤交代もなくなり、全国から集まっていた諸藩の在府の藩士がほとんどいなくなった。江戸の各道場は門弟が激減し次つぎに封鎖されている。その影響で、南関東、北関東の道場に流れてきている。三食と夜には酒を提供する。ただ、日比谷家では剣術意欲のない者、質の悪い者は早々に退散させている。

「腕が鳴る。一晩でも、三晩でも巡回します」

「斎藤どのは張り切っておるな」

「これでも剣術には自信があるのです。幕府陸軍に採用されず、腐って武術などやりたくなかった。でも、幼いころから剣術の修業をしてきた身ですし、講武所の師範までやりましたから。健次郎どのが、一個小隊ぶんの人員を任せてくれたので、いきなりやる気が出てきました」

「たのむぞ」

夕暮れには、斎藤が大勢を連れて出かけた。妙に勇ましく思えた。

桶風呂の湯船につかり、入浴後の夕餉《ゆうげ》が終り、書斎に入り、絵柄の入った角形行灯をつけた。女中が十能《じゅうのう》で運んできた炭が長火鉢で赤く燃えていた。漢書を読みはじめた。目から漢文字が入ってくるが、頭脳には留まらず、浮かぶのは千住宿の玄長寺だった。粗末な駕籠に縄をかける役人の手元が妙によみがえってくる。輪王寺宮はいまどんな心境で、京に向かわれているのだろうか。

健次郎は片袖の夜着を背中にかけた。しばらく書を読むが、気持ちが集中しない。息を吹いて行燈を消した。書院の窓には三日月が見えた。無念でむなしい。心がうつろになる。健次郎は庭になにかしら異様な気配を感じた。微かな物音がする。賊が忍び込んだか。緊張をおぼえた。浮浪の夜盗が多くなってきたようだ。人間性を失った殺戮《さつりく》、略奪までも続出している。

襖戸《ふすまと》をそっと開けた。気配からして、一人や二人ではなさそうだ。健次郎は着物のうえに鎖帷子《くさりかたびら》を着用し、羽織をまとうと日本刀を差した。冬枯れの庭に降りた。広葉樹が落葉している。耳を澄ませば、落ち葉を踏む音が微かに聞こえる。単なる盗みで侵入したのか。野盗か。数によって処し方がちがう。踵《きびす》から足袋が夜露に湿ってきた。健次郎は樹影に移動する。

賊の進入路はどこか。裏門は閉まっている。夕刻に確認したが、特別に変わったことはなかった。事前に、なにか仕組んでいたのか。見落としたか。だれか家人が手引きをしたのか。思い当たらない。二千九百坪の敷地をかこむ外溝の堀は三間半（約六米）で、晩秋でも水を張っている。田舟を浮かべて、堀をわたり、塀を越え、庭に忍び込んだものと思われる。それならば、賊は集団だ。健次郎は落ち葉に注意し、自分の足音を消していた。

道場の門弟および警護のものは、館の見回りを数名残して村の騒動で出払っている。

健次郎から十五間（約二七米）ほど離れたところに、三峰神社がある。そのあたりがあやしい。社の脇から黒い影が一人ずつ出てくる。奴らの動きが早い。夜盗ならば、かなり経験が豊富だ。農機具の倉庫や納屋は見向きもしていない。健次郎が後をつけると、賊は酒の蔵造り小屋、備品の倉庫、保管庫、書籍の蔵、さらに甲冑《かっちゅう》など武具蔵も素通りする。高松藩の預り物を収納した特別な土蔵に近づく。防火や盗難防止で最も頑丈な造りだ、土壁の上に漆喰《しっくい》で仕上げている。高松藩に特別に提供した土蔵は、桐箱十二個を搬入する直前、従来の収容物は他に移している。両開き式の扉には、頑丈な錠前がついている。高松藩の忍びの者がその鍵を持ちかえっていて、こちらには鍵はない。約十年間いちども開けたことがない土蔵だ。

（賊は何人いるのか。まず、それを確かめる）

土蔵に近づいたのは三人、いや四人、もうひとりいた。合計五人だ。

（まさか高松藩の者ではなかろうが、相手がだれにせよ、預かり物の桐箱が盗まれると厄介になる）

忍び寄った五人の動きから判断すれば、盗人どうしの集まり、悪事を生業《なりわい》としている連中のようだ。

おおかた入れ墨が腕に入った盗賊集団だろう。

（殺せば、刀に傷つく。峰打ちに留めたい）

見張り役が二人で、脇差《わきざし》を持っているが、身体の動きから、さして使い手ではない。戊辰戦争で、武器は農民、町人まで流れて溢れている。盗賊の手に拳銃があれば、危険だ。五人から反撃があるかもしれない。ざんばら髪でひょうたん顔の男が、錠前に近づいた。千枚通しだろう、それを鍵穴に突っ込んでいる。なにやらガチャガチャやっているわりに、鍵が開かない。

「これは特殊な錠前だ。扱ったことがねえ。むずかしい錠だ」

「青びょうたん。なんとかやれ。錠前師だろう」

力士のような大男が、早くしろと、なんども鍵師の肩を小突いている。

「ここまで来て、手ぶらでは帰れないだろう。口利きの親分に、顔向けができない。礼も払えない。松平太郎が、ここに金座の小判を隠しているんだぞ」

やがて、蔵の両開きが開いた。鍵師をふくめた三人が内部に入った。見張り役が二人して蔵の外に立っていた。健次郎のからだが俊敏に動いた。土蔵まで一直線に駆けた。着くと同時に、見張りの一人を峰打ちにし、もう一人に向かおうとした。

「これでも、喰らえ」坊主頭が早業で、玉子を投げつけてきた。健次郎はさっと身をかわした。玉子が樹木で破裂し、粉が飛び散った。唐辛子《とうがらし》の目つぶしだった。

健次郎は目に激痛をおぼえた。視界がない。不利な状況だ。戦法を変えた。

（奴に、鎖帷子を斬らせよう）

鎖帷子は刀では斬れない。敵が襲いかかり、肩口に強い衝撃をうけた。相手の位置がわかった刹那、健次郎は見張りを峰打ちにした。まだ両目が痛い。

土蔵のなかから、賊たちが次々に出てきた。その気配を感じ取った。一瞬、目を開けると、先頭は巨漢の坊主頭だった。黒い影が体当たりしてきた。目が開けられない。健次郎が気配で横に飛んだ。刀がきた。鎖帷子の腕に激痛が走った。健次郎が切り込むと、巨体の坊主頭が後ろに逃げようとする。木の根に蹴躓《けつまず》いたらしい。足がもつれて倒れたようだ。とっさに刀の柄で、男の腹部を突いた。男は気絶したようだ。

残りの二人が逃げていく足音がする。もはや、それらは放っておいた。

三峰神社の手水鉢《ちょうずばち》で、目を洗った。土蔵にもどると、坊主頭の巨体が片膝をついて、立ち上がりかけていた。健次郎は刀を男の首筋にあてた。

「なんの目的だ。喋らないと、手足が身体から離れるぞ」

「斬らないでくれ。しゃべるから」

「なぜ、この土蔵を狙った。その理由を言え」

男はしゃべりはじめた。

「日比谷家には、十年間一度も開けていない土蔵がある。……箱館戦争から、逃げ帰ってきた者の話しだと、松平太郎が江戸城から百万両を運びだしたらしい。この土蔵に隠していると聞いた。それで狙いにきた」

「……。バカな奴らだ。埋蔵金などない」

このとき、館の見回りが三人やっと駆けつけてきた。

「この賊たちを縛って村役人に渡せ」

そういう健次郎はまだ目の痛みや、身体の痛みから解放されていない。

賊たちが縛られて連れていかれる。それを見届けたあと、健次郎は近くの蔵から灯りを持ってきた。

そして、土蔵が荒らされていないかと、確認に入った。十二個の桐箱は無事である。よく見ると『安政七年春三月』と書かれていた。井伊大老が暗殺された日だ。娘の初節句でもあった。それなのに讃岐高松藩のお殿さまに呼ばれた。日光街道は積もる雪で、踝《くるぶし》を越えていた。

「人間は見てはいけないものは、見てみたいものだな」

土蔵の中で、健次郎は桐箱を開けたい衝動に突き動かされた。その寸前で止まった。

「この木箱は預かり物だ。私の命があるかぎり、開けないという約束だ」

かれは蔵の外に出てきた。両開きの扉を閉めた。落ちている錠前をつかって鍵をかけた。

「賊はどこですか。健次郎、どっちに賊は逃げたのですか」

大声をあげた祖母の美津が、頭に鉢巻をし、長い薙刀《なぎなた》をもってやってきた。つよい意気込みだ。

(まずい。祖母の出番をつくるのを忘れた)

健次郎はその場から逃げだした。

第11章　紅紫の館

木刀を正眼にかまえた。朝鶏《とり》が啼《な》くけれど、静寂な空気である。一瞬の気合で、東空の茜《あかね》色の朝焼け雲を斬る。着物の右肩をぬく健次郎が、構えを変えると、気合とともに多段の帯雲を斜めに斬る。

にぎる愛用の木刀は、年季がはいった艶やかな色で光っていた。

やがて陽光が昇り、樫《かし》の枝葉からやわらかな木もれ日が射しこむ。光線が矢じりのごとく健次郎の眼をねらう。かれの木刀が、立てつづけに光を切った。朝の陽光はおびえたのか、密集した枝葉の裏に消えてしまう。ふたたび太陽が現われると刹那《せつな》、鋭い光線がかれの顔を射す。

「ぬっ、おのれ」

健次郎は一瞬にして、木刀をふる。

斬られた太陽は、やがて欅《けやき》のうえで、やや白けて、その存在感を失っていた。

「けさの鍛練《たんれん》は、ここまでにしておこう」

健次郎は井戸端にあゆみよって着物を脱ぎ、釣瓶《つるべ》で冷水をくみとり、頭から全身にかぶる。うすい湯気が、身体《からだ》から靄《もや》のように立ちのぼった。さらに一杯と釣瓶《つるべ》の紐を下げていく。くみ上げると、身体と心を清めていた。全身の肌から湯気が消えると、健次郎は乾いた手拭いで四肢の水滴をたんねんに拭った。そして、板張りの道場に入り、木刀を片づけてから、茅葺《かやぶ》きの母屋に向かった。

庭の木々の葉が色づき、散りはじめて、土蔵の横の吹きだまりに積もっていた。女中たちが竹箒《たけぼうき》ではく音の数もふえてきた。土間台所の方から、竈《かまど》の煙がたなびいている。その黒い煙が竹林をかすめて消えていく。縁側の石段から廊下にあがり、仏間の黒い塗骨《ぬりぼね》の障子をあけた。

八畳の間だった。黒檀《こくたん》の仏壇の内部は金箔《きんぱく》で、代々の位牌《いはい》がそろってならぶ。鉦《かね》を鳴らした健次郎は、先祖に手をあわせた。禅僧の朝のおつとめのように、しずかに深慮《しんりょ》に入る。日によって思うことも、考えることもちがう。

(徳川時代は総括《そうかつ》されず、過去へと押しやられていく。これで良いのか。ここ十余年は騒乱の世であった。自分は村人を守る一念だった)

先般は会津落城で戊辰の戦いが終り、御一新の時代になった。

今後はどう生きるべきか。乱世のあとの国家繁栄に期待し、新しい道に生きるべきだ。文明進歩に役立つ人間であらねばならぬ)

敗走する旧幕府軍が、陸軍の松平太郎も、土方歳三も蝦夷地《えぞち》に向かったと伝え聞いた。健次郎は、溶《と》けてしまったローソクをあたらしく取り換えた。

(土方の信念は、どこまでも徳川家にたいする忠誠であった)

新撰組の土方歳三がかつて足立に屯所をかまえた。徳川のご恩に命をかけると言い、その後、敗戦で追われる存在になっても土方は耐えて戦っていたようだ。奥州で戦っている分には、徳川家への忠誠もわかる。仙台の松島湾から蝦夷に渡ったとなると、もはや徳川家の忠誠や再興ではない。

(蝦夷地で新しい生き方を見つけたのか。生き方が変わったのか)

それはそれで変化対応で良いことだ。人間はつねに変わることだ。徳川のご恩につくす、という過去のことばに呪縛《じゅばく》されることもなかろう。

(土方、いのちを捨てるなよ)

仏間の窓から陽光が入り込み、部屋があかるくなった。健次郎は仏壇の鉦《かね》を鳴らし、手をあわせた。女中の声で用意されている朝餉《あさげ》を摂った。そして、書斎に入った。

(世がどうあれ、学問は欠かせない)

健次郎は漢学から洋学に目覚め、独学でフランス語をはじめていた。石井貞太郎や松平太郎に刺激されていたのだ。むろん、漢学はおろそかにしていない。

「三浦乾也《みうらけんや》さまがお越しです」

新入りの十八歳の愛想の良い女中が、来客を伝えた。器量よしとは言えないが、麻疹での死の淵からもどった娘だった。

「表の間に通してくれ。酒豪だから、酒蔵から台所に、一斗樽を運んでおいた方が良いぞ。それにことのほか料理好きだ、肴は次つぎ運んだ方が良い」

着流し姿の健次郎は、そちらに移った。

「牢獄の疲れは取れましたか」

障子を開けながら、そう言った。胡坐《あぐら》をかいた四十七歳の三浦乾也は無精髭で、身形《みなり》にかまわない姿だが、丁髷《ちょんまげ》だけはしっかり結っている。

「獄などは、入るものじゃない。蚤《ノミ》と虱《シラミ》に悩まされた。新政府の偉ぶった二十歳そこそこの年若い連中に、わけも分からぬ訊問《じんもん》をうけた」

「難儀でしたね。どんな容疑ですか」

「奥州戦争で、わしが仙台藩と関わった容疑だと言っていた」

三浦乾也は手で髭をなでた。

「乾也さんが仙台藩に鉄山の産業開発の案を提示した、それが仙台藩に関わった嫌疑ですかね」

健次郎が知るかぎりでは、三浦乾也は慶応元年に、仙台藩の内部分裂のとばっちりで改易になっていた。しかし、改易されながらも、三浦乾也はなおも伊達藩に愛着があり、伊達藩主にたいして鉱山開発で財政赤字の解決を図ると良い、外国に売れば、藩収入の改善になると建議していた。

「七月五日、大野安兵衛という役人が、突然訪ねてきた」

そこで、三浦乾也の仙台藩の鉱山開発振興の協力について聞かれた。乾也が全面否定すると、仙台藩に内通した犯罪者として、東京辰《たつ》の口《くち》にある糾問所《きゅうもんじょ》に送られた。そして、投獄されたのだ。

「連行されて、糺問所の白洲《しらす》で取調べをうけた」

「三年、五年は出獄できないと思っていました。新政府には、敗れた伊達仙台藩の戦争協力者に見えたのでしょうね。連日、貞太郎や、家人、松浦武四郎（北海道と名づけた人）さんなどが、赦免《しゃめん》運動を起こしたにせよ、一か月半で解かれるなんて、奇跡です」

健次郎は信じられない顔をしていた。

「わしは文字が書けない、無筆だ。藩主や執政に書簡を送るなどありえないと、押しとおした」

「よく、そんな嘘がつけましたね」

健次郎はおどろくというか、呆れた顔を向けた。

仙台藩の大型洋船の設計から建造、航海までやってのけた乾也だ。鉱山開発までも手掛けている。天文学的な数字も解析できる。記憶も抜群。文字が書けないなど、だれも信じないだろう。

「獄に入れば、だれもが見破れる大嘘が一番じゃ。役人は、文字は書けるはずだと、この仙台反射炉の図面の文字はおまえの文字だろうと、ムキになってくる。怒鳴りつける。いっさい字は書けない。強引に筆を持たされると、文字でなく蛇の絵を画いてやった」

「乾也さんの頭脳は構造がちがう。なみの考えではない」

「人間は面白いものだ。文字の一点に集中させると、毎日の取調べが、書ける、書けないと、同じくり返しだ。肝心な仙台藩との密通の訊問など棚上げだ。絵描きだといえば、なかには、こっそり自分の似顔絵を画いてくれという、そんな元幕府の牢屋役人もいた」

三浦乾也はまさに頑固《がんこ》一徹《いってつ》な鬼才だ。健次郎はひたすら聞き入るだけであった。

「奴らには、調べるべき容疑者はたくさんおるから、わしがもう厄介な相手になったのだろう。八月二十一日に出獄した。先月、浅草の窯に火を入れた。きょうの手土産がわりに焼いてきた」

三浦乾也が小汚い布袋から、掌にのるような小鳥細工の焼き物を取りだす。雀《スズメ》、鷹、鵯《ヒヨドリ》、雲雀《ヒバリ》など、それぞれが微細で、みな魅力ある眼を持っていた。

二人の女中が食膳と酒を運んできた。女中らが、可愛い、と目を輝かせた。

「この目白《メジロ》がいいね。燕《ツバメ》もいいわね」

「どれを持って行ってもええぞ」

「話しの腰を折るから、さっさっと選んでもっていきなさい」

二人の女中は、うきうきと一羽を迷って選びはじめた。

「袋ごと全部貰っていって、台所で、いま居る者で分けなさい」

そう言うと、女中らは袋に詰めて嬉々として下がっていった。

「健次郎どの、わしも生きる知恵がついただろう。小鳥の焼き物で、日比谷家の女中は愛想よくしてくれるはずだ、肴の品も増える。たらふく酒が飲める。そういう計算ができるようになった」

「無造作に、小鳥をたくさん持参してくるとは乾也さんらしい。六代目名工の三浦乾也の陶磁器は、とくに小物は名品です。まあ、一杯目はどうぞ。あとはいつも通り手杓で」

健次郎が徳利を持ちあげた。

「ひと窯で何羽焼いても、同じだ。銀相場に失敗してから、武蔵国で朝から酒を好きなだけ飲ませてもらえるのは、この日比谷家だけじゃ」

一杯目から乾也は徳利と盃をもち、手酌でそそいでいた。こちらからなまじ手をださない方が、乾也の性格に合っているのだ。

「うちの晁《じゅん》とは濃い親戚筋ですし、ご自分の家だと思って、何日でも逗留してください。部屋は幾つもありますし」

「今回は新しい知恵がわきかけた。すぐ帰るかもしれぬ」

「どんな知恵ですか」

「千住小菅で煉瓦を焼きたい。戊辰戦争が終ったいま、西洋の近代化が進むはずだ。煉瓦が建築の花形になる」

「出獄して間もなく、どこから知恵が湧くのですかね。頭の中に特殊な知恵袋が別にあるみたいだ」

健次郎は感心していた。

「わしの頭は雨上りの湧水と同じで、次つぎ噴出してくる。ただ、愚かな頭脳じゃ。銀相場には失敗するし、器用な生き方ができぬ」

乾也が料理のつまみ選びに忙しい目をして、箸を箱膳に伸ばしていた。

（銀相場の失敗で、煉瓦《レンガ》造りは資金あつめで難儀するだろう）

そう思ったが、健次郎は水を差さなかった。だれかしら奇特な支援者が出るかもしれない。乾也の熱意と発想の斬新さ、そして私欲がない性格から。これまでもそうだった。過去には井伊直弼《いいなおすけ》に特別のひいきをうけている。

「晁さんは？」

乾也は箸を食膳の小鉢の茄子《なす》漬に伸ばしていた。

「ここ二日ばかり、実家の加藤家にもどっています」

「夫婦喧嘩か」

「そんなところです」

「夫婦喧嘩は犬も食わぬ、というからな。話題にはならぬな。一杯飲むか」

健次郎はかるく掌を拡げて制した。

「そなたは朝から酒はやらぬ男だったな。日比谷家の田で採れた米は巧《うま》いし、美酒じゃ。この豆腐料理は味付けが巧い」

「伝えておきます。ことしはもう杜氏《とうじ》が酒の蔵に入っています」

「新酒の初蔵出しが楽しみじゃ。健次郎どのは北辰一刀流の免許皆伝だが、刀の時代ではなくなるぞ。この先はどんな生き方をする?」

乾也は無精ひげの口を開いて盃を運んでいた。

「徳川の世でやり残したことがあります」

「どんな未練じゃ」

「実は、わが家の蔵に、讃岐高松藩松平様よりお預かりした箱物があります。これをいかにするか、と思案に暮れています。数日前、蔵に賊が入りまして、追い払いはしましたけれど」

「高松藩のだれから預かった?」

と聞きはするけれども、乾也はさして興味を持っていないようだ。目のまえにあるゴボウと泥鰌《どじょう》の組み合わせ料理に関心が集中していた。

「お殿様、松平頼胤《よりたね》様からです。直々に。特命でお預かりした十二個の桐箱が土蔵の中にあります。返却したいのですが、桜田門外の変の翌年から、松平頼胤さまは国許で蟄居《ちっきょ》を命じられております。連絡も取れず、苦慮しています」

蟄居とは、武家の重い罪で外部といっさい断絶である。

「菊の酢の物は新鮮だ。美味い」

「お酒のお代わりをいたしますか」

女中を呼んだ。斎藤の妻がきた。三十五歳の多美が新たに女中頭になった。お雪が体調を崩し、辞めてしまったのだ。彼女なりに乾也に挨拶をしていた。講武所の方のお世話で、日比谷家の離れの一軒をお借りし、無役のまま、徳川さまが瓦解しましたと、彼女は簡略に説明した。

「川魚はあまり好きじゃない。ここは足立だから、江戸湾から距離があるし。海の魚は無理かな」

乾也は、多美の話しには興味をしめしていなかった。

「今朝、魚売りから、ヒラメを仕入れています。お持ちしましょうか」

「催促したようだな。刺身にするかな。それとも、煮つけもいいかな。迷うな。まかせる」

「任されるのが、いちばん困ります」

「それもそうだ。武士の嫁ははっきりしていてよい」

三浦乾也は喉の奥が見えるほど笑ってから、煮つけに決めた。多美が下っていった。

「長女の名前は、なんと言ったかの」

「志《し》無《ん》です。佐藤家の養女に出しています。佐藤乾信《けんしん》のところです」

「稚児髷《ちごまげ》が可愛かったな。この家に立ち寄ったのは、雛を飾り付けた当日だったかな」

「そうです。ご覧になったとおり、文化・文政の頃から、日比谷家に代々つづく雛飾りです。人形は素朴ですが、屏風絵は狩野派の絵師が描いたようで値打ちものです」

「あの日は昼間からご馳走になり、泥酔して、足がふらついて、雛飾りに倒れこんだ。五人囃子の一体の手が取れてしまった。怒った晁は、大変な剣幕だった」

乾也は笑っていた。

「そんなことがありましたね」

「二月の寒い夕方なのに、追い返された。強い、わがままな嫁だ。亭主として難儀だろう」

「良いところも、たくさんありますから」

「俥次郎どのは気立てが優しい。話しにでた佐藤乾信は元気か。私にはよくわからないが、たしか親戚だな」

「そうです、家内の晁と実の姉弟《あねおとうと》ですから、乾也さんの奥さんからみて……、説明はやめときましょう。乾信は来年から慶応義塾に入る予定です」

「福沢のところか。それもよかろう」

「高松藩から預かった十二個の桐箱のはなしですが、乾也さんはなにかご存じではありませんか」

「知らぬな」

乾也は、酒の味と肴しか関心をしめさず、興味の片鱗すらみせなかった。

「箱の上に書かれた年号の筆跡は、どこか乾也さんの字に似ておるのですが」

「獄中じゃないからな、文字が書けないと嘘は言えぬな。それがわしの字であったら、井伊直弼どのから、家茂《いえもち》将軍に献上《けんじょう》された五段雛人形だ」

「ええっ」

「この日比谷家にきていたとは、数奇《すうき》な運命じゃ。日本一の最上級の雛人形だ、あんな豪華な五段の雛人形は、もう造れないな。井伊大老からわしに、来年の上巳《じょうし》の日（三月三日）は大名と旗本との総登城だから、江戸城に日本一の古今雛を飾ってくれ、と頼まれたものだ」

乾也が盃を舌で舐《な》めて空にしてから、酒をそそぐ。片方で、蜆《シジミ》汁の椀を持って音を立てて飲む。

「知っておろう。紀州藩の慶福《よしとみ》（家茂《いえもち》）か、一橋家の徳川慶喜《よしのぶ》かと、将軍の世継ぎ問題がおきた。はげしく対立した。そこから安政の大獄がおきた。思想犯や攘夷活動家が処罰された。安政の大獄は静まらなかった。家茂将軍は若くて聡明だった。擁立されてから一年が経った。しかし、いまなお慶喜人気はたかい。井伊どのから、家茂将軍の威光《いこう》と権力がかがやく、上巳の雛人形でなければならない、と至上命題だった」

「雛人形は、分業の作業だと聞いていますけれど」

健次郎が訊《き》いた。

「一人で、ぜんぶ造れる人形師はいない。ただ、分業は細部に微妙な不揃いが生じるものだ。だから、請け負ったわしは、神田の、江戸随一の人形師古川長延《ちょうえん》にやらせた。最初から最後まで、一人に作らせたのじゃ。仕様は全部わしがきめた」

人形の一体ずつの寸法、西陣織の織り目、色、顔の表情、官女の小道具も本物そっくりに作らせた。すこしでも違っていたら、最初からやり直させたという。三浦乾也は芸や術に妥協を許せない精神の持ち主だ。陶器ひとつ見ても、常に最上の物を自分に課しているようだ。

「井伊の殿様には、作図を見せたとき、寛政の改革の奢侈《しゃし》禁止令《きんしれい》で、雛人形は高さ制限の八寸だったが、将軍家に献上品だから、高さや派手さなどいっさい制限なし、ときめた」

健次郎は黙って聞き入っていた。

「わしが家紋を如何いたしますか、と訊いた。井伊の殿様は、雛人形は魔除けとして川にながすもの。正室の皇女和宮《かずのみや》様はお優しい性格からして、宮中に伝わった古式行事で、全国の下々までの子どもの魔除けとして大川か、神田川に流すかもしれぬ。雛人形には家紋はいっさい入れないでおこう、ときめられた」

三浦乾也が事細かく仕様をきめた。人形以外の微細な雛の小道具は、乾也が丹念に造った。

人形の胴体は桐の木彫りだった。一般的には脚から胴まで一本の木で作る。体内は藁でつくる。そして、別途に制作した頭部を藁に差し込む。しかし、長延には別の手法をとらせた。胴体の芯の木部と、頭部の差し込み木とは針金でつないでいる。特殊な手間のかかる高度で精巧な造りだった。

「……、上巳の前日に、本丸御殿の白書院に三浦乾也が飾り付けを完成させよ。そして、当日は三浦が一日中、廊下に待機せよ。もし、公方様や大名の方々が、万に一つ、袖で引っかけたりすれば、すぐに対応・修理すること」

人形師は職人（町人）だから江戸城内に入れない。三浦乾也は仙台藩の奉行並だから、城内に入り、据え付けの采配に当たることができた。

安政七年三月朔日、人形師古川長延の仕事場から十二箱の桐箱が、普請奉行配下の役人にひきわたされた。江戸城内の白書院で、三浦乾也は運び入れた普請奉行配下の手先の器用な者五、六人の手をかりて豪華絢爛《ごうかけんらん》に飾った。

上巳の節句は祝日で、拝謁の執行担当は老中、若年寄、奏者番、大目付、目付である。表祐筆《おもてゆうひつ》が作成した「御規式書」が、事前に配付されている。それは乾也の手元にも渡されていた。拝謁する順番は御三家（尾張、紀伊、水戸家）、さらに前田家、越前松平家、井伊家など四位以上の者へとつづく。

こうした厳格な決めごとがあった。

夜が明けて大太鼓が鳴り響いた。御三家からの登城だ。廊下で待機する乾也は緊張をおぼえた。

突然、江戸城内に異常な騒々が湧きあがった。

「いったい、なにが起こったのか」

老中から小坊主、お女中までも廊下を駆けまわっている。ただ騒ぎまわっていた。正確な情報がない。廊下に伏す三浦乾也は、左右を見ているだけで、動けなかった。将軍の謁見《えっけん》が、白書院から黒書院に変わったらしい。表祐筆の松平太郎がやってきた。

「いま、重大な事件が起きました。公方様の思召《おぼしめ》しで、五段人形の拝見が中止になりました。すみやかに人形を箱詰めにして、江戸城から撤去せよ、という指示です」

「私ひとりの手では、城外に運びだせない」

三浦乾也がとっさに応えた。

「さようですね。少々、お待ちください」

松平は速い動きですぐさま戻ってきた。

「これはぜったい口外してはなりませぬ。いま、公方様直々の手のものが、ここにきます」

松平太郎の上司若年寄は将軍に直属している。火急となれば、御広敷番《ごひろしきばん》（御庭番）の伊賀者、甲賀者を動かすことができる。そのくらいの知識は乾也にもあった。

見るからに俊敏《しゅんびん》な男が、六、七人ほど現われた。三浦乾也が、背丈を超える五段にならんだ男雛、女雛、官女《かんじょ》など一体ずつを箱詰めするように指図した。

侍烏帽子《さむらいえぼし》、多段の骨組みも折りたたむ。五人囃子《はやし》、雛道具、かれらは御庭番なのか。勘がよく、実に手ぎわよく、桐箱の中に人形と小道具と飾り物がすべて収容できた。乾也は大混乱の中で、桐箱が行方知れずになり、井伊大老に叱責されないともかぎらない。箱書きに、将軍家献上品と記すのもはばかられた。とっさに『安政七年春三月』と書いておいた。十二個がさっと白書院から消えた。

「その先どこに運ばれたか、わしにはわからなかった。極秘だろうから、と聞きもしなかった。桜田門外の変のあと、井伊家にはそんな余裕すらなかった」

「その表祐筆《おもてゆうひつ》は松平太郎さんですか」

「あとでわかったが、そうだ。貞太郎《さだたろう》とフランス語の村上英俊の塾で一緒になっていた松平どのだった。なにかの出会いで、その奇遇におどろいたものだ。火急のときの動きも俊敏なよい判断ができる。だから、表祐筆から奥祐筆に昇格されておった」

（貞太郎の紹介で、松平太郎に引き合わされた。そして、徳川埋蔵金の一時預かりの場所として、三河島の植木屋村田家を提供した）

健次郎は口まで出かかったが、それは飲み込んだ。

「松平太郎さんがなぜ江戸城から讃岐《さぬき》高松藩に移したのか。その理由はわかりますか」

「井伊家と高松松平家は、時の政権を動かしていた。二人三脚だ。上巳の節句に雛人形を飾り、将軍家の威光をしめす。この発案は高松藩の松平頼胤《よりたね》どのの方からかもしれぬ。岡本半介家老の口ぶりから、この知恵は井伊家じゃないな、と思ったことがある」

表祐筆がとっさに松平頼胤どのに指示を仰いだ可能性が高い。きょうのところは高松藩邸に運ばせてくれ、と指示されたのだろう。ただ、井伊大老の次に狙われるのは松平頼胤かもしれない。

（将軍家に献上した雛人形は、当高松家の保管は望ましくない、と考えたのだろう。讃岐高松藩の蔵に入った雛人形が、ふたたび御庭番の手で日比谷家の蔵まで運ばれてきた）

どこまでも、健次郎の推測だった。残雪の夜に、日比谷家の庭に、かれらがやってきた。庭の蔵を提供すると、全員がひとつ呼吸で収納した。機動力があった。

「個数をお確かめ下さい」

健次郎が十二個を確認すると、一団は錠前をかけてからさっと消えた。それは特殊な錠前だった。

「そのあと高松藩から、なにも言ってきませんし。いまの殿さまも謹慎が命じられています」

養子に入った松平頼聰《よりとし》が讃岐高松藩の藩主となった。討薩の戦いでは旧幕府軍として戦った。そして、負け組になった。

新政府から朝敵とされた頼聰は官位を剝奪《はくだつ》されて、高松城下の浄願寺に入り謹慎されている。

「このさいは不幸な高松藩の魔除けとして大川に流すか」

酒で赤い顔の三浦がさらっと言った。

「大胆だな。元もとの発注先は井伊大老ですから、流す前に、ひとまず井伊家に当たってみますか」

健次郎には井伊家から将軍家への献上品だという認識が生まれた。ただ、家茂将軍がその先雛人形をどうする気だったのか、それはわからなかった。

「桜田門外で直弼公の首が討たれたのに、華やかな雛人形は受け取らぬ。もちこめば当てこすりだ」

乾也はまったく乗り気のない態度だった。根菜、昆布、蒟蒻《こんにゃく》、油揚げの煮しめに目が向いている。

「そうなると、献上された将軍家にお返しするのが筋でしょう。しかし、徳川将軍家は瓦解《がかい》したけれど、徳川宗家は残りました」

「それはできん。銚子、もう一本つけてもらうかな」

「これは気づきませんで。話しに夢中で」

「健次郎どの、安政七年に、井伊大老の首を討ったのは水戸浪士だ。かれらは将軍家の威厳を血で汚した。いくらなんでも水戸藩の慶喜公にはわたせぬ」

「どうするべきかな」

健次郎は腕を組んで、思慮した。

「こうするか。十四代家茂将軍は長州戦争のとき、大坂城で満二十歳の若さにして薨去《こうきょ》された。増上寺の廟《びょう》の前で、献上の雛人形を飾ってあげるか」

乾也は、焼貝に箸をのばす。

「とっぴもない案だな。まさしく、鬼才だ。考えることが違う」

「健次郎どのは難しい男だな。増上寺に持ち込めば、それで一発で解決する。過去に拘泥《こうでい》するよりも、未来に進んだ方が良い」

「それならば、家茂将軍の正室和宮（静寛院宮《せいかんいんのみや》）様に渡す方が、まだ筋が通っております」

「それも筋だな」

「和宮様に、京都の御所に持ち帰ってもらう。これがあるべき姿でしょう。川に流したいと言われたら、魔除けとして流す」

和宮が明治元年十一月朔日に、東京（江戸）で明治天皇と対面している。和宮の京都に上る段取りが話し合われたという。そんな話しも健次郎の耳に入ってきている。

「桐箱ごと、和宮様に渡せば、これも礼を欠くな。ここはいちど豪華で美しい最上の献上品を観てもらってから、判断を仰ぐことにするか」

「乾也さん、かんたんに言いますが、江戸城は新政府の支配下です。城内で飾ることはできませぬ」

「ならば、この日比谷家に白書院に類似した『将軍の間』を造って再現すればよい。そして、五段雛を飾り、和宮様に観てもらう。良い案だろう」

酒が廻っているのか、どこまで本気なのか、物怖《ものお》じしない天才だ、と健次郎は乾也をじっと見ていたが、こう言った。

「乾也さんの腕ならば、豪華な将軍の間も造れるでしょうけれど。和宮様は江戸城明け渡しのとき、大奥から田安徳川家に移られています。日比谷家にどのように招かれるのですか」

「皇女様を招く。新政府に感情が良い勝海舟だが、わしは長崎時代から、どうも勝とは馬が合わん。頼むとすれば、大久保一翁《いちおう》さんかな。そんなに深く考えなくてもよいだろう。わしが直接の手紙を書いて、届けてもらう人脈は見つかる。なんとでもなる」

「新政府の役人がこの場にいたら、字が書ける、この大ウソつきと捕縛《ほばく》ですね」

二人して大笑いした。

「ただし、費用は健次郎どのがいっさいを持つ。わしは大勢から借りたお金を銀相場につぎ込み、大暴落で大損させてしまった。どこに当たっても、びた一文も貸してくれぬ」

「結構です。新政府は、幕府直轄地の田地を没収するようです。武蔵国も例外ではないでしょう。機先を制して、日比谷家の田地の一部を売って、将軍の間の資金を作りましょう」

「となると、将軍の間は、三間の部屋の襖《ふすま》を外し、大広間にする」

立ち上がった乾也が、酒で足元がふらつきながらも、仕切り襖障子を外し、約三十二畳の広間として、将軍の間とすると決めた。

「乾也さん、問題がひとつあります。庭の土蔵ですが、鍵が掛かったままです……」

健次郎は賊の侵入事件を教えた。

「鍵の壊し方など、なんでもない。仙台藩で洋船を造った、この三浦乾也だ。錠前は鉄だ。高温の熱で溶かせばよい。仙台藩のために、溶鉱の反射炉も設計したくらいだ。熱でも溶けなければ、蔵ごと破壊して、桐箱を運びだせば良い。別段、気をもむことじゃない」

「火薬も使えるのだ、乾也さんは」

「もう一つ条件がある。部外者が居てもらっては困る。皇女静寛院宮様を招くとなると、旧幕臣が命を狙わないとも限らない。極秘に進めたい。女中頭として、講武所関係の御家人夫婦が居候してると言っておったが、二か月ほど、旅に出させてもらいたい」

「不都合とならば、夫婦で伊勢参りにでも、行ってもらいましょう」

「それで決まった」

その翌日だった。乾也が火薬を用いて蔵の錠前を爆破し、取り壊した。十二個の桐箱は見た眼にも湿気がなく、保管状態は良好だった。傷みもない。そこから三浦乾也は狂気の世界に入っていった。

工期は二か月で「上段の間」を作る。ここに五段の雛人形を据える。日々が徹夜同然で、内装の設計図を描いた。床のちがい棚、房戸《ふさこ》、付書院《つきしょいん》、二重折上天井、襖障子《ふすましょうじ》、飾り金具、松と鶴の障壁画《しょうへき》、それぞれ購入資材もこまかく算出していた。

健次郎がかなりの田地を手放した。乾也に言われるまま、高級な材木、金具など入手可能な資材の手配をした。文人墨客《ぶんじんぼっきゃく》で泊まった狩野派《かのうは》の絵描きなどに、襖絵を頼んでみた。快諾が得られた。

木槌《きづち》の音が響く。戸外では雪が降る日もあった。梅の木のつぼみが、白い淡雪に包まれていた。寒気が肌をぬぐう。千住宿から駕籠を呼んで、晁には日本橋の問屋にまわらせる。調度品、敷物を購入させた。女は豪華な買物となると、寒さなど関係ないらしい。日本橋の越後屋などに、二度、三度と嫌がらずに出かけていた。

「私の着物も仕立てようかしら」

「新政府に土地が没収されたら貧乏になる。多少は豪勢に使った方が良いだろう」

「あら、結婚してはじめてね。私に理解を示してくれるなんて」

「晁の悪い癖だ。なんでも結婚して初めてと言う。ともかく日本橋の繊維問屋を廻ってくると良い」

完成した「将軍の間」には、晁と乾也の手で金襴緞子《きんらんどんす》の衣装雛が、ていねいに飾られはじめた。晁は木箱から取り出すたびに、喜びとおどろきの歓声をあげていた。大型の人形である。

三人官女五人囃子《ばやし》、すべて貴重なものだ。一体ずつ木彫りだった。細部までこだわる美しさだった。

内裏様とは、女雛《おんなびな》と男雛《おとこびな》と併せた夫婦をいう。袖《そで》がとても長く、手が見えず、檜扇《ひおうぎ》をさしこむ。華やかな人形である。

「手が遊んでいるぞ、晃」

「あなた、こんな素敵な人形だと、前から知っていたのでしょう。嘘ばっかりついて」

「はしめて見る」

「どうかしら。私が訊けば、この土蔵は占い師に言われた通り、わが家の悪霊を閉じ込めている。血に塗《まみ》れた着物だとか、ミイラだとか、好き放題に脅して近づけさせなかったでしょう」

「その話しは禁句だ。縁起が悪い」

「そうね。この人形の顔は可愛い。笛を吹く指先にまで、表情があるわ」

繊細《せんさい》な細い指だ。

「また、手が遊んでいるぞ」

「活き活きとして、精巧《せいこう》な作りね」

日を離すと、

「このお道具は凝《こ》っているわ。金蒔絵《きんまきえ》ね。細かく手が込んで、すてきね」

遅々として前に進まない。晃の手で、紅白の萌黄色《もえぎいろ》の色三段の菱餅《ひしもち》、霰《あられ》、白酒《しろざけ》が備えられた。

日比谷家の門前に、大名の乗物（駕籠）が停まった。田安徳川《たやすとくがわ》家の御紋《ごもん》だ。まわりには品のある奥女中らしき女性が大勢いた。遠巻きには、新政府の制服軍人らが銃をかまえて物々しく警備している。

紋付で盛装した日比谷健次郎が、乗物の前に歩みでて、

「日比谷家の主《あるじ》でございます。本日は遠路、お越しくださいまして、誠に厚く御礼申し上げます」

「静寛院宮です」

乗物の中から皇女の返事があった。顔は見えない。乗物はそのまま母屋から庭にまわり、「将軍の間」の前で止まった。庭は大勢の華やかな奥女中たちで満ちていた。庭の雰囲気が一気に変わった。

田安徳川家の乗物の扉が開いた。お女中の手で履物が用意された。上品で小柄な和宮が出てきた。高貴で美麗《びれい》のお顔だった。

(すばらしい)

健次郎は徳川将軍の鷹狩には、なんどか同行した経験があるが、それ以上の緊張だった。高貴な女性をこれほど間近で見ることなどなかった。

「おどろきましたぞ、三浦乾也殿の文には」

平伏《へいふく》した職人姿の乾也が礼を言ってから、半身となり、道案内役として、石段まで進めた。

畳敷きの廊下にあがった和宮が、新造された檜《ひのき》の匂いが爽《さわ》やかな将軍の間に入った。皇室や大奥の豪華な部屋に馴染んでいるのだろう、さしておどろきのお顔ではなかった。むしろ、自然体に思えた。

将軍の間に入ると、和宮は一段高い式台にあがり腰を降ろした。華やかな上品さがちがう。供の奥女中三人が着物の裾直しをする。和宮は雛人形の内裏雛、官女たちの顔を一体ずつ見つめていた。

「改めて申し上げます。上巳《じょうし》の節句に、家茂将軍様に献上された、雛人形でございます」

健次郎が口上を述べた。晁、乾也が真横に並んで平伏していた。

「立派な雛人形ですね。このように、幻の雛人形と出合えるとは、思いの外のことです。公方様がこう申しておりました。掃部頭《かもんのかみ》から献上された最高の雛人形は、上巳の拝謁《はいえつ》の儀式が終われば、そなたに遣《つか》わそう、大奥に飾るが良い、と。とても愉しみにして居りました」

（ご対面が叶ってよかった）

健次郎は心の底からあつい感動をおぼえた。

「上巳の事件で、雛人形が行方知れずとなり、幻の人形でした。その折りは、深い哀しみに包まれました。こうして思いもよらぬ対面が叶い、嬉しく思います」

上座の和宮の声が感動で濡れていた。大坂城で二十歳の若さで亡くなった家茂を偲んでいるのか。京の実家に帰る。亡夫にお別れを語っている姿にも見える。心で、泣いているのかもしれない。

下座の健次郎には哀れにも思えた。脇には、三浦乾也と妻の晃が正座して並んでいる。二人も、静寛院宮の後ろ姿をじっと見つめていた。

「女人は人形を好むものです。よいお顔ですね。女雛の十二単も紅紫《こうし》で優雅じゃ。官女の顔も麗しい。笛を吹く囃子方の白い指先など、血の通うて居るようじゃ。愛らしい子らもおりますね」

和宮の声は上品そのものだった。

京から皇女和宮が降嫁《こうか》するときに、行列は千数百人、京方と江戸方の警備を加えると、総数三万人になった。神輿《みこし》の警備には十二藩があたり、沿道警備は二十九藩が動員された。婚礼道具は、大垣経由で東海道にまわった。

和宮の通過は二日前から後日まで四日間に、助郷として人足一万人、馬五百匹が動員されたという。

『後世迄、潔名を残し度候』（生まれてきたからには、後世に清き名を残すことが女の一分である）

こうした歴史を造ったひとりなのだ。

（身分が違い過ぎる）

健次郎は、落ちついて、落ちついて、と言い聞かせた。

「善美の尽くされた結構なもの、小道具も配慮が届いて居ります」

「江戸の古今雛ですが、京にお持ち帰りになりますか」

「いいえ。公方様から賜《たまわ》った雛人形ですが、長く大切に保管された日比谷家に下賜《かし》するのが、一番と思います。内裏雛も官女たちも、見るからに安心した好いお顔で耀《かがや》いて居ります」

「ありがたき幸せです。永遠の宝物になります」

「桜田門外からつづいた動乱の世に、美しく生き延びて来た上様の雛人形です。紅紫《こうし》の館で、たいせつにされるがよいでしょう」

紅紫とは色彩を極めた種々の色である。高き学問と教養ある和宮から、さらっと出た言葉である。論語・郷党にあった、と漢学に優れた健次郎には理解できた。

「紅紫の館とは、もったいなく存じます」

平伏した健次郎の心がふるえていた。

＊

日比谷家の古今雛は、この後において、代替わりを重ねながら受け継がれてきた。現在は上野の東京国立博物館で保管されている。いま、学術的歴史的な調査検証が進行中である。

あとがき

私たちは幕末といえば、ややもすれば、薩長史観で捉えてしまう。アンチ薩長でも根幹は同じである。私には一度そこから抜け出て徳川側の視点から、幕末歴史小説を書いてみたい思いがあった。

幕末期の武蔵国足立郡（現・足立区）の郷士である日比谷健次郎は、北辰一刀流の免許皆伝だった。末裔の日比谷二朗さんから、数多くの資料が提供された。

同家には豪華な日本一と思われる五段飾りの雛人形があった。寄贈先の東京国立博物館で一年かけて補修されたという。なぜ、郷士（大名主・在郷の武士）の家に伝わったのか、とふしぎだった。この人形が収まった桐箱には、安政七年春三月と明記されている。井伊直弼が暗殺された桜田門外の変とすぐに結びついた。井伊と讃岐高松藩の松平頼胤《よりたね》は二人三脚で、それまで政権の座にいた。

「高松藩松平家に出入りする三河島の植木屋の村田屋には、健次郎の実の伯母が嫁いでいるのです」

点と点が線につながった。それを小説の一つの柱においた。

「三浦乾也《けんや》も、親戚筋です」日比谷二朗さんがそう語る。

三浦は浅草の名陶芸家でありながら、奇才な能力を老中首座の阿部正弘に買われ、長崎に派遣されて造船学を学んだ。そして、仙台藩に招聘《しょうへい》されると、松島湾で大型洋船を造った。私は歴史小説『安政維新』（阿部正弘の生涯）を出版したばかりで、すんなり頭に入ってきた。三浦は「お庭焼き」の井伊直弼の陶芸の師匠でもあった。桜田門外の変がより近くになり、小説の書き出しに決めた。

日比谷家の館は、絵図をみると武装した小豪族のような「特殊な館造り」だった。足立郡・葛飾郡の一帯で、徳川家の極秘軍事演習のお鷹狩が頻繁におこなわれている。日比谷家はそれにもかからむらしい。吉宗将軍の代からの「内密御用家」としか考えられなかった。

三浦乾也の養子・石井貞太郎（鼎湖《ていこ》）は、村上英俊《ひでとし》からフランス語を学んでいる。おなじ私塾には「徳川の頭脳」といわれた陸軍奉行並の松平太郎がいた。勝海舟の次の位にいた松平は元奥祐筆《おくゆうひつ》で、抗戦派だった。江戸城の無血開城の前に金座・銀座から約百万両を運びだしている。内密御用家と徳川埋蔵金が小説上で、ごく自然に結びついた。

幕末史のなかで、上野戦争は重大事件の一つである。ただ、江戸市中の戦禍を避けて江戸城が無血開城したのに、なぜ彰義隊と新政府軍が戦ったのか。総督府《そうとくふ》の言い分はどこか胡散臭《うさんくさ》い。

「歴史小説は良質な史実の近くで書くべきだ」先人の文豪の言葉が、常に私の頭のなかにある。

慶応二年十二月に孝明天皇が崩御《ほうぎょ》された。そこから天皇が空白だった。慶応三年十二月の小御所会議で、幼帝《ようてい》の睦仁《むつひと》を補佐するべき摂政《せっしょう》や関白《かんぱく》がなくなった。これもまた不自然である。

上野戦争の前、寛永寺の貫主の輪王寺宮が、新政府の裏にはあやしい影がある、天皇家をないがしろにした「君側《くんそく》の奸《かん》」だと主張した。そして、孝明天皇の義弟にあたる輪王寺宮《りんのうじのみや》が「東武天皇」となり、改元で「延壽《えんじゅ》」とした。南北朝時代のように、西国と東国に国内が分断したのである。

江戸城の無血開城のあと、新政府軍はあえて上野戦争へと導いている。京都の朝廷を牛耳《ぎゅうじ》る取巻きから派遣されて間もない大村益次郎が「一日で彰義隊を壊滅させる」と豪語した。彰義隊攻撃は表向き、砲火で東武天皇と延壽という元号を消す。それが最大の目的だったのだろう。

巧妙に逃亡した輪王寺宮は、奥羽越列藩同盟から盟主として、また東武天皇として迎え入れられた。本作品では、竹林坊の史料に沿い、その逃亡をできるかぎり忠実に展開した。

私は、これまで幕末史のなかで、『延壽』という元号が、慶応末期に半年間も存在したと知りえなかった。歴史認識として、慶応四年から明治時代へと一足飛びになっていた。その事実を長く見逃していた、という方が正確だろう。ここを掘り下げていくと、思わぬ所から『延壽元年』が出てきた。

なんと、芸州広島藩である。私はかつて芸州広島藩の浅野家史『芸藩史』を掘り起こし、歴史小説『広島藩の志士』（二十歳の炎・改定版）、『神機隊物語』を世に送り出した。

この神機隊は若き有能な藩士たちと、草莽《そうもう》の志士による精鋭部隊である。本作中に登場する池田徳太郎も深くかかわっている。第一陣として三百二十人余りが自費で、戊辰戦争に参戦した。出陣は三月十五日で、志和（東広島市）からである。かれら選ばれた精鋭は、大半が横文字を使えたし、号令も英語である。上野戦争、とくに奥州戦争（相馬・仙台藩）では、壮絶《そうぜつ》な戦いをくり広げている。

浅野家の『芸藩史』は明治政府に不都合だと封印され、戦後の昭和五十三年に世に出てきた。そこには克明に描かれている。そのほかにも、同隊兵の従軍日記がいくつか現存している。二番中隊伍長の清原源作さん『関東征旧記』の表紙には、『戊辰三月十五日、延壽元年』と明記されているのだ。書き始めはまさに出陣日である。元号「延壽」は単に関東・奥州だけでなく広島まで使われていた。

となると、当時は全国に共通する元号だったと読み取れる。

『干時《ときに》』の使い方は、「於」と同じである。

あえて『芸藩史』で補足すれば、神機隊は会津にむかう途中で、大村益次郎に頼まれて上野戦争に参戦している。飛鳥山に陣を張っていた。翌日から輪王寺宮の探索が尾久のあたりを中心に明記されている。西軍（総督府）の狙いは、彰義隊の残党刈りよりも、輪王寺宮探しが主力であったようだ。

『関東征旧記』（表紙）

本書では、戊辰戦争のとき、天皇が不在（幼帝のみ）であり、「官軍」、「明治新政府」という呼称すら正当性に疑問を投げかけている。「御一新」といわれた明治時代に入ると、意図的だろう『延壽』という元号が消されている。私はそこに歴史の捏造をおぼえた。

慶応、延壽、明治としても不都合などない。一年未満の元号はいくつもある。あえていえば、明治時代から太平洋戦争まで、官制幕末史という歴史が軍国教育に使われた事実があるのだ。

「歴史は国民の財産だ。歪曲された歴史は事実に戻したい」それが強い執筆の動機になった。

参考・引用文献

益井邦夫著「三浦乾也」(里文出版)
足立区立郷土博物館「浪人たちのフロンティア」
芝原拓自「日本の歴史・開国」(小学館)
井上言信編「彰義隊・附輪王寺宮殿下」(明治三一年五月十三日発行・国立国会図書館データ)
宮地正人著「歴史のなかの新撰組」(岩波現代文庫)
稲垣史生「時代考証辞典」(新人物往来社)
菊池ひと美「江戸衣装図鑑」(東京堂出版)
家近良樹「江戸幕府崩壊」(講談社)
富田仁「フランス語事始　村上英俊とその時代」(日本放送出版協会)
松岡英夫「安政の大獄」(中公新書)
穂高健一「安政維新・阿部正弘の生涯」(南々社)
東京国立博物館「日比谷家伝来古今雛」(二〇一八年三月)
石井柏亭編「鶩湖及鼎湖」(中央公論美術出版)
ネット・ウィキペディア

協力者

日比谷二朗
日比谷孟俊
日比谷平四郎
多田文夫
椎名市衞成胤
林直輝

ほだか けんいち

1943年広島県大崎上島町生まれ。中央大学経済学部を卒業、作家。日本ペンクラブ（会報委員）、日本文藝家協会、日本山岳会、日本写真協会、歴史時代小説作家クラブの各会員。

地上文学賞『千年杉』（家の光社）、いさり火文学賞『潮流』（北海道新聞社）など八つの受賞歴（小説部門）がある。

読売・日本テレビ文化センター、目黒学園カルチャースクールで「文学賞を目ざす小説講座」、朝日カルチャーセンターで「知られざる幕末史」、「フォト・エッセイ」、元気に百歳クラブ、「エッセイ教室」の講師等を務める。

近著として、小説3・11『海は憎まず』、幕末歴史小説『二十歳の炎』、および新装版『広島藩の志士』、全国山の日の制定記念『燃える山脈』、『芸州広島藩・神機隊物語』『神峰山』『安政維新・阿部正弘の生涯』などがある。

郷士・日比谷健次郎の幕末
紅紫《こうし》の館《やかた》

二〇二〇年十二月二十五日印刷
二〇二一年一月十五日発行

著者 穂高健一
発行者 飯島徹
発行所 未知谷
東京都千代田区神田猿楽町二-五-九 〒一〇一-〇〇六四
Tel.03-5281-3751／Fax.03-5281-3752
［振替］00130-4-653627

組版 柏木薫
印刷 ディグ
製本 牧製本

Publisher Michitani Co. Ltd., Tokyo
ISBN978-4-89642-628-1 C0093